Donde se esconde el aire

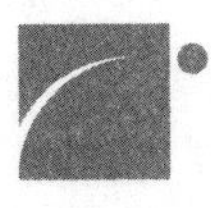

Donde se esconde el aire

Paz de Laorden

Rocaeditorial

Primera edición: enero de 2005

Marquès de l'Argentera, 17. Pral. 1.ª
08003 Barcelona.
correo@rocaeditorial.com
www.rocaeditorial.com

Impreso por Industria Gráfica Domingo, S.A.
Industria, 1
Sant Joan Despí (Barcelona)

ISBN: 84-96284-48-4
Depósito legal: B. 44.053-2004

A Lola, mi madre, y a su madre, Aurea, mi abuela, porque siempre me contaron historias.

A Claudia, la hija de Nicolás, el hijo de Alberto, el nieto de don Jacinto Macera, siempre le gustaron las historias. Su padre, cuando era pequeña, le contó muchas sobre el viejo caserón. Le habló sobre su extraña familia, sobre sus padres y sus abuelos, sobre sus tíos América, Guillermo, Leandro, Angustias, Margarita... A menudo, cuando la madre de Claudia, Ada, la hija del indio Melquiades, le escuchaba, se tenía que morder los labios. Pero como no se atrevía a replicar cuando Nicolás andaba cerca, esperaba a que se fuera para puntualizar, a solas con su hija, algunos hechos, agrandados sin duda por la imaginación desorbitada de su esposo. Claudia nunca supuso que aquellas historias y aquellas aclaraciones le fueran a resultar un día tan necesarias.

El calor asfixiante del mediodía, sin apenas un soplo de brisa, hacía a los hombres sudar. En el jardín, un grupo de cuatro obreros retiraban los escombros de la casa, casi demolida. Sólo faltaba un empujoncito final en el ala izquierda. Un quinto hombre trabajaba, montado en una enorme grúa, socavando el jardín. Las tareas se realizaban despacio porque, aunque aún no había acabado mayo, aquél era uno de esos días en que se presagiaba la llegada prematura y tórrida del verano. Por eso, cada pocos minutos uno u otro se paraba para secarse el sudor de la frente, retirarse el casco, mirar al cielo, maldecir los rigores de la prematura estación y sólo entonces volver al trabajo. El hombre que manejaba la grúa era el que menos tiempo perdía. Llevaba una radio colgada en la cabina y canturreaba mientras levantaba montañas de tierra, piedras y hierbajos. Fue él quien dio la voz de alarma pero entre la radio, el ruido del motor y de la pala excavadora no le oyeron. Se puso a dar frenéticos manotazos al aire, pero tampoco entonces sus compañeros se percataron de su llamada de atención. Por fin decidió apagar la radio, detener la máquina y bajar de la grúa en dos zancadas.

—Venid, joder… Ahí va Dios… Venid.

Pronto los cinco hombres se apiñaron frente al último hoyo que la grúa acababa de excavar.

—Virgen Santísima, si esto parece un cementerio.

Atónitos, contemplaron dos esqueletos que, perfectamente conservados, yacían en el interior de aquel enorme agujero. Aunque no estaban en un mismo enterramiento, sino separados por un par de metros de distancia, parecían dos piezas de un puzzle dispuestas a encajar. Uno con la cabeza para arriba y el otro para abajo, los pies equidistantes entre las dos calaveras. Además estaban retorcidos sobre sí mismos, como fetos en el vientre materno o como píos creyentes en actitud de oración eterna.

—Cago en la… a mí esto me da muy mal rollo, no quiero ni verlo.

—A mí tampoco me gusta un pijo. Chicos, a parar. Aquí hemos acabado por hoy. Hay que llamar al constructor o al arquitecto o a quien coño se vaya a llevar los cuartos de esta obra. Que a nosotros no nos pagan por sepultureros.

—Aquí voy a vivir hasta que muera. Y mi cuarto será ése, el de la torre. Podéis repartiros el resto.

Éstas fueron las primeras palabras que pronunció uno de los Macera al contemplar el caserón del Sauce. Fue a principios del siglo pasado cuando llegaron a Madrid en un desangelado anochecer del mes de noviembre, en que la falta de luz resaltaba aún más el aspecto fantasmagórico del extraño edificio. Las sombras añadían negros recovecos a las formas disparatadas del caserón, como si mil bocas oscuras se agazapasen tras las docenas de ventanas y puertas que se sucedían en la fachada principal, aullando ruidos incomprensibles en medio del silencio. A todos aquella visión les produjo una más que razonable desazón viniendo, como venían, cansados, casi sin aliento. Afortunadamente los pequeños ya se habían quedado dormidos, pero el resto, extenuado, miraba, sin atreverse a entrar, la verja de entrada a la vivienda, que no invitaba, precisamente, al descanso que todos merecían y con el que llevaban horas soñando.

Doña Alejandra y sus hijos acababan de realizar un largo viaje, el más largo de sus vidas; incluso para ella que, tras once años de matrimonio con el coronel, estaba bastante acostumbrada a cambiar de emplazamiento, aunque siempre a escasos kilómetros del anterior. Como ya era habitual, había tenido que adelantarse a su marido en el traslado y había cruzado la mitad del país con cuatro niños pequeños, dos bebés, mantas, provisiones y dos ayas, que no hicieron otra cosa que tratar de callar a los pequeños y luego lloriquear también ellas, mareadas por sus lamentos y por el continuo traqueteo. Ahora, frente a frente con lo que sería su hogar a partir de entonces, delante de ese insólito final de trayecto, se hubiera echado a llorar ella misma de buena gana. Pero no lo hizo, en parte porque no tenía fuerzas ni para arrancar una sola lágrima de sus ojos, y en parte porque no acostumbraba a perder el control. Por eso, mientras respiraba hondo y apretaba los labios, se agarró a aquella frase lapidaria de América, su hija mayor, una frase que nunca olvidaría. Aunque sólo se trataba de la opinión de una niña, sus palabras endulzaron un poco la desagradable sensación que le produjo aquel malentendido en que habían convertido su hogar.

«Al menos a ella parece gustarle —pensó mientras su cabeza trataba de asimilar los errores trazados con pulso firme por su marido, que se había empeñado en diseñar los planos de una vivienda que nunca había visitado—. Aunque quizá —se dijo— haya que convertirse en una niñita para acostumbrarse a vivir en un lugar así.»

Y es que el proyecto de don Jacinto, gran aficionado al dibujo, con el que se daba buena maña, tuvo unos resultados cuando menos sorprendentes. Su falta de experiencia en estos menesteres le obligó a cambiar de planes a cada bosquejo, borrando líneas, rehaciendo rincones, levantando con su lápiz nuevas alas añadidas, moviendo el emplazamiento de baños, dormitorios y despensas, desdiciéndose una vez más hasta que el resultado fue, según sus propias palabras, como si a una camisa le salieran las mangas del cuello y se abrochasen en un costado los puños. Sólo visitó el terreno el día en que lo compró, y la casa la vio terminada cuando ya era imposible arreglar ningún detalle.

Al día siguiente, cuando la poca luz del sol se lo permitió, ya que el día amaneció muy nublado, doña Alejandra comprobó en toda su dimensión los desatinos cometidos por su esposo. Pero el sueño había reparado sus nervios y decidió quitarle importancia a lo irremediable y cambiar en lo posible lo que tenía arreglo. De modo que no tuvo que forzarse por sonreír cuando descubrió que el caserón se levantaba tres plantas sobre un enorme jardín, todavía yermo pero lleno de posibilidades que empezaron a perfilarse en su cabeza. El primer piso era grande, cuadrado, con una gran sala anexa en una de sus esquinas, un añadido innecesario que podía haberse englobado en el conjunto, pero que tampoco molestaba demasiado a la vista. También tenía generosas ventanas que aseguraban la entrada de sol a todas horas, y tres puertas —quién sabía por qué— que permitían entrar o salir de la casa por distintos accesos, eso sí, unos pegados a los otros. Un absurdo que en su fuero interno decidió olvidar de inmediato.

«Espero que mis hijos no salgan unos tarambanas, ni mis hijas unas libertinas —se dijo—, porque sería imposible vigilar sus entradas y sus salidas.»

En su breve recorrido de aquel día, doña Alejandra acabó comprendiendo que era en realidad el piso de arriba, que estaba destinado a ser un trastero, el detonante de todos los problemas ya que, siguiendo las primeras instrucciones de don Jacinto —después rectificadas hasta el infinito—, acababa en forma de torreta, como un buñuelo de hojaldre que desentonaba con el resto de la edificación, con un pequeño balcón que parecía el decorado de una tarta de bodas. También el remate de la puerta principal, la más grande y centrada, resultaba chocante, porque estaba flanqueada por un pequeño pórtico que no pegaba en lo absoluto con el resto. Pero la señora Macera decidió en el acto ampliarlo y convertirlo en un porche espacioso donde colocar butacones de paja para pasar las calurosas noches de verano al relente, y las soleadas mañanas del otoño protegida del aire, cosiendo o tejiendo y aprovechando al máximo la tibieza del sol. Positiva y práctica, como era, se dijo que en lo sucesivo no miraría hacia arriba, sólo a la altura de sus ojos, olvidándose del resto.

Doña Alejandra pensaría muchas veces en esa mañana, cuando tomó la decisión de ser feliz allí donde estaba, y también recordó a menudo la noche de su llegada, cuando los ruidos de la oscuridad les amedrentaron, cuando se olía la amenaza de una tormenta que no llegó a descargar, pero que electrizó el ambiente inmovilizándolos a todos, salvo a América, que tenía un brillo delatador en los ojos, como quien encuentra lo que durante años ha perseguido.

Además, con el tiempo, lo que acababa de profetizar se acabaría cumpliendo de principio a fin. La hija mayor del coronel Macera y de doña Alejandra Pérez vivió el resto de sus días en aquel decorado de tarta nupcial, en lo alto de la casa del Sauce, rodeada por un jardín que entonces no tenía árboles ni casi hierba pero que con el tiempo se cubrió de plantas, de madreselvas y de sauces, hasta que el abandono y la guerra lo anegaron. Fue una de sus primeras predicciones o, como decía su sobrino Nicolás, una temprana muestra de sus muchas rarezas.

Cuando al pasar el tiempo miraba hacia atrás, la señora Macera no reconocía esa casa como la que encontró en el desangelado anochecer de su llegada, porque casi nada permaneció de ella, al menos a sus ojos. A lo largo de los años, el caserón acabó por parecerse a sus dueños a base de convivencia, con los achaques de reuma y la hipocondría de su amo plasmados en sus goteras y sus grietas; con la paciencia de su dueña dibujada en un porche espacioso y agradable que se acabó por convertir en la envidia de todos sus vecinos; con la imaginación de los pequeños trepando con fuerza por las enredaderas que cubrieron las fachadas y que acabaron por borrar la sensación de insensatez que provocaba al principio aquel hogar edificado en la distancia.

Todo fue cambiando menos el torreón de América, que parecía vivir su propia vida encima de las nubes, como un nido construido por una extraña ave en medio del cielo, superando en unos metros el tejado que cubría el resto del edificio, desnudo de hojas, como si ni siquiera las hiedras se atrevieran a subir por aquel añadido de aspecto dulzón y estrafalario.

Doña Alejandra había conocido a su esposo cuando apenas contaba diecisiete años y él ya había cumplido los cuarenta. Era una muchacha hermosa, callada, de pelo negro y ojos grises que cambiaban de tonalidad según avanzaba el día, más claros por la mañana y como el cielo tormentoso cuando se ponía el sol. Sus ojos enamoraron al maduro militar nada más llegar a su nuevo destino. Horas después de poner el pie en el pequeño pueblo montañés donde ella vivía y dónde él se ocuparía de formar un nuevo destacamento vio corretear por la plaza a la mocita que, sin saber cómo ni por qué, se volvió un instante a mirarle. Don Jacinto se decidió en el acto: aquella joven a quien doblaba con creces la edad sería su mujer.

—Con esa niña me he de casar —le dijo a su ayudante, que le miró sorprendido pero no se atrevió a llevarle la contraria, pues su genio era conocido por todos.

Y lo consiguió: don Jacinto Macera había encontrado el lugar, la persona y el momento adecuados para cambiar su vida, después de muchos destinos y demasiada soledad. La muchacha, orgullosa de que aquel hombre, que bien podía ser su padre, la hubiera elegido como compañera, no puso ningún reparo. Don Jacinto era aún apuesto, educado y amable, y parecía ser un hombre serio y formal. Y eso es lo que le había repetido durante toda su vida su madre a la pequeña Alejandra, que debía encontrar un hombre recto, lo demás era fracasar en la vida. De modo que la joven supuso que era una suerte que él hubiera aparecido y que sus rarezas y sus cambios de humor, que pronto comenzaron a manifestarse, incluso antes de la boda, no eran en definitiva cosas importantes.

Y así, poniendo como primer artículo de fe en su vida que era una mujer afortunada, consiguió realmente ser feliz. Se convirtió en una maestra en el arte de la convivencia, en una artista a la hora de deshacer tensiones, de aplacar los vientos cuando sonaban a huracán. Su esposo era un buen padre y un buen marido, y aunque pasaba días sin pronunciar una palabra, ella se acostumbró a sus silencios. Aceptó con naturalidad el que don Jacinto fuese taciturno, que se encerrase durante semanas con un libro entre las manos —ya que era muy aficionado no sólo al dibujo, sino también a la lectura—, y dejó de molestarse porque en su ensimismamiento dejara no sólo de preocuparse sino tan siquiera de preguntar por los niños.

Y eso que éstos fueron llegando puntualmente, cada año y medio, toda una década en la que doña Alejandra estuvo embarazada o recién parida, sin que su marido cambiara mínimamente sus hábitos, es decir, sin ayudarla para nada.

Sólo con el nacimiento de su hija América, sin duda por ser la primera, se mostró un poco más solícito, incluso partícipe de los padecimientos de su mujer. La noche en que doña Alejandra rompió aguas y sintió por primera vez que la vida se le escapaba entre las piernas, don Jacinto, tras avisar al médico y a la comadrona, la miró consternado. Sujetándole fuerte la mano, aprovechó el intermedio entre dos contracciones para preguntarle con la cara más pálida que el papel:

—¿Podrás perdonarme algún día? Vaya cabronada que te he hecho…

Ella sonrió un momento, antes de que un nuevo empujón de su hija la hiciera contraerse de nuevo por el dolor. En otras circunstancias seguramente habría soltado una carcajada: no sólo porque era la primera vez que veía a su marido tan preocupado por ella sino, sobre todo, porque era la única ocasión en que le oía pronunciar una palabra mal sonante.

Nunca más volvieron a hablar del asunto. Sólo años más tarde, don Jacinto confesaría que aquélla había sido la experiencia más traumática de su vida, que tardó incluso más tiempo que su propia esposa en recuperarse del parto. Y que, a fin de cuentas, ya no tenía edad para alumbramientos múltiples. Así que durante el nacimiento de sus siguientes hijos, procuró siempre hallarse a algunos kilómetros de distancia.

Y es que el coronel era un serio hipocondríaco que sufría de variados síntomas, diferentes cada estación del año, y que padecía, al menos una vez al mes, de fuertes migrañas. Doña Alejandra también aprendió a sortear sus enfermedades con elegancia y se las ingenió para que sus hijos se acostumbraran desde pequeños a andar sin hacer ruido, a jugar en silencio e incluso a llorar bajito para no molestar a su padre.

Don Jacinto, aunque nunca se lo dijo, era consciente de sus esfuerzos, así que jamás se arrepintió de elegir a la muchachita de la plaza como su esposa. Siempre estuvo, a su manera, profundamente enamorado de aquella mujer frágil y menuda que no dejaba de sorprenderle ante sus continuas muestras de valor. Antes de establecerse en la colonia del Sauce, Alejandra ya había hecho alarde de un coraje que para sí quisieran los oficiales de su regimiento. Con tres, cuatro o seis criaturas, según aumentase la prole, baúles, sillas, alfombras, vajillas, cunas y camas trasportadas de un lugar a otro y sin contar con ninguna ayuda por su parte, se las arreglaba para que al día siguiente la casa pareciera habitada, con lo más necesario siempre a mano, sin demostrar cansancio ni mucho menos irritación.

Alejandra, por su parte, siguió convencida hasta su muerte de que el destino había sido generoso con ella. Sus hijos ocuparon las ausencias del coronel, sus continuas exigencias llenaron su soledad y acabó por considerar aquella extraña edificación, que al principio a punto estuvo de hacerle llorar de rabia, como el lugar más bello del mundo. Allí crecían sus hijos, sus flores y sus esperanzas. Y éstas, como las flores que cada pocos días colocaba recién cortadas en los jarrones de la sala, jamás dejó de tenerlas a mano.

Pero si en algún lugar encontró paz para el alma fue en su refugio del porche, que se convirtió en un pequeño santuario donde recomponer las penas y donde sacar fuerzas del sol que entraba por todas las esquinas de aquella habitación de cristal, como un invernadero dispuesto para que su ánimo floreciera. Allí se sentaba a pelar las vainas, a cortar cebollas y patatas, a tejer chaquetas, a ajustar camisas y remendar calcetines, a regar sus madreselvas y sus lilas, a disfrutar del aroma de la hierba recién mojada en otoño y el aroma de los jacintos en primavera. Sus hijos, de pequeños, llamaban a aquel porche «la casita de mamá», y cuando la necesitaban iban directos a sus dominios, seguros de encontrar la solución entre sus paredes transparentes.

Cuando su esposo murió, doña Alejandra todavía le sobrevivió durante varios años y, aunque hablaba con su recuerdo más de lo que lo había hecho con su persona, la ausencia de aquel marido imaginariamente enfermo durante toda su vida la dejó, de algún modo, vacía. Al no tener que cuidar a don Jacinto, analizar sus síntomas y preocuparse diariamente por sus variadas molestias, comenzó a tenerlas ella misma. Bromeaba diciendo que era normal: al fin y al cabo las echaba en falta. Pero las suyas resultaron ser verdaderas; un cáncer lento acabó con el tiempo por ganarle la batalla. Murió aún joven, sin poder conocer a su nieto Nicolás. Ni siquiera supo de las andanzas por el Nuevo Mundo de Alberto, su quinto hijo; ni de Guillermo, su primer varón; ni de la boda de Margarita, la pequeña; ni de los extraños versos con los que sobrevivió Leandro; ni de la agonía en que Angustias convirtió su vida; ni de la amargura de América; ni por supuesto de la aparición de dos cadáveres en un rincón de su jardín. Todo eso ocurriría muchos años después de que se fuera para siempre.

Los obreros esperaron, a la sombra del único árbol que aún quedaba en pie, la llegada del constructor. Cada vez apretaba más el calor y se pasaban un par de botellas de agua para refrescarse la nuca y la cabeza; aunque más de uno lo que hubiese preferido hubiera sido un buen trago de aguardiente con que olvidar la visión que acababan de contemplar. Se habían sentado de espaldas a su macabro descubrimiento. No querían volver a ver ese conjunto de osamentas que parecían implorar, impotentes, el perdón de sus pecados. Cuando llegó su jefe se levantaron por turnos.

Paco, el que conducía la grúa, fue el primero en ponerse en pie y el que llevó la voz cantante durante el encuentro. Era un hombre bajito y esmirriado, con una voz inusualmente potente para su tamaño, como si quisiera suplir con aquel timbre sus complejos de juventud. Aunque no se lo había contado directamente a ninguno, todos sus compañeros sabían su triste historia: que no dio la talla para alistarse a filas y que, para más inri, la mujer de sus sueños se largó con un sargento furriel de metro ochenta. Aquello le había agriado el carácter y le enronqueció el habla. Decía siempre lo indispensable y sólo parecía sentirse a gusto montado en su excavadora, canturreando para sí alguna melodía, que siempre convertía en un ritmo melancólico con el que exorcizar sus penas. Pero en esta ocasión no tuvo reparos para hablar. Es más, detalló pormenorizada y repetidamente el suceso, describió con su voz cavernosa, una por una, las exclamaciones lanzadas por cada uno de sus compañeros ante el hallazgo, incluso escenificó cómo saltó de la grúa, cómo levantó los brazos para avisar, cómo le corrió el sudor por la frente al descubrir los cuerpos.

—Así que como le digo, don Juan José, había metido la pala dos veces y a la tercera ¡bingo!... aparecen los esqueletos.

—Bien, bien, Paco, se lo agradezco, pero es hora de que se tomen ustedes un descanso. Por hoy hemos terminado —le respondió el constructor, que encendía un cigarrillo tras otro deseando acabar de una vez la conversación y decidir qué hacer con aquel macabro imprevisto.

—¿Y mañana? —le preguntó otro de los hombres.

—Ya veremos; habrá que llamar a la policía y quizá a los antiguos propietarios de la casa, los Macera —le contestó, pensando en voz alta don Juan José—, aunque la verdad no sé si alguno seguirá vivo... En fin, espero que sea cosa de poco. Vosotros venid un poco más tarde de lo habitual, a eso de las diez. Espero que para entonces todo esté resuelto.

Aliviados, los hombres se fueron marchando no sin echar antes un último y rápido vistazo a los restos de aquellos dos desconocidos.

Capítulo 2

—El teléfono, Claudia, es para ti.

Fueron las últimas palabras con cierto sentido que Claudia escuchó el resto del día. Lo que oyó a partir de entonces, al otro lado de la línea, le resultó tan absurdo que al principio pensó que le estaban gastando una broma de mal gusto. Pero luego, cuando estaba a punto de colgar, algo le hizo cambiar de opinión. ¿Quién iba a saber tantos detalles sobre su familia o sobre la vieja casa Macera? Era mucho más siniestro que una broma macabra, parecía ser la verdad.

Aquel razonamiento le provocó un escalofrío. Tomó nota de una dirección y colgó el teléfono. Nadie notó su nerviosismo. Como le había ocurrido en otras ocasiones ante lo imprevisto, adoptó un aire completamente sereno, se quedó un rato mirándose las manos, se examinó las uñas con cierto detenimiento, se recolocó sus anillos y respiró profundamente. Después, con la misma parsimonia, miró su calendario. Tenía aún varios días pendientes de librar y parecía que por fin había encontrado un motivo para tomárselos, aunque no precisamente el que ella hubiera elegido.

Se levantó, cogió su bolso, cerró el ordenador, ordenó los papeles y se dirigió hacia el despacho del jefe de personal. A los pocos minutos salió del edificio y, mientras avanzaba, tuvo la extraña sensación de que retrocedía lentamente en el tiempo.

América, la mayor de los seis hermanos Macera, no se contentó, tal y como había anunciado, con quedarse con el torreón del Sauce, ni con impedir en él ningún pequeño cambio —que ni siquiera las enredaderas se atrevieron a iniciar, doblando sus hojas a escasos centímetros del balcón que flanqueaba su dormitorio—, sino que trató de imponer su santa voluntad en el resto de la casa. Eso es, al menos, lo que aseguraba su sobrino Nicolás, quien añadía que su ansia por dominar a sus semejantes comenzó desde la más tierna infancia.

—América —le contaba Nicolás a su hija Claudia— se creía un dechado de virtudes, siempre debía llevar la razón y sus deseos tenían que acatarse como órdenes.

Aseguraba que desde pequeña fue una niña extraña, que no entendía la alegría de la vida, ni las estúpidas emociones de cuantos la rodeaban. El amor y la amistad le parecían pamplinas, no le gustaba el desorden y odiaba por igual la mala educación, los retrasos y los cambios de parecer. Por eso, entre otras cosas, no aprendió a jugar a ninguno de los juegos de sus compañeras de estudios, que le parecían sandeces.

«¿Y por qué tiene que empezar ahora la de la derecha... y por qué salir con los oros y no con los bastos... y por qué hay que tirar la piedra precisamente a ese lado...?»

A todo le ponía pegas, a todo le encontraba fallos, por lo que, en lugar de jugar con sus semejantes, comenzó a rehuirlos escondiéndose en un agujero del jardín en el que, aseguraba, se escondía el aire. Su momento favorito era la tarde. Al regresar del colegio, con su merienda en la mano y sin quitarse el babi para no ensuciarse la ropa, se introducía en aquel escondrijo que los constructores seguramente olvidaron tapiar ante los constantes cambios de opinión de su padre: un pequeño recoveco abierto en una pared de la parte trasera de la casa que se convirtió en su escondite preferido.

América se cuidó de apropiárselo con la misma rapidez con que se había hecho con la torre, sin dejar entrar en él a ninguno de sus hermanos.

Para delimitar sus propiedad, plantó a la entrada un diminuto seto que al crecer la guarecía en los días de lluvia y que, en verano, la protegía del calor del sol. Una cortina vegetal que América cuidaba con la misma ilusión y paciencia con que el resto de las niñas de su edad mimaban a sus muñecas, dándole agua al menos dos veces al día y abonándola con abundantes papillas de fertilizantes. Allí pasaba las tardes enteras dejando su mente en blanco, escuchando el ruido del viento sonar como en una caracola, a ratos atronador, a ratos amainado, desconectada de la realidad, en una especie de trance en el que, según Nicolás, meditaba alguna nueva tropelía o una predicción diferente que, sólo por casualidad, de vez en cuando se cumplía, lo que atemorizaba a su madre, la buena de doña Alejandra.

Quizá fuese en esa reclusión voluntaria, en aquellas largas tardes cobijada en el interior de su gruta secreta, donde América empezó a esbozar su personal filosofía de la vida, tan sencilla como apocalíptica. Consistía en contar con que las cosas iban siempre mal y, si no, lo irían con el tiempo. Pero saber que nada puede acabar bien no eximía a nadie, según América, de cumplir ciertas normas para soportar la convivencia. Lo malo es que sus normas eran tan estrictas que nadie soportó vivir con ella y al morir sus padres se quedó sola en la casa familiar, de la que fueron huyendo uno a uno sus hermanos y hermanas.

Margarita y Angustias fueron las que más duraron a su lado. Pero también, al final, se acabaron marchando. Guillermo, Alberto y Leandro, sus tres hermanos varones, se fueron mucho antes. Aunque la verdad es que, a esas alturas Leandro, en concreto, se había convertido ya en todo un maestro en el arte de la desaparición.

Y

Leandro era el tercero de los Macera. Un mal número, según pensó siempre, porque sus padres ya tenían dos hijos mayores a los que habían recibido como una bendición, y otros tres más pequeños que les alegraron en el declive de sus vidas. Él siempre supuso que su llegada, a mitad de camino, fue un mal presagio. Seguramente por eso desde pequeño se sintió invisible, tal era el modo en que creía pasar inadvertido entre la prole familiar y entre sus compañeros de colegio. Y así es como comenzó a jugar, hasta asustarse, a que nadie le veía. Se ponía entonces frente a sus padres haciendo terribles muecas o fingiendo que se ahogaba y éstos pasaban ante él sin hacer ningún comentario. En realidad estaban tan preocupados por ese hijo y por su extraño comportamiento que hasta el coronel, su padre, tomó cartas en el asunto. No sabiendo cómo obrar y tras consultar a varios médicos y especialistas en enfermedades mentales optó, y junto a él el resto de la familia, por hacer como que no se daba cuenta, a ver si así el muchacho cejaba en sus excentricidades.

Pero no consiguieron ninguna mejoría. Leandro, que fue adquiriendo cada vez más práctica, creyéndose realmente translúcido e inmaterial, a punto estuvo de ser arrollado por una motocicleta cuando en una de sus poses de mago Houdini, «ahora estoy, ahora no estoy», se colocó delante de una que venía a cierta velocidad como quien embiste a un toro. La motocicleta frenó en seco y se salió de la carretera. Al conductor tuvieron que ponerle varios puntos de sutura en la cabeza, que casi se parte por la mitad. Leandro, aunque salió ileso, no pudo dormir aquella noche. Y no porque los remordimientos le provocaran insomnio, sino porque quería saber en qué se había equivocado; cuándo su persona, de natural transparente, se había vuelto material. Afortunadamente no encontró la respuesta, por lo que decidió no probar suerte con vehículos a motor en lo sucesivo. Eso sí, siguió deambulando como un alma en pena por los pasillos, mejorando su condición de fantasma e imitando nuevos síntomas y muecas para asustar a la nada ya que, con el tiempo, sus compañeros de escuela y sus propios hermanos, hartos de tantas tonterías, dejaron realmente de verle.

Así pues, había que ser un lince para, conociendo su historial, comprender por qué de mayor fue un hombre tan peculiar. Siempre vestía, invierno o verano, un pijama a rayas que cubría con una capa negra y remataba con un sombrero de paja cuando salía a la calle. O un chalequillo de frac si se quedaba en casa. Se ganaba malamente la vida inventando crucigramas imposibles, auténticos laberintos de letras en blanco que había que descifrar y que, leídos horizontalmente, reproducían el principio de algún poema.

Cuando sus padres murieron y América se quedó como dueña y señora del caserón, su invisibilidad le permitió zafarse durante un tiempo de las estrictas normas que rigieron a partir de entonces el hogar familiar. Pero cuando, por azares de la naturaleza, su hermana le empezó a ver deambulando como un alma en pena por los pasillos, comenzaron, según aseguraba su sobrino Nicolás, sus problemas, y ocurrió lo inevitable. América no estaba dispuesta a pasar por tantas tonterías.

—Tus padres te permitieron demasiado —decía que le gritó roja de ira— y esto se ha terminado.

Así que decidió que uniría su futuro al de sus hermanos varones, que preparaban la marcha hacia la «otra América», como llamaban al continente descubierto por Colón para diferenciarlo en lo posible del nombre de su hermana. Viajó con ellos hasta Bilbao y compró con ellos su pasaje, pero su condición de ser invisible se produjo, desgraciadamente, en el intervalo de tiempo en que se realizó el embarque, y ni sus hermanos ni la tripulación del barco le vieron cuando éste levantó amarras.

Su invisibilidad le dejó en tierra, así que decidió regresar a Madrid; eso sí, sin pagar el billete de tren, para algo debía valerle su condición de fantasma. Una vez allí, se instaló por su cuenta en un cuchitril del casco antiguo, donde se dedicó en exclusiva a producir sus enrevesados versos en blanco.

Sus hermanas tardaron bastante tiempo en darse cuenta de su ausencia. Al fin y al cabo se habían acostumbrado a no verle desde hacía ya muchos años.

La colonia del Sauce era tan silenciosa que allí ningún ruido, por pequeño que fuera, podía pasar desapercibido. Ni el maullar de los gatos a lo lejos, ni el sonido de los grillos, ni el de la brisa que apenas si movía ese día las hojas de los plataneros plantados a ambos lados de sus aceras; el más leve indicio de vida se agigantaba en aquel espacio en el que parecía haberse detenido el tiempo. Mucho más el eco de unos pasos que se acercaban desde lejos o el sonido de la respiración que se aceleraba al acabar de subir alguna de sus empinadas cuestas.

A pesar de todo, la colonia se encontraba en plena ciudad, formando una especie de isla que antes era considerada de las afueras y que ahora el centro, que abarcaba cientos de kilómetros a la redonda, había acabado engullendo. Como era un pequeño laberinto de calles prohibidas y salidas cortadas, apenas ningún coche se aventuraba a entrar por sus vericuetos. Gracias a esto y a que no eran más de cuarenta casas diseminadas al final de un camino que no llevaba a ninguna parte, había sobrevivido a su tiempo.

Mientras caminaba, Claudia se sorprendía de aquel silencio, sobre todo porque acababa de dejar atrás una de las arterias principales de la ciudad, llena de ruido y de tráfico.

Así que se esforzaba por pisar con cuidado para no hacer más ruido del necesario al avanzar por la calzada. Miró hacia atrás en un par de ocasiones, pero era sólo su propio sonido el que la acompañaba, el eco de sus pisadas contra el asfalto. No había un alma a la vista. Por fin, al doblar una esquina, vio la casa a lo lejos. Casi no la recordaba, hacía más de veinte años que no la visitaba, pero era la única que se encontraba en obras. Eso era lo que le había dicho la policía esa mañana, que acudiera a la calle del Almendro, a la casa en construcción. O en destrucción, añadieron.

Y según se fue acercando comprendió el añadido. La vivienda estaba casi completamente demolida. Sólo quedaba en pie una pared que, aunque ladeada, aún se levantaba sobre el suelo, desafiando la ley de la gravedad. Aún tenía parte de las tejas enganchadas a la techumbre y dos ventanas que, aunque torcidas, retenían todavía algún trozo de cristal y los marcos intactos de madera. Era una visión triste, como la de los ojos de un invidente: estaban allí pero no servían para nada.

Agrandando la línea de destrozos, habían roto por la mitad la tapia de piedra y habían instalado una tela metálica por donde se veían los hoyos practicados en el jardín. Uno de aquellos agujeros estaba rodeado con una cinta de protección de la policía.

Según avanzaba, Claudia se acordó de su padre. Seguro que Nicolás habría pensado que, hasta después de muerta, la tía América se alegraba de causarles problemas.

Tras los hermanos, también fueron marchándose del caserón del Sauce las hermanas Macera, dejando a la primogénita en la más absoluta soledad. Pero eso era algo que no parecía importarle. Nicolás insistía en que América no había valorado a nadie lo suficiente como para añorar su compañía.

Tenía la costumbre de hablar sola, pues ésa era la única charla que podía interesarle, ya que las conversaciones de los demás, intrascendentes o no, siempre le parecían tediosas.

Sin embargo, y aunque al final de sus días era difícil imaginarlo, América hubiera sido una mujer extraordinaria si ese rictus de amargura que empezó a marcársele en la comisura de los labios no hubiera aparecido. Ada aseguraba que era lista, ingeniosa y rápida, tenía una figura esbelta, cabello oscuro, ojos del color de la miel, un rostro singular, casi perfecto y, a ratos, resplandeciente.

—De jovencita —le decía Ada a la pequeña Claudia—, tía América era la primera que captaba la atención en las reuniones. Andaba con el aplomo y la levedad de las diosas, se movía con la soltura de los jacarandás y su talle, al sentarse, era como una puesta de sol en verano, cálido y prometedor.

Pero Nicolás matizaba que su carácter retorcido se le acabó esculpiendo en el rostro, que en lugar de hermoso resultaba hiriente, atormentado.

—En su vejez —replicaba a su esposa enfadado—, la expresión de severidad se había acentuado hasta el punto de que, mirada de frente, daba miedo.

Hasta que Margarita y Angustias se fueron, América les marcó con exactitud las pautas. No se podían descorrer los visillos, no permitía las conversaciones en alto, ni mucho menos los canturreos a los que era tan aficionada Margarita ni, claro está, las risas que, cada vez con menos frecuencia, podían estallar entre los moradores de esa casa. Cuando se quedó sola despidió a las criadas, acostumbrándose a vivir con la única compañía de la vieja Aurelia, una anciana encorvada que había criado a casi todos los hermanos Macera y que se habría hecho fuerte a la muerte de sus señores si la señorita América no hubiera tenido el carácter que tenía. Según regresaron del cementerio tras dar sepultura a su madre, América le dejó bien claro cuál era su sitio: pertenecía al servicio y estaba allí para que todo funcionase, no para dar opiniones ni tratar de imponer su santa voluntad. Aurelia, sabedora de que a sus años o aguantaba o su penúltima morada sería la mismísima calle, se amoldó a las normas de su nueva ama. Afortunadamente, con el tiempo su sordera le evitó escuchar los agrios comentarios que ésta hacía de lo poco que ocurría en sus vidas.

Por lo demás, América llevaba una vida ordenada hasta lo enfermizo. Se levantaba al amanecer, rezaba antes de bajar a desayunar, se vestía con cuidado, siempre de punta en blanco, y tres veces por semana se colocaba un delantal para regar y podar las plantas del jardín. Un par de veces al año llamaba a un hombre para que recortara los setos y abonara el terreno; de lo demás, hasta que pudo, se ocupó ella. Más tarde se sentaba en el porche de su madre y hacía labor. Después de comer y echarse una siesta de apenas veinte minutos, escribía. Cuando desaparecía el sol, se acoplaba en el salón de lectura a enfadarse invariablemente por el estúpido argumento de las novelas que caían en sus manos. Su padre, que había sido un gran lector, reunió una buena biblioteca que ella repasaba una y otra vez con el único placer de reafirmarse en su opinión: todo aquello que exaltaban los libros era una auténtica mierda. Nicolás se reía con frecuencia de una de las frases preferidas por su tía: la realidad siempre supera la ficción.

—Como si su triste y solitaria vida —decía burlón— hubiese estado plagada de aventuras. Qué sabría ella.

Tenía, no obstante, algunas virtudes, incluso aceptadas por su sobrino. Valores que se podrían considerar menores pero que se agrandaban ante el reconocimiento de aquel muchacho que la odiaba y no veía en ella sino defectos. Poseía, por ejemplo, la paciencia de Job cuando se trataba de arreglar algún mecanismo averiado. Era la encargada de reparar los relojes que dejaban de dar la hora, de destripar las cajas de música que se quedaban afónicas o de desenredar los hilos y las cadenas que se enganchaban en los joyeros y las cajas de labor. Sus manos ágiles, de dedos finos y largos, se afanaban en aquella tarea con la determinación de los cirujanos y la pericia de los orfebres. Podía pasarse tardes enteras, días e incluso semanas investigando las causas de un desajuste y hasta no arreglarlo con garantías de éxito no cejaba en su empeño.

También poseía una caligrafía fuera de lo común. Su minuciosidad a la hora de hilvanar una letra con otra le valió, desde que aprendió a escribir, todos los premios del colegio. Las monjas decían que tenía letra de ángel lo que, unido a su intromisión, le avivó la pasión por escribir, desde la pubertad, largos diarios que sólo ella contemplaba por el gusto de ver la tinta dibujada con tanta precisión y delicadeza sobre el papel. Nadie leyó su contenido, por lo que nada se supo de sus pensamientos más ocultos o de la forma en que interpretaba la realidad.

Pero su visión inflexible de la vida quedaba fuera de dudas si se la observaba en el comedor. A pesar de que almorzaba y cenaba sola, Nicolás aseguraba que siempre le tocaba la pata de la mesa entre las piernas, pues Aurelia tenía prohibido, bajo pena de muerte, o más bien de despido, mover ni unos milímetros el mobiliario. Ella comía escorada y tan incómoda que se llegó a provocar una lesión de columna, pero nunca permitió que ladearan la mesa, ni mucho menos se permitió a sí misma sentarse en otra de las sillas permanentemente vacías del comedor. Desde pequeña ése había sido su puesto y nadie ni nada lo cambiaría.

Hasta su muerte, tal y como ella misma pronosticó, vivió en la casa de la colonia del Sauce, que acabó heredando su sobrino Nicolás, al que nunca quiso y sólo vio en contadas ocasiones. Y si se la quedó no fue porque América lo deseara; había decidido no dejar testamento para embarullar la cesión. Pero Nicolás no tuvo que pleitear mucho para demostrar que era su único pariente vivo. Tan poco le contentaba la idea de darle a aquel muchacho sus posesiones que pensó donar la casa a la Iglesia, pero acabó descartándolo porque tampoco con los curas tenía buena relación. Dejársela a la caridad hubiera sido el último de sus deseos:

—Los pobres lo serán por algo y si no que se busquen la vida —imitaba Nicolás con voz tenebrosa a su tía, asegurando que ése era el modo en que respondía a los pordioseros que osaban pedirle limosna.

Así que simplemente dejó de preocuparse. Cuando ella no estuviera, no le importaba lo más mínimo lo que pudiera pasar con lo suyo. Sólo parecía tener devoción por dos cosas: una talla de la virgen de los Dolores que dormía junto a ella en su dormitorio y un cofre que guardaba bajo siete llaves y que a su muerte su sobrino ni se entretuvo en abrir. Pero esos dos objetos fueron lo único de América que Nicolás decidió quedarse, nunca se supo el porqué ya que nunca le gustaron ni aquella casa ni mucho menos su tía.

De todo lo demás, la propiedad y cuanto contenía, se deshizo con la rapidez del rayo. Vendió los cuadros, la cubertería de plata, los muebles y las alfombras a un subastero y la casa la acabó comprando una constructora que pretendía levantar pisos en aquel barrio residencial. Le pagaron menos de lo que valía pero tanto él como los compradores sabían que no les permitirían construir en altura hasta pasados varios años. Más de tres décadas habían pasado hasta que llegó la posibilidad de hacer cuatro módulos adosados.

Transcurrieron más de treinta años desde la muerte de América hasta ese día en que una grúa descubrió enterrados en el jardín los dos cadáveres.

Capítulo 3

Claudia miraba hipnotizada el interior del agujero mientras escuchaba las explicaciones del policía.

—Habrá que esperar los exámenes del forense, pero de momento la jueza ha decidido paralizar las obras. Puede que por varios meses, ya se sabe, hasta que se sepa si son restos históricos o de dónde proceden. En cualquier caso y si tenemos en cuenta que la propiedad ha estado cerrada a cal y canto los últimos treinta años, que la casa la levantaron sus bisabuelos hace más de un siglo, la disfrutó su tía abuela, América Macera, hasta su muerte y la heredó su padre, don Nicolás Macera, es decir, que nadie salvo su familia ha vivido en ella, ni se ha realizado en la parcela ninguna obra, no es nada aventurado suponer que estos esqueletos tengan que ver con ustedes. Por eso la hemos hecho venir, es usted la única descendiente viva. Espero haber respondido a su pregunta con claridad, señorita.

Claudia no sabía si era el calor o lo absurdo de lo que escuchaba lo que la tenía mareada. Sólo había podido preguntar por qué la habían hecho venir. No sabía qué demonios hacía allí. Sintió por un momento como si la tierra se moviera imperceptiblemente a sus pies o como si lo que miraba, el hoyo, el inspector, la cinta de seguridad, se le viniera encima agigantándose frente a sus ojos para volver a instalarse, en el mismo lugar y a su verdadero tamaño, unos segundos después.

—Entiendo, sí, pero sinceramente no tengo ni idea de cómo voy a poder ayudarlos.

Lo dijo con un hilo de voz y con la garganta seca por el polvo levantado en el jardín.

—Comprendo su sorpresa pero necesitamos de su colaboración. ¿Nunca oyó nada relativo a estas muertes?

En esa ocasión no pudo ni contestar. Sólo movió de un lado a otro la cabeza.

—Quizá exista algún documento, algún papel. Si el solar era antiguamente un cementerio, si hubo que cambiar el emplazamiento de más huesos durante la construcción de la casa... Su padre se la quedó a la muerte de América Macera.

—Pero la vendió de inmediato, y se deshizo de todo lo que contenía.

—¿No se quedó su padre o usted con nada de la casa?, ¿absolutamente con nada? Quizá alguna carta, documentos, certificados, que sé yo, algo que pudiera aportar alguna pista.

Claudia negó de nuevo con un gesto.

—Bien, bien, ya le he dicho que comprendo su aturdimiento, pero tendrá que colaborar. Hay que abrir una investigación, así que lo primero que le sugiero es que nos haga una lista con los nombres de todos los miembros de su familia. Mientras el forense estudia la identidad de los restos nos vendría bien saber dónde fueron enterrados los Macera. Si recuerda algo, hágamelo saber. Estaremos en contacto.

El policía se dio la vuelta y dejó a Claudia sola, al borde de aquel agujero del que no podía apartar la vista. Pasó un rato mirando sin ver hasta que salió a la pequeña colonia, donde sus pasos retumbaron con fuerza por todos los rincones.

Y

Nicolás fue hijo póstumo y siempre pensó que aquella circunstancia le había marcado la vida. Su padre, Alberto Macera, murió días antes de que él viera la luz en la ciudad de México, un 11 de noviembre a las once en punto de la mañana, en el número once de la calle Azcapotzalco. Quizá de ahí su afición por los números inversos.

No conoció, pues, a su padre, pero sí a su madre, aunque no por mucho tiempo. Poco después de cumplir él los seis años, aquella mujer que en sueños todavía se le aparecía, bella como una diosa, pequeña y perfecta como una porcelana china, se fue también de su lado.

Se llamaba Apolonia, pero todos le decían Pola. Nicolás había oído hablar y no parar sobre aquella criolla con mezcla de sangre incierta que superó como pudo la muerte del esposo, con el que se casó estando ya de varios meses de gestación. Durante muchos meses se comentaron en los corrillos de la buena sociedad las artimañas de Pola para que no se notara su preñez, como la faja asfixiante que colocó alrededor de su voluminoso vientre para que amortiguara su avanzado estado de buena esperanza. La muerte del esposo acabó por descubrir el pastel, ya que la angustia de su pérdida y el fajín apretado más allá de lo humanamente soportable acabaron por ser incompatibles y Pola tuvo que mostrarse al mundo, tres meses después del casorio, como lo que era: una matrona a punto de dar a luz. Pero las críticas mordaces de los primeros tiempos acabaron por convertirse en consultas clandestinas y admiradas, ya que los buenos resultados conseguidos por la flamante esposa —luego viuda de Alberto Macera— para ocultar, al menos momentáneamente, sus errores prematrimoniales, sirvieron a muchas jovencitas de la mejor sociedad para salvar la vida, el novio y la respetabilidad.

A Nicolás le gustaba recordar aquella parte de la historia de su madre, ya que le parecía que demostraba su coraje, su lucha implacable por la supervivencia. La sociedad acabaría replegándose a los pies de aquella mujer frágil pero resuelta que combatía contra viento y marea.

Aunque a pesar de aquella victoria moral, lo cierto es que Pola no estaba entonces ni para ofrecer consejos ni para recibir agradecimientos. Con un crío pequeño a quien alimentar, sin apenas un peso en los bancos y, sobre todo, sin ninguna gana de convertirse en una viuda apenada por el resto de sus días, su principal preocupación era la de pensar qué iba a hacer a partir de entonces.

Su cuñado, Guillermo Macera, el único familiar de su marido que vivía en el país, la ayudó en lo que pudo, pero fue más bien poco, ya que su afición por el alcohol y las mujeres dejaron muy mermados los beneficios que sacó de la pequeña fábrica de papel que había montado junto a su hermano a las afueras de la ciudad. Al final, sin un peso que ofrecerle, se propuso a sí mismo en matrimonio, pero Pola, que era una mujer lista y calculadora, no le aceptó.

De su familia política en España, Pola no recibió nada más que exabruptos de su cuñada América, que se había nombrado a sí misma como heredera universal de la fortuna familiar y de los valores cristianos. En una de sus primeras cartas, sin andarse por las ramas, como era propio en ella, se atrevió a calificarla de india casquivana que había recibido lo que merecía de la vida. Apolonia rompió maldiciendo el papel, eso sí, magníficamente escrito, con letras trazadas con tal arte que le pareció que rompía un manuscrito valioso, y maldiciendo también la cobardía de sus cuñados, que dejaron todo, sin repartir la herencia, a aquella bruja que la insultaba desde el otro lado del mundo. Pero al final, por el cariz que fueron tomando las misivas, cada vez más subidas de tono y con más arabescos en las mayúsculas, acabó por comprender que era lo mejor que pudieron hacer, dejarla que se pudriera con su dinero y su desprecio.

Así que después de varios meses de sopesarlo, cuando destetó al pequeño y su prodigioso corsé volvió a hacer milagros con su cintura, se decidió a reanudar la tarea que siempre supo hacer mejor: pimpollear. Era, como queda dicho, una mujer hermosa, no muy alta pero proporcionada, de boca grande y carnosa y ojos pequeños pero profundos. Tenía un aire provocador y elegante, natural y estudiado que la hacía irresistible. Además olía a jazmín a cualquier hora del día, peculiaridad esta que la ayudó a cimentar parte de su leyenda. Nicolás se deleitaba en recordarlo y, al hacerlo, parecía saborear las palabras, ya que imprimían a la historia de su madre nuevos atractivos.

Lo cierto es que sobre su olor, presente en su persona a cualquier hora y bajo cualquier circunstancia, corrieron ciertos bulos que nadie pudo, lógicamente, corroborar. Eran muchos los que sostenían que aquella olorosa rareza se debía al modo en que se produjo su nacimiento, como un recordatorio amable de sus verdaderos orígenes, que ella, altiva y segura de su belleza, se esforzaba en olvidar. Aseguraban que su madre, la abuela materna de Nicolás, era una bella india que trabajaba en casa de unos indianos españoles, los mismos que más tarde acogerían a la pequeña Pola en su seno. La joven criada, casi una niña, era tímida y callada, y a todo se avenía con tal de tener un techo que la cobijase y comida caliente dos veces al día. El caso es que su amo comenzó a visitarla por las noches, convirtiéndola en su amante más asidua, y con el tiempo ocurrió lo inevitable: quedó encinta. Su figura se trasformó: sus imperceptibles curvas se arquearon, su vientre liso se abultó, sus piernas se inflamaron, comenzó, en fin, a engordar. Avergonzada de su aspecto, dejó de comer para no sumar más kilos a su cintura. Pero su tripa se iba hinchando día a día como un globo, le dolían los riñones, y sus pechos, habitualmente prietos y pequeños como diminutas nueces, triplicaron su tamaño, haciéndole imposible tareas que hasta entonces realizaba con naturalidad, y molestándola incluso al caminar. Hasta que un día el dolor de sus entrañas le resultó insoportable. Asustada y quizá sorprendida de lo que su cuerpo estaba a punto de alumbrar, parió el fruto de sus pecados en la más estricta soledad, en el jardín de su señor, don Eurico Taboada, bajo una espesa mata de jazmines silvestres que exhalaban un aroma tan penetrante que se infiltró en el cuerpo de la recién nacida a través del cordón umbilical para siempre.

A Pola no le interesó demasiado desmentir o corroborar aquella historia, aunque en alguna ocasión aseguró ser hija de una joven española que murió en el parto y que era familia lejana de sus tutores. Y a su hijo Nicolás, cuando se la contaron, tampoco le importó mucho su veracidad, aunque siempre, secretamente, la creyó. Sobre todo cuando, ya de mayor, regresó al país y no sólo escuchó nuevas versiones sobre su verdadero origen, sino que visitó la propiedad en la que se educó Pola, una enorme finca que aún se levantaba sobre la cima de una ladera con unas impresionantes vistas a la ciudad, llamada «Los Jazmines» por la abundante cantidad de plantas de esa especie que rodeaban sus muros.

Sea como fuere, con el tiempo, y a pesar de que nunca tuvo el rango de hija legítima y su oscura ascendencia fue causa de controversia, el atractivo de aquella joven fragancia hecha mujer acabaron por abrirle de par en par las principales puertas de la ciudad, convirtiéndola en una de las muchachas más solicitadas de bailes y convites; oportunidad esta que ella supo aprovechar hasta hacerse una experta en el arte de la seducción y el coqueteo.

Hasta que conoció al españolito, como llamaban a Alberto Macera en los círculos de la alta sociedad, Pola había sido la obsesión de todos los jóvenes de buena familia que se cruzaron en su camino.

—De todos menos de uno: su gran fracaso amoroso…

—replicaba Ada a su hija Claudia por lo bajo, cuando Nicolás no podía escucharla.

El fracaso de Pola tenía nombre de protagonista de folletín: el bello Armando, que se resistió a sus encantos y que precisamente por ello se convertiría durante años en su pasión más oculta, hasta el punto de que, al final, Pola le asediaba sin disimulo. Ada aseguraba que estaba tan empeñada en conseguir sus favores que llegó a enfermar de rabia y de despecho cuando una noche, cuando su paciencia no sólo hacía aguas sino que navegaba entre auténticas cataratas, se decidió a acorralarlo literalmente entre la espada y la pared y él, cortésmente, la rechazó.

Por lo que había podido averiguar todo comenzó durante una sesión de esgrima en casa de los Gortariz. Armando, el oscuro objeto de sus deseos, seguía sin pestañear el duelo entre Juan y Justo, los hijos de la familia, acabados de regresar de Francia, donde a falta de un título académico se habían traído bien aprendido ese deporte de espadachines que a Pola, desde el principio, le pareció una majadería, pues el remache en las puntas de las espadas le quitaba cualquier atisbo de emoción. Pero no había más remedio que mirarlos y aplaudir su duelo como hacían los demás.

Así que Pola, hermosa como un buen lance y exhalando más que nunca su aroma a jazmín, que se intensificaba cuando tenía que aparentar concentración o interés, les miraba distraída. Los dos jóvenes se batían con desenvoltura, saltaban con gracia, como si anduvieran sobre carbones al rojo vivo, y Pola tuvo que admitir que aquella mamarrachada les había valido, al menos, para mejorar su figura, ya que cuando se fueron ambos eran algo obesos y ahora sus cuerpos se adivinaban atléticos y bien formados. En realidad no estaban nada mal, pensó realmente interesada mientras los observaba como había visto hacer a los compradores de caballos: examinando cada detalle, cada pequeño gesto provocado por la tensión de sus músculos. Pero rápidamente ese pensamiento le llevó hacia otro: Armando. Él sí que era un pura sangre, con un cuerpo delgado pero fuerte, armónico y perfecto. Le miró sin disimulo, sintió un estremecimiento y decidió que ya había esperado demasiado y que era el momento de urdir definitivamente un plan.

En cuanto acabó aquella lucha de pacotilla, Pola agarró una de las espadas y, como si quisiera admirarla, la sacó de la sala hacia la terraza. Hacia allí había visto encaminarse a Armando, que hablaba animadamente con Juan, uno de los hermanos contrincantes. Se escondió tras el cortinón del ventanal para no ser vista y llamó con disimulo a una criada.

—Avisa al señorito Gortariz, alguien pregunta por él en las caballerizas y dice que es urgente —le susurró con la voz autoritaria pero condescendiente con que solía hablar a los criados.

La doncella obedeció inmediatamente sus órdenes. Pola lo comprobó oculta aún tras el ventanal, desde donde pudo observar también cómo Juan salía a buen paso y atravesaba el jardín. Era el momento. Su momento. Armando esperaba el regreso de su amigo de espaldas a ella. Empuñando la espada salió decidida de la estancia y se colocó tras él.

—Manos arriba, Armando Valcárcel. Esto es un atraco.

Él se volvió con no poca sorpresa.

—No quiero su bolsa, sino su vida, señor. Y la quiero de inmediato.

Armando siguió el juego sonriente, aunque un poco ruborizado, hasta que ella, que le había ido desplazando lenta pero insistentemente contra las sombras de la pared para que nadie pudiera interrumpirlos, le besó en los labios.

—No Pola, eso no. Nunca más vuelvas a hacerlo.

Si el estilete no hubiera tenido un tope, Pola se lo habría atravesado en el corazón. Armando se dio la vuelta y la dejó plantada sin más explicaciones. Antes de que la furia le cegase completamente la visión, Pola vio cómo Armando se recomponía los puños de la camisa, se alisaba su engominado cabello y salía al encuentro de Juan Gortariz, que acababa de regresar a la terraza a grandes zancadas, como si nada hubiera ocurrido.

No recordaba cómo regresó a su casa, cómo salió de allí, qué calles atravesó en su furibunda marcha por la ciudad. A la mañana siguiente, cuando se despertó, inesperadamente, en su propia cama, con los ojos enrojecidos y el ánimo pisoteado, tomó la decisión más importante de su vida: se casaría con el primer hombre que conociera y ese mequetrefe de Armando Valcárcel se sentiría loco de dolor.

Y lo consiguió, pero no como ella suponía. Ese mismo día fue presentada formalmente a Alberto Macera. No le pareció desagradable y decidió llevar a cabo su misión. Lo sedujo, y a pesar de que para ello tuvo que quedarse encinta, consiguió finalmente que le pidiera matrimonio. En cuanto hicieron público su compromiso notó con evidente satisfacción que Armando palidecía de celos.

Pero una nueva sorpresa vino a enturbiar su triunfo y pronto comprendió que no era porque ella se fuera a convertir en una mujer casada. El desmejorado rostro de su amado respondía a otra razón insospechada: la causa era la identidad de su futuro marido. Armando amaba apasionadamente a Alberto desde que éste llegó al país y, aunque desde el principio supo que el españolito no compartía para nada sus sentimientos, verlo feliz al lado de una mujer le hizo enfermar de dolor.

Aunque era lo último que se podía imaginar, aquel descubrimiento acabó por dar a Pola cierta serenidad tras noches en blanco y meses de angustia, en los que llegó a pensar que su atractivo no era tan irresistible como supuso durante toda su vida. Si Armando la había rechazado era, únicamente, porque se trataba de un pobre degenerado, no porque una mujer le hubiera ganado la partida. El azar había puesto el resto. Pola, la más deseada, la más solicitada, había decidido casarse precisamente con el objeto de sus deseos.

Tan animada la dejó esta reflexión que olvidó por unos días el precio que había tenido que pagar: el de ser madre. Después, la repentina muerte de su esposo le quitó de la cabeza lo demás. Tras la maternidad, la joven viuda luchó desesperadamente por recuperar, junto a su figura, su caché, y así fue sorteando la suerte hasta que un joven gringo, forrado de millones, le volvió a arreglar la existencia. El pequeño Nicolás, que entonces no contaría más de tres años, vivió una temporada de calma en una enorme finca cerca de Teotihuacán, con caballos, campos infinitos y docenas de servidores pendientes de sus caprichos. Apenas veía a su madre y a su gringo adoptivo, pero no tenía tiempo para echarlos en falta ya que contaba con demasiadas distracciones en su nueva vida. Sin embargo, la suerte les duró poco. A los dos años su madre murió de parto y con ella el recién nacido, sin saber que todo aquello era pura dinamita. Al gringo, un contrabandista de poca monta con delirios de grandeza, le acabaron descerrajando tres tiros en un ajuste de cuentas.

Ada había escuchado, tras una vida de dormir junto a su esposo, retazos de aquella pesadilla que le despertaba por las noches gimoteando como un niño de pecho. Tras la muerte de Pola, el destino había puesto punto y final a la primera parte de la vida del pequeño Nicolás, instalándole por la fuerza, y sin ningunas ganas, frente al resto.

Hacía tan buen tiempo que Claudia decidió volver a casa dando un largo paseo. No había llevado el coche, pues estaba segura de que no habría sabido dar con la dirección del caserón, y tomó un taxi desde su oficina. Regresó andando lentamente, sin ser consciente ni de las calles que atravesaba, ni del tráfico, ni del calor. Sólo pensaba en lo ocurrido. Era increíble. El jardín de los Macera convertido en un cementerio clandestino. Y ella, como única descendiente viva, envuelta en medio de aquel embrollo que parecía sacado de una novela negra. Pero lo que no le resultaba menos desconcertante era comprender por qué había mentido a sabiendas a la policía. No es que tuviera ninguna pista sobre aquellos cuerpos, ni nada por el estilo, pero no entendía la razón por la que no les había dicho que conservaba algunos objetos de la casa. Intentó tranquilizarse. Seguramente no tendrían ninguna relación con aquellos cadáveres. Es más, estaba segura de ello. Sin embargo, se preguntaba por qué no los había mencionado. Y no es que se le olvidaran, ni mucho menos. Había pensado en ellos mientras escuchaba las preguntas del inspector. Las dos únicas cosas que su padre guardó al desmontar la casa del Sauce habían pasado hacía muchos años a sus manos: la talla de la virgen de los Dolores, de la que Claudia se deshizo rápidamente, pues resultó ser tan valiosa como terrorífica, una Dolorosa penante, vestida con un manto dorado y cara de pocos amigos; y un cofre de latón o de bronce, tan grande y pesado que para bajarlo al trastero de su padre, cuando Nicolás decidió quedárselo, tuvieron que pedir la ayuda del conserje y de su hijo. Por un instante se le pasó por la imaginación que quizá hubiera otro muerto metido en aquel viejo baúl, lo que justificaría su peso. Pero lo desechó enseguida. ¡Qué tontería! El frenazo de un coche la devolvió al presente. Iba tan distraída que había cruzado sin mirar. Se disculpó y siguió su camino, con el corazón latiéndole a toda prisa, tratando de prestar más atención. Pero sólo lo consiguió a medias. Su cabeza seguía pensando sin parar, tratando de encontrar alguna justificación a todo aquel absurdo. Lo primero que haría al llegar a casa sería buscar el teléfono del guardamuebles donde dejó instaladas, tras su muerte, las cosas de su padre. Se había prometido muchas veces que mañana, siempre mañana, iría a inspeccionarlas y decidiría qué hacer con ellas. Pero aunque habían pasado varios años desde que murió Nicolás, su hija todavía no era capaz de mirar sus pertenencias sin sobrecogerse. Ahora, se dijo, era el momento.

También pensó en Carlos. Hacía tiempo que se lo tenía terminantemente prohibido, desde que rompieron por última vez su relación y Claudia decidió que ésa sería la definitiva. Pero esa tarde no pudo dejar de hacerlo. Al fin y al cabo lo conoció gracias a la talla de tía América. Quizá aquel macabro descubrimiento les iba a poner en contacto nuevamente. No supo si se sentía aliviada o aterrorizada ante aquella posibilidad.

Con la muerte de su madre y el posterior asesinato de su padrastro, la pesadilla de Nicolás no hizo sino empezar. Convertido en huérfano biológico y putativo, se quedó completamente solo en el mundo. Al menos así se sentía, ya que su único pariente en el país era su tío Guillermo, el hermano mayor de su padre, al que no recordaba haber visto en toda su vida.

Con la familia adoptiva de Pola no podía contar. Y es que el comportamiento libertino de su madre había acabado, hacía tiempo, con la paciencia de los Taboada. Cuando se enteró de su embarazo don Eurico, el cabeza de familia, se puso hecho una furia, echó a la muchacha de casa con cajas destempladas y aseguran que, antes de partir, le dijo que era digna sucesora de su madre.

—Al fin y al cabo la sangre llama a la sangre —cuentan que le espetó rojo de ira—. No se puede vestir a un penco con las crines de un alazán. Por mucha educación que te dimos eres igualita a aquella india calentona que te parió y que se me metía en la cama sin llamar a la puerta.

—Vaya coincidencia —dicen que le replicó Pola con la sangre latiéndole en las sienes pero con todo el aplomo del que fue capaz—. A ti tampoco te oigo llamar cuando por las noches entras en el dormitorio de Dominga, la cocinera. Te he visto así de veces —le dijo con un gesto de su mano— y jamás sentí que pidieras permiso. Deberías quedarte tranquilo. Yo sí saqué provecho de vuestra educación. Aviso con los nudillos antes de franquear ninguna puerta —sentenció mientras se daba la vuelta y desaparecía de su vista para siempre.

Nicolás nunca pudo comprobar si aquella conversación se llegó realmente a producir, pero quienes la propagaron, todos ellos miembros de la antigua servidumbre de los Taboada, decían que era bien cierta. Para ratificarlo aseguraban que se produjo el mismo día en que a doña Juana, la santa esposa de don Eurico, le dio un colapso y tuvieron que cortarle la mano diestra.

Decían que, tras escuchar la confesión de su marido y la réplica de su acogida, la buena señora, que hasta esa fecha había bandeado las mentiras y los excesos de su esposo con cristiana aceptación, se tapó la boca con parte del tapiz que estaba bordando, luego cayó sobre el taburete que utilizaba para esas labores y por último se puso a devanar los ovillos tan deprisa que le quedaron las manos enmarañadas en un lío de hilos que nadie fue capaz de deshacer. Cuanto más trataba de desenredarse, más fuerte ataba su mano derecha en esa tela de araña de finísima seda color canela que le acabó cortando la circulación de la sangre. Su mano se amorató hasta el punto de que, al final, hubo que amputársela, e hizo temer durante varios días por su vida. Finalmente se recuperó, pero desde entonces no volvió a dirigir la palabra a su marido, que acabó trasladando su dormitorio al ala norte, donde dormía el servicio, sin preocuparse nunca más de guardar las apariencias.

De hecho Dominga, la cocinera, una mulatona caribeña del color del chocolate a la taza a medio derretir y de pechos como bizcochos con exceso de levadura, comenzó a acompañar a su señor a varias recepciones más o menos principales como su secretaria personal, lo que no dejó de causar sorna, ya que aquella real hembra, de tan apetitoso aspecto, apenas sabía hablar y mucho menos leer, contar o escribir.

El caso es que los Taboada, si es que aún vivían, no se dieron por enterados de la muerte de su madre, por lo que Nicolás fue retenido durante unos días en un orfanato hasta que su tío Guillermo acudió a recogerle.

Recordaba perfectamente el día que le vio llegar, apostado en la ventana de aquel centro donde había al menos otros ocho muchachos y muchachas de diferentes edades a los que él, en lo posible, evitaba mirar. No quería verlos por si algún día se reconocía en aquellas caras de tristeza. Siempre llevaban las narices húmedas, las moscas revoloteando alrededor de sus caras y las miradas perdidas de los que no tienen ningún futuro. Por eso se pasaba las horas apoyado en el alféizar de aquel ventanuco, de espaldas a ellos, hasta que al tercer o cuarto día de vigilancia intensiva vio aparecer la silueta, primero lejana y luego más nítida, de un hombre alto que caminaba a grandes zancadas y miraba al suelo. Poco después oyó que alguien, desde abajo, gritaba su nombre. Corrió por las escaleras a toda prisa, con el corazón latiéndole como una locomotora. Tomó aire y cuando lo tuvo enfrente, sin saber por qué, en lugar de sonreírle se echó a llorar. El hombretón, que lo observaba desde arriba, no supo qué hacer. Le dio una palmada en el hombro y luego sacó de un bolsillo de su chaqueta un pañuelo enorme, desplanchado pero limpio, que le tendió sin dirigirle la palabra. Sin hablar hicieron el largo camino de regreso hasta la capital.

Y

Guillermo Macera resultó ser un hombre lleno de sorpresas. Al día siguiente de instalarse en su casa, Nicolás comprobó que su tío había cambiado drásticamente de humor. Pasó del silencio a la locuacidad, de la frialdad a la cercanía. Durante las siguientes semanas llevó al pequeño al zoológico, le compró helados, le paseó por el parque de Xochimilco en una barca ribeteada de guirnaldas en flor, le habló de su infancia, le abrazó antes de meterse en la cama, le leyó cuentos increíbles y le besó cuando se iba a dormir.

Un día le despertó antes de amanecer y le llevó, medio dormido, hasta los límites de la ciudad. Lo sacó del carro tapándole con una manta y, sosteniendo al pequeño en brazos, le dijo que tratara de desperezarse del todo porque estaba a punto de ver el mayor espectáculo del mundo. Minutos después la luz comenzó a abrirse paso en el horizonte y Nicolás tuvo que aguantar la respiración. Un enorme globo fue emergiendo lentamente tras las colinas y las casas, pintando el cielo de luces que despejaron poco a poco las sombras. La silueta de todo lo que les rodeaba comenzó a perfilarse. Entonces, como en un susurro, su tío le contó una hermosa historia.

—Ocurrió hace muchos, muchos años —le dijo—. Tantos que ya nadie sabe echar las cuentas, porque no hay números en el mundo suficientes para sumarlos. Pero ocurrió en este mismo lugar y a esta misma hora, cuando despertaba el sol. Ella, Iztacihuitl, era una hermosa princesa que tenía el pelo negro y largo hasta los pies, y la mirada clara como la luna cuando se asoma a mirarse al río. Y él, Popocatepetl, era un guerrero joven y apuesto que no le temía a nada. Ambos se amaban más que a sus propias vidas, pero para poder casarse el rey obligó al joven a ir a la guerra. Quería para su hija a un guerrero imbatible del que sus enemigos huyeran despavoridos sólo con escuchar su nombre. Así que él tuvo que partir y pasó mucho, mucho tiempo antes de que pudiera regresar.

»El día que lo hizo fue aclamado por todo su pueblo, que salió al camino a recibir a su héroe victorioso. Pero él sólo buscaba entre aquel cortejo de bienvenida a su princesa, a la que no hallaba por ninguna parte. Sorprendido, siguió avanzando, sin encontrarla. Ningún ser entre los mortales se atrevía a decirle la verdad: que su amada había muerto. Cuando por fin se enteró, enloqueció de dolor y ordenó a veinte mil esclavos a los que había capturado en numerosas batallas que amontonasen diez montañas, una sobre otra, para colocar en su cima el cuerpo de su amada. Tardaron años en conseguirlo, pero al final lo lograron. Entonces, el guerrero colocó a la princesa sobre ellas y prendió una antorcha para velarla durante toda la eternidad. Así es como se convirtieron en volcanes, esos dos que se ven a lo lejos. Algunos días, cuando sale el sol, como ahora, si escuchas con atención se oyen aún sus desgarrados lamentos de amor. Y si se lo pides con mucha fe, ellos oirán tus demandas.

Al acabar de relatarle sus historias, Guillermo se quedaba callado durante minutos, ensimismado, como si él mismo pudiese ver lo que sus palabras acababan de dibujar. Luego abrazaba al pequeño y lo zarandeaba hasta hacerlo reír. El niño se sentía a gusto y feliz por primera vez desde que murió Pola. Y por primera vez, también, dormía plácidamente sin que le despertaran los malos sueños. Poco podía esperar la conversación que mantuvieron días después. Esa mañana, sin embargo, nada más ver a su tío, Nicolás supo que algo no iba bien. Guillermo había cambiado de nuevo, miraba al suelo, se agarraba una mano con la otra y carraspeaba, como quien teme lo que tiene que decir.

—Escúchame, hijo —le dijo mientras le hacía sentar en el butacón de la biblioteca—. Lo he pensado mucho, no creas que no me cuesta tomar esta decisión, pero creo que no te haría ningún bien quedarte aquí conmigo. Estas semanas juntos han sido muy especiales para mí, pero debes vivir con alguien que te sepa cuidar como debe ser. Yo soy un desastre para hacerme cargo de nadie. Figúrate: un hombre soltero, con treinta familias que dependen de mí en la fábrica... Desde que murió tu pobre padre estoy con el agua al cuello. Él era el alma del negocio, sabía hacer milagros con las cuentas, encontraba las palabras justas para aplacar a los acreedores y para contentar a los empleados cuando no llegaban los pagos el día previsto. Así y todo, las cosas comenzaron a irnos mal. Siempre tengo la sensación de que tanto trabajo acabó por matarle, y que yo fui responsable, porque dejaba en sus manos lo más duro... Pero bueno, ésa es otra historia. El caso es que he tenido que malvender la mitad del negocio y tendré que deshacerme del resto. No va a ser fácil, pero menos si tengo que cuidar de ti.

Nicolás le escuchó en silencio, con las piernas balanceándose en el aire porque todavía no le llegaban los pies al suelo, pero aun así supo que, en ese momento, le hablaban, por primera vez, como a un adulto.

—Mi hermana América te cuidará, ya le he escrito y seguro que su respuesta llega de un día a otro diciendo que está encantada de acogerte. Es una buena mujer, aunque tenga sus cosas, como todos. Pero sabrá darte una educación. Eres el Macera más joven y ella la más mayor. Creo que el destino os ha unido, os daréis el uno lo que le falta al otro. No sé, pero creo que mi decisión es la más acertada.

De nuevo aquella noche Nicolás durmió a trompicones, despertándose con pesadillas que creía olvidadas.

A partir de ese momento aseguraba que no podía recordar los detalles. No tenía noción del tiempo que esperó la respuesta de América, ni se acordaba de los preparativos del viaje, menos aún de la larga travesía que por primera vez le cruzó al otro lado del océano, dejándole instalado en un mundo desconocido que le aterraba. De aquellos días sólo tenía dibujada una escena que, a partir de entonces, entró a formar parte de sus peores pesadillas. La imagen de una mujer que le miraba seria, sentada frente a su secreter, que fruncía la nariz como si su olor le resultara nauseabundo y que se giraba para escribir una carta con la que se decidió su futuro.

Se trataba de América Macera quien, recién llegado a España, decidió enviarle interno a un colegio hasta cumplir los dieciocho años. Cuando su tío se enteró trató, sin mucho afán, de impedirlo. Escribió a América para que desistiera de sus planes. Le sugirió que, si ella no podía hacerse cargo, quizá su hermana Angustias acogiera al pequeño. Pero América se negó rotundamente a cambiar de parecer.

Capítulo 4

Nada más llegar a casa, Claudia buscó los papeles del guardamuebles donde había dejado instaladas las cosas de su padre. Necesitaba saber inmediatamente lo que contenía el baúl de tía América. No recordaba haber tenido un deseo tan apremiante desde hacía muchos años. Afortunadamente, todos los comprobantes estaban guardados en la carpeta de la testamentaria. Al abrirla cayó al suelo un papel que la había desconcertado desde que lo vio por primera vez. Era el comprobante de un asilo de caridad, en el que habían borrado el nombre del beneficiario. Sólo aparecía el nombre de su padre, Nicolás Macera, como tutor. Nunca supo de qué se trataba y aunque pensó, en alguna ocasión, acudir hasta aquella institución para que la sacaran de dudas, nunca lo hizo. Volvió a guardarlo en su sitio y con los resguardos del guardamuebles en la mano salió casi a la carrera. Si se daba prisa, aún le daría tiempo a llegar.

Mientras conducía en medio del tráfico, volvió a sentirse culpable por pensar en Carlos. Dos años de poner en estricto régimen sus pensamientos para nada. Lo seguía recordando como si se hubieran despedido ayer. Sabía que si se esforzaba un poco, sólo un poco, podría incluso escuchar su voz, sentirle sentado a su lado. Como si no hubiera pasado el tiempo. Aunque a ratos le parecía que Carlos nunca había sido real, de tanto como se obstinó en olvidarle.

Se habían conocido en uno de los momentos más duros

de su vida. La muerte de Nicolás había dejado a su hija deshecha. No es que se sintiera sola, es que lo estaba. Lo cierto es que nunca había vivido como las demás chicas de su edad. Su familia tampoco había sido corriente. Las costumbres de su madre jamás llegaron a ser las habituales del país donde le tocó en suerte vivir. Era una india que nunca quiso ser blanca. Le asustaban los ruidos y las prisas de la ciudad, le avergonzaba no entender el sentido que allí daban a las palabras, le enojaba que creyeran que era una analfabeta sólo por ser diferente. Evitaba mirar a los ojos porque así la habían educado de pequeña, pero sobre todo porque lo que veía en las miradas que lanzaban a su paso la amedrentaba. Claudia se convirtió en su lazarillo, en su recadera, en la traductora que le explicaba cuanto no entendía. Cuando enfermó, se convirtió además en cabeza de familia, porque con Nicolás tampoco se podía contar. Siempre fabulando, contándose y creyéndose sus propias fantasías. Claudia tardó algún tiempo en darse cuenta de que su padre era como un niño grande. Bueno y cariñoso, pero irresponsable. Y cuando lo comprendió lo quiso aún más, al fin y al cabo no hacía daño a nadie y vivía con más intensidad sus mentiras de lo que nadie que conociera vivía la realidad. Así era feliz. Ella se limitó a cuidarle para que no le faltaran nunca sueños de los que echar mano. Pero cuando murió comprobó que se había quedado sin ninguno para sí misma.

Decidió echar el cerrojo a todo lo que le había pertenecido. No podía seguir viviendo entre aquellas cuatro paredes, ni seguir sentándose en el sillón donde aún lo veía a él sentado, ni dormir entre los fantasmas que poblaban aquella casa que estaba impregnada de sus padres como las raíces prenden en la tierra. Llamó a un par de camiones de mudanzas y lo guardó todo bajo llave. Todo menos la talla de la Dolorosa que su padre tenía en el trastero. Siempre le había atemorizado su mirada, los ojos vidriosos de aquella escultura que parecían escrutarte desde todos los ángulos. Fue lo único que se llevó consigo. Pensó que tendría algún valor y que no le iría mal algo de dinero. Su padre, como imaginaba, había dejado muchas deudas pendientes. Y así es cómo conoció a Carlos. Se lo habían recomendado como uno de los mejores anticuarios de la ciudad y, sobre todo, como uno de los más honrados. Él enseguida comprendió el valor de la mercancía y se la pagó generosamente. No hubo regateos, ni engaños. Al menos entonces. Luego no dejó de haberlos.

Cuando se dio cuenta, Claudia había llegado por fin al guardamuebles. Tras enseñar varios papeles le dieron una llave y la condujeron a una habitación donde se apilaban las cosas de su padre. Pidió a uno de los encargados que se quedara con ella para ayudarla a despejar el lugar y pasó un buen rato inspeccionando lo que iban sacando; recordando, sin quererlo, la historia de aquel diván, del aparador comprado en el Rastro que su padre aseguraba que era una pieza única.

—Una ganga, hija, un negocio seguro.

Su padre y sus negocios. Siempre acabaron mal. La casa atiborrada con algunos de ellos y las cuentas de los bancos en números rojos. Así había vivido durante toda su vida, al filo de la quiebra. Como cuando a su regreso a España se entrampó hasta las cejas con los créditos pedidos a los bancos o cuando murió tía América y se pulió la nada despreciable herencia en nuevos negocios ruinosos. Claro que de la herencia de los Macera también gastó mucho dinero en tratar de curar a su madre. Otra mala inversión, ya que nunca se recuperó. Ada, la mestiza de pelo oscuro como la noche, acabó muriendo de un tumor cerebral que al principio confundieron con una simple cefalea. Después de peregrinar por todos los especialistas de España decidieron ir a Alemania, donde vivía una eminencia en la materia. Pero no sirvió de nada. La enterraron en Múnich meses después de llegar y

Nicolás tuvo que aguantar que rezaran por el alma de aquella india de sangre caliente en un idioma cortante, frío e inhóspito que ni de lejos le sonaba. La pérdida de Ada le sumió en un estado de letargo. Nunca recordó el viaje de vuelta en tren, el largo recorrido que hicieron entre tierras nevadas en el que él no levantó la cabeza del acurruco de su hija y en el que sólo se le oía el tono de voz cuando se lamentaba por haber dejado a su mujer en ese hoyo nevado en el que se moriría de frío. De vuelta a casa fue recuperando su espíritu, aunque nunca volvió a ser el que era. Tras zascandilear durante unos años, murió joven, mientras dormía plácidamente, una mañana de abril de 1991. Una nueva trampa del destino para él, que siempre apostó por los capicúas.

Nicolás apenas guardaba recuerdos del colegio. No quería retener imágenes que no le agradaban en absoluto. Pero, quisiéralo o no, a veces su cuerpo revivía el frío húmedo que le acompañó mañana, tarde y noche durante aquellos años, la sensación de abandono y de soledad y la certidumbre de su encierro, que entonces le pareció de por vida. Se sintió enjaulado al llegar y hasta que se fue se tuvo por prisionero. Fueron doce largos años en los que apenas salió del patio de los padres agustinos con sones de campana para imponer a todo su tiempo y lugar, hasta el rato en que le permitían ir al baño. Sólo tres o cuatro veces había viajado hasta Madrid, a instancias de tía América. Y es que, a pesar de que sobre todo al principio odiaba su confinamiento, lo prefería a esas breves visitas al lúgubre caserón en donde no se podían tampoco variar las reglas establecidas, donde alguna vez creyó ver sombras de fantasmas que se escondían a su paso y donde no podía hablar, ni reír, aunque para eso último, en realidad, apenas tenía motivos.

Desde pequeño Nicolás resultó ser un niño especial. En

primer lugar, porque sus genes más escondidos le habían dado un tinte oscuro en la piel que, sin llegar a hacerlo parecer mestizo, le presentaban como un niño evidentemente extranjero, con rasgos diferentes: nariz chata, ojos brillantes y negros como el carbón, y labios gruesos. Pero no sólo eso: su forma de ser era también distinta a la de sus compañeros. No le interesaban sus juegos, le parecía estúpido simular que un palo era un caballo, él que se había criado entre purasangres; le aburrían sobremanera las luchas contra los indios quizá porque, sin saberlo aún, presentía sus propios orígenes; abominaba esa afición tan arraigada entre sus colegas de escuela por mejorar su puntería, acabando con cualquier criatura viva que cruzara el umbral del colegio a base de tirarles piedras con la ayuda de un tirachinas. Fue, pues, un niño solitario y además casi el único que en verano y Navidad permanecía con frecuencia interno. Sus compañeros, mal que bien, tenían una familia que les reclamaba.

—¿Te vuelves a quedar en el colegio para la Nochebuena? —le preguntaba Luis, el único niño con el que, al pasar los años, hablaba más allá de los simples monosílabos que empleaba con el resto de sus compañeros y con el que, incluso, se sinceraba.

—¡Qué remedio! Mi tía no celebra la Navidad. Al menos aquí me dan turrones, en su casa ni eso.

—Jo, pues sí que es rara, sí. Creía que exagerabas con ella, pero, menuda… —respondía Luis, mirando a todas direcciones ya que padecía un fuerte estrabismo, razón por la cual Nicolás a veces dudaba si le hablaba a él o a otro cualquiera.

De hecho, aquel defecto ocular estuvo, al principio, a punto de romper su amistad, porque Nicolás creía que Luis no le contestaba a sus saludos, ya que siempre miraba hacia otra parte. La bizquera de Luis desasosegaba a su amigo, que jamás llegó a estar seguro de si se dirigía a él cuando había más gente delante, aunque con el tiempo se acostumbró a aquel cruce de miradas y llegaron a convertirse casi en inseparables.

Pero aunque le gustaba que su amigo agrandase con sus comentarios su sentimiento de víctima y corroborase la maldad de su tutora, en el fondo estar solo en las fiestas y no recibir regalos era algo que a Nicolás no le importaba en absoluto. En eso también era un niño extraño. Su único objetivo, en ese momento de su vida, era que pasara rápido el tiempo. No estaba dispuesto a encariñarse con nada de lo que ocurriera, con nada que le endulzara su situación de encierro. Quería tener todas las razones del mundo para estar enojado con su destino, y su destino, hasta que cumpliera dieciocho años, se llamaba América Macera. Por eso aprendió, de forma autodidacta, a dejarse ir. Cuando el tiempo no trascurría a la velocidad que él necesitaba, simplemente lo paraba. Si hubiera nacido en la India, habrían creído tener un santón yogui, porque para paliar su rabia Nicolás se inmovilizaba durante horas, quieto, casi sin respirar, aparentemente en trance. Podía pasarse toda una tarde contemplando las partículas de polvo que entraban por las rendijas de las ventanas, absorto en ese lento balanceo de franjas de luz y cuerpos microscópicos que sólo él parecía adivinar y a los que a veces soplaba para variarles el rumbo. O toda una mañana observando, sin pestañear, el movimiento de la hierba que, convertida en un mar verde y tranquilo, bailaba a cada golpe de aire. Generalmente, cuando se ensimismaba de ese modo, Nicolás recordaba su infancia, que le parecía más que lejana, irreal. Pero en muchas ocasiones recreaba una llegada que, aunque nunca se llegó a producir, se convirtió durante años en una obsesión: la visita de su tía Angustias, a la que había dibujado un rostro totalmente opuesto a su nombre, sereno y esperanzado, la cual, enterada de la maldad cometida por su hermana América, venía a recogerle. Como queda dicho, aquella visita nunca llegó a materializarse, pero invariablemente cada vez que Nicolás imaginaba que la mujer le tomaba de la mano, no podía evitar que los ojos se le llenasen de lágrimas.

Poco a poco, Nicolás comenzó a añorar estar solo para que ningún extraño, ni amigo, ni siquiera Luis, que gracias a su defecto parecía verlo todo, derecha e izquierda, arriba y abajo en un mismo golpe de vista, pudieran molestarle de improviso, despertándole de ese continuo duermevela en que se alejaba miles de kilómetros de la realidad. Atesoraba esos momentos de ensimismamiento con el mismo cuidado que guardaba sus escasos tesoros. Sobre todo, las pocas cartas que le llegaban de su tío Guillermo, al que siguió adorando durante toda la vida, a pesar de que no se hubiera hecho cargo de él. Como nunca fue muy asiduo en su correspondencia, Nicolás se las ingeniaba para cerrar las cartas de nuevo, con cuidado, aplastando muy bien la envoltura y así imaginar que las recibía otra vez, cuando el ruido de la lluvia sobre las tejas del internado le impedía dormir o los ronquidos de sus compañeros lo desvelaban. Las leía tan a menudo que llegó a aprenderse de memoria algunos párrafos de aquellas hojas que le llegaban a cuentagotas desde el otro lado del mundo.

Aquella especie de recogimiento que le mantenía concentrado, silencioso, caminando como una sombra por el colegio, le valió cierta fama de iluminado entre sus santos educadores. Lejos estaban de saber la verdadera razón de su actitud. Nicolás había encontrado la fórmula para escapar de sus muros sin tener que saltarlos.

Claudia salió del guardamuebles muy tarde. Tuvo que pagar al mismo encargado que le había ayudado a despejar aquella selva de muebles y cachivaches una nueva propina para que le trasportara el baúl hasta su coche. Parecía seguir pesando más de una tonelada. Dejó el resto de las cosas de su padre encerradas allí, más desordenadas aún que cuando llegó, prometiéndose que pronto decidiría qué hacer con ellas.

Cuando arrancó el coche miró el reloj, eran ya las diez y cuarto, así que su portero ya no estaría para ayudarla a subir el bulto. Además no había logrado abrir el baúl, cerrado con un candado, con ninguna de las llaves que encontró entre las cosas de su padre. Decidió sobre la marcha acercarse hasta una cerrajería de urgencia que recordaba haber visto no lejos de su trabajo.

Al llegar, aparcó el coche en doble fila y llamó a la puerta del pequeño local que mantenía un cartel fluorescente encendido. Inmediatamente salió a recibirla un hombre bajo, robusto, con el pelo enmarañado y pinta de ladrón de poca monta. Su aspecto era de lo menos tranquilizador. Claudia pensó en cambiar de planes, preguntarle cualquier dirección y salir de allí a toda prisa, pero acabó decidiendo que no podría soportar ni un minuto más de incertidumbre, así que convino con él un precio excesivo y cerró el trato.

—Me tendrá que acompañar hasta mi casa, no está lejos. Para subir el baúl y abrirlo allí.

—No será nada ilegal, ¿no? —dijo el hombre, escupiendo al suelo y mirando a Claudia a los ojos.

—¿Por qué iba a serlo? —se extrañó ella.

—Parece tener mucha prisa por abrir el cofre. De noche, llevarme hasta su casa… En este negocio se ven cosas raras, ya sabe, mercancía caliente… En fin, si está dispuesta a pagarme lo que le pido, por mí, conforme.

El hombre miró unos minutos el candado y entró de nuevo al local para recoger sus herramientas. Al volver, insistió.

—Yo se lo puedo abrir aquí en un dos por tres, le saldría más barato.

—No, quiero abrirlo en casa…

—Vale, jefa, lo que usted diga. Pero me tendrá que pagar también el taxi de vuelta.

Claudia sabía que era un auténtico timo, pero aceptó. Cuando por fin el hombre se sentó a su lado, en el asiento del copiloto, pensó que a lo mejor no era tan buena idea que subiera hasta su piso, no sólo tenía mala pinta sino que apestaba a vino barato. Respiró hondo y prefirió no pensar en ello. ¿Y si al abrirlo se encontraba con algo extraño? ¿Qué haría aquel tipejo si aparecía un nuevo esqueleto dentro del baúl? Vaya tontería, se dijo mientras enfilaba hasta el garaje.

Tal como parecía, el hombre resultó ser fuerte como un titán y cogió el baúl entre sus brazos sin apenas aparentar esfuerzo, mientras Claudia lo guiaba hasta el ascensor llevándole la caja de herramientas. Cuando se vio con él en su apartamento volvió a arrepentirse por un segundo de haberlo traído, pero ya era demasiado tarde.

—¿Dónde lo colocamos? Vaya si pesa el maldito trasto.

En contra de sus temores, el hombre tardó no más de un par de minutos en abrir el candado y abandonar la casa. Tras pagar lo estipulado, Claudia respiró por primera vez aliviada.

Antes de inspeccionar el baúl, cubierto por una tela que tapaba completamente su interior, se sirvió una cerveza y encendió un cigarro. Después de un largo trago se sentó en el suelo y quitó con cuidado el cobertor.

Inventándose su propia realidad, fueron pasando los años de internado. Nicolás aprendió un poco de aritmética y casi nada de geografía, pero mucho de fabulación. Siguió sumando detalles a la llegada, imaginada millones de veces, de su tía Angustias; perfiló con detenimiento la cara de desprecio con que miraría a América el día de su decimoctavo cumpleaños; repasó y volvió a repasar su reencuentro con Guillermo, cuando por fin pudiera volver a su casa, al otro lado del mar. Pero también comenzó a interrogar constantemente a su cuerpo para ver señales de que el tiempo efectivamente transcurría. Y es que al ser más bien delgado y de pequeña estatura, su desarrollo tardó algo más que el de sus compañeros en materializarse. A todas sus amarguras pasadas y presentes se unió entonces el miedo a quedarse enclenque toda su vida. Vigilaba de hurtadillas los bíceps de los demás alumnos, las nueces de sus gargantas, que iban haciéndose prominentes, sus voces, que enronquecían día a día, sus piernas imponentes y peludas, sus manos de palmas grandes, la aparición de bigotes, patillas y barbas, festejadas como merecían por sus propietarios, y luego se examinaba, desesperado, ante el espejo, comprobando que se había quedado atrás, que seguía siendo un niño pequeño al lado de gigantes que le sacaban más de cabeza y media y que de una patada conseguirían desplazarlo de un lado a otro del patio. La idea de que sus juegos para parar el tiempo le estaban impidiendo crecer le obsesionaba. Temía quedarse como un niño para siempre, enano, despreciable, infantil, con voz de niña y piernas de alfeñique, él que lo único que quería era ser mayor para escapar de allí. Pero sus fantasmas y sus miedos no llegaron, afortunadamente, a convertirse en realidad. Simplemente tardó un poco más en dar el estirón. Por eso recordaba como uno de los mejores días de su vida una mañana en que descubrió, al lavarse la cara frente al espejo, que le estaba empezando a querer salir la barba. Le picaba la piel desde hacía días, pero sólo esa mañana comprendió que era el primer síntoma de su madurez. En los siguientes meses, creció casi dos palmos, notó su voz más templada, comenzó a tener las piernas cubiertas de vello y hasta se levantaba antes de lo acostumbrado, él que era un perezoso, para coincidir en las duchas con sus compañeros y que vieran que también él, aunque con cierto retraso, tenía ya cuerpo de hombre. El día que los curas le dieron una navaja para afeitarse fue el segundo mejor que recordaba. Ya le faltaba menos para salir de su encierro.

Al quitar la tela que cubría el baúl toda la habitación se llenó de polvo; tantos años llevaba cerrado que Claudia temió que salieran gusarapos de su interior y por un momento estuvo tentada de volver a cerrarlo. No lo pensaba en serio, pero la nube que desprendió aquel trapo al levantarlo no sólo le hizo toser sino volver a pensar que podía encontrarse con una sorpresa desagradable, quizá un resto humano. Tomó otro largo trago de cerveza para serenarse y se rió de ella misma mientras se acercaba a la cocina para colocarse un delantal y coger algunas bayetas. «¡Vaya tonterías piensas últimamente, Claudia Macera!» Pero sólo al inspeccionar de un rápido golpe de vista el interior del cofre respiró aliviada. Allí dentro no había nada sospechoso. Muchos papeles, cuadernos, recortes de prensa, telas... Lo primero que sacó fue un sobre amarillento que resultó estar lleno de fotografías. Las limpió un poco a medida que las extraía, pero por desgracia no sabía a quién pertenecían. Algunas llevaban dedicatorias, pero las letras estaban tan borrosas que resultaba difícil entenderlas. Sólo consiguió descifrar una: la de una muchacha que vestía un traje de calle, largo y cerrado al cuello, con puntillas en los puños y que sujetaba una sombrilla, cosa totalmente inútil ya que se notaba que estaba en el interior de un estudio de fotografía, con una playa pintada al fondo entre rocas y árboles, pájaros y nubes que no tapaban el enorme sol que presidía aquel terrible decorado que, pensó, debió de hacer furor en su época. La muchacha era la única que sonreía en la sucesión de caras estupefactas y forzadas que había visto hasta ese momento en las demás fotografías, y tenía rubricado el nombre de Margarita. Sin duda, se trataba de la más pequeña de los Macera. La puso a un lado mientras dejaba el resto de las fotos en el suelo para mirarlas después con más detenimiento. Sacó entonces un traje de noche, un vestido de seda negro con multitud de lorzas en la pechera y el cuello ribeteado de pequeñas piedras también oscuras que apenas se distinguían del fondo, para evitar la ostentación, pero que le daban un remate vistoso; el vestido le gustó enseguida. Era sin duda caro, pero discreto. Comprendió la elección de su dueña, quienquiera que fuera. Se preguntó a quién pertenecía y qué pasó con él para que tía América decidiera guardarlo entre sus tesoros. También había muchos cuadernos escritos con una letra pequeña y uniforme, de trazos simples pero artísticamente entrelazados. Una sucesión de palabras escritas con claridad, siguiendo puntualmente las normas ortográficas y el estilo marcado por la época, pero no por ello, ni mucho menos, impersonales, al contrario, cada una de aquellas palabras parecía contener el carácter de su autor en la inclinación de sus líneas, en la forma en que se unían los puntos de las «íes» con las «eles», los palos de las «tes» con las «es», los acentos con las «enes» finales, como cadenitas mágicas que trasmitían vida, orden y sensibilidad. No tenían tachaduras, ni borrones, algo que sorprendió a Claudia, que se detuvo un rato a examinarlos. Todos estaban igual de cuidados y limpios, como si el que los escribió no tuviera dudas de nada de lo que pensaba o como si todo lo que dijera fuera tan cierto que no cabían las correcciones. Debajo de todo una tela blanca cubría el fondo del baúl, la sacó y comprobó que se trataba de un camisón viejo y muy arrugado. Con todo ello apilado a ambos lados del mueble abrió un cuaderno al azar. Se sirvió de la fotografía de Margarita para señalar las páginas y fue la única distracción a su lectura, mirar de vez en cuando aquella cara que le sonreía desde otro tiempo. Por lo demás no pudo dejar de leer hasta que amanecía y una luz cegadora la devolvió a la realidad. Necesitaba al menos unas horas de sueño.

... No sé por qué añoro tanto el mar. Nací cerca de él, pero nunca creí que tuviera tanta influencia en mi vida como para soñarlo como lo sueño, incluso diría que como lo necesito. Además de eso hace ya tiempo, de mi nacimiento, me refiero; demasiados años desde que no lo veo cada día al levantarme. Y sin embargo, noto su presencia, siento mi ánimo cambiar como cambian las mareas, pleamar, marea baja, mi humor alicaído o exultante, triste o alegre, como si los vientos que cambian el rumbo de las aguas trastocasen mi espíritu, me zarandeasen a mí también. Hoy sin duda habrá marejada, porque así me noto, así percibo que corre la sangre por mis venas, agitada. Y ni pensar quiero en los destrozos que eso va a causarme, en el naufragio que se avecina, porque de eso tampoco tengo dudas. Después de echar de casa a Ramón, todos se van a poner en mi contra. Angustias, que ha sido la primera en enterarse, se ha quedado muda pero su mirada echaba fuego. Guillermo no me dirá nada, seguro, dejará de hablarme durante unos días y evitará en lo posible encontrarse conmigo en el comedor o en el pasillo, con lo que le he dado más razones, si es que las necesitaba, para no aparecer apenas por casa. Leandro se hará aún más invisible a mi presencia y Margarita, como siempre en las nubes, quizá no llegue a enterarse. Pero Alberto, seguro que Alberto me echa uno de sus acostumbrados sermones. Parece que lo estoy oyendo.

—América, así no podemos seguir. Si quieres quedarte más sola que una rata allá tú, haz con tu vida lo que quieras, pero no intentes gobernar la nuestra. Y, sobre todo, no nos ahuyentes a los amigos, por el amor de Dios.

Siempre reacciona igual, a la defensiva, colocándome en el bando contrario: él tiene razón y yo estoy equivocada. En esta casa es imposible dialogar y no me quito mi parte de culpa, no, sé que según el día no es precisamente fácil hacerme cambiar de opinión o llevarme la contraria. Pero soy bastante mayor que Alberto y eso debería contar. Que él ya no es un niño lo sé de sobras, pero aun así no me siento capaz de explicarle lo que en realidad ha ocurrido con su amigo Ramón. Me da vergüenza, pudor, qué sé yo. Contarle a mi hermano pequeño, aunque sea un hombre hecho y derecho, que un amigo suyo ha tratado de propasarse, que me persigue… me pongo roja sólo de pensarlo, como si yo fuera la culpable, lo que bien mirado es una tontería, pero no puedo. Así que daré la callada por respuesta, lo que le va a encolerizar aún más. «¿Qué se habrá creído doña perfecta? —pensará—, ¿quién demonios se piensa que es, la reina de Saba?»

Pero lo cierto es que lo de Ramón era de todo punto insostenible. Desde hace tiempo que lo notaba. Me sigue, vaya donde vaya me lo encuentro, esté donde esté acabo descubriendo su mirada fija en lo que hago. Por si esto fuera poco, además, de un tiempo a esta parte, parecía otro miembro más de esta familia; se invita a comer, a cenar, incluso a desayunar, y casi siempre con una copa de más. Pero si yo, que apenas salgo, me lo he encontrado dos veces haciendo eses en la calle, Virgen Bendita, ¿es que mis hermanos están ciegos? Pero lo peor no es eso, es que creo que el alcohol le ha hecho perder del todo la cabeza. No encuentro otra explicación para lo que ha ocurrido. ¿No se atrevió a subir a mi cuarto y me lo encontré fisgando en mis cosas? Estaba tocando mi ropa interior, tan tranquilo, allí plantado en medio de mi dormitorio sacando mis enaguas, oliéndolas… Me dio miedo y repugnancia. No sé cuál de las dos emociones me trastornó más. Pero fuera cual fuese me obligó a gri-

tarle. Él se volvió, sin apenas inmutarse, y encima se sonrió.

—Perdona, América, venía a buscarte, y como no estabas me he entretenido mirando tus cosas.

No podía dar crédito a lo que oía, ni a lo que veía, casi ni me salían las palabras del susto, del asco, de la impotencia que me daba verlo allí tan pancho, tocando mi ropa. Noté que olía a alcohol y eso que no me moví de la puerta; estábamos a algunos metros de distancia. Cómo no le iba a echar con cajas destempladas. Le dije que saliera de esa habitación y de esta casa y que no se le ocurriera llamar nunca más a nuestra puerta. Se quedó quieto, bajó la cabeza y antes de salir todavía me volvió a hablar.

—Eres muy dura, América Macera, es difícil acercarse a ti, y mira que lo he intentado. Espero que nunca te hagan tanto daño como el que me estás haciendo a mí en este momento. No pretendía hacer nada malo, pero ahora me siento como si me hubieran descubierto cometiendo un crimen, o algo peor. Lo siento mucho.

Debo reconocer que me dio un poco de pena cuando salió, cabizbajo. Pero esa emoción duró sólo un poco. Inmediatamente lo recordé hurgando en mi armario, sobando mis cosas, persiguiéndome con la mirada, sus ojos fijos en mí y el miedo que eso me causa. Además, ya está hecho. Cuando salió de mi dormitorio y cerró la puerta me eché a llorar, no por haberlo despachado como lo hice, sino porque me sentía sucia, como si sus manos hubieran tocado a la fuerza no sólo mi ropa, sino mi piel, mis pensamientos. Lavé todo lo que guardaban mis cajones y me lavé yo también, durante un rato largo, el agua aclarándome las ideas, mezclándose con las lágrimas. No bajé a cenar, Aurelia me subió un vaso de leche caliente más tarde. Fue en el momento que regresaba del baño cuando me encontré con mi hermana Angustias, que me miró, como he dicho, furiosa, por lo que comprendí que de algún modo ya se han enterado. Pero no me siento con fuerzas de enfrentarme a ellos todavía. He preferido antes escribir lo ocurrido para aliviarme y ya me siento un poco mejor. He hecho lo que debía, aunque hay una idea que me obsesiona. Creo que este chico, Ramón Saravia, va a causarnos alguna desgracia algún día. No me gusta su amistad con Guillermo y Alberto, eso es cierto, pero menos me gusta aún ver la influencia que ejerce sobre el primero, que no hay que ser muy lista para ver que también le gusta beber más de lo conveniente. Me tiene preocupada Guillermo, ésa es la verdad, que cada día llega más tarde y en peores condiciones. La otra noche, que me levanté a beber agua, lo oí vomitar. Pensé en acercarme a ver si se encontraba mal, y lo vi salir dando tumbos camino de su cuarto. Mamá, la pobre, ni se ha enterado, ni falta que hace, pero seguro que Alberto lo sabe. He intentado hablar con él, pero siempre sale con su consabida muletilla.

—No le pasa nada, América, no te metas en su vida, déjale en paz.

Así que hago como que no me entero, pero vaya si me entero. Por qué querrá arruinar su vida con ese vicio asqueroso. Es guapo, listo, se lleva a las chicas de calle, lo tiene todo. No sé qué pasa por su cabeza. Si ve algo menos a Ramón, mejor para todos, sería bueno que hiciera otras amistades. Por cierto que el otro día nos dijo que va a traer el próximo fin de semana a un amigo suyo que no conocemos, un tal Braulio. Confío en que sea un poco mejor que éste. Otro Ramón conviviendo en casa sería demasiada desgracia…

El día en que Margarita se hizo aquella fotografía acababa de cumplir los dieciséis años. Lo estrenaba todo: su incipiente madurez, el vestido, el sombrero y la sombrilla, y estaba encantada de que la inmortalizaran con aquellas prendas de mujer, con el pelo recogido en un moño, como sus hermanas mayores, aunque con el pie sujetaba una pelota que acababa de encontrar por casualidad en el estudio del fotógrafo, dispuesta a darle una patada en cuanto aquel señor tan pesado, que la obligaba a aguantar la respiración, acabara de una vez su retrato.

La pequeña de los Macera era, según contaba su sobrino Nicolás, una mujer pizpireta, delgada, de una agilidad asombrosa que, antes incluso que aprender a andar, trepaba a los árboles como quien se sube a una silla y que, en la adolescencia, y a pesar de los castigos que le infligían para que dejase sus acrobacias, saltaba de una rama a otra como una ardilla. Sus padres acabaron permitiéndole aquella excentricidad como casi todo, ya que Margarita era el ojo derecho de su padre, don Jacinto, que la engendró cuando tenía edad de ser su abuelo, y la alegría de doña Alejandra, su madre, que a pesar de que la reprendía por actitudes tan poco femeninas no podía evitar que su benjamina le acabase haciendo, invariablemente, reír. Fue, pues, lo que suele considerarse como una niña mimada, y desde pequeña aprendió el difícil arte de imponer su santa voluntad. Era graciosa, frívola e imprevisible y si bien es cierto que se llevaba medio bien con todos sus hermanos, era a Leandro al que prefería, quizá porque le divertían sus fantasmadas, sus tentativas de mago invisible. Tradujo su desolación por juego, algo muy propio de ella, que no quería ver el lado malo ni triste de lo que ocurría a su alrededor.

En su primera juventud, dada su destreza gimnástica, sus padres la apuntaron a lo más parecido que una señorita de buena familia podía ejercitar con aquella aptitud: la danza. Pero a Margarita no le gustaba lo más mínimo la disciplina, así que convirtió en una jaula de grillos la rígida educación de la academia francesa de ballet en la que la matricularon, dejando claro que ella subía la pierna cuando le venía en gana y no cuando a *mademoiselle* Coral le apeteciera, con la consabida algarabía de las demás alumnas, que desmoronaron los nervios de su estricta maestra. Margarita tampoco estaba dispuesta a reventarse los dedos de los pies a base de andar de puntillas; si quería elevarse, allí tenía los árboles. Pero el colmo de sus desmanes fue un día en que decidió ejecutar cambiados todos los pasos, así que hacía *relevé* cuando la profesora ordenaba *plié*, saltaba cuando pedía giros y giraba cuando pedía suelo. La echaron de la academia con la peor calificación y ella, feliz de que acabara aquel infierno, decidió despedirse de su odiada maestra ofreciéndole los pasos de baile más magistrales que la buena *mademoiselle* había visto en su vida.

—Esta niñññña es un demonio. Sabe bailarrrr, pero sólo le interesa llevarrr la contrrrrarrria. Ustedes verrrán qué hacccen con ella. Yo, si me lo perrrmiten, les darrría un consejo, un parr de azzotes no le vendrrrían nada mal —dijo la derrotada *mademoiselle* a modo de despedida.

Margarita salió saludando como una primera bailarina el día del estreno y de puntillas, por primera vez en su vida, se inclinó ante la atónita clase, que irrumpió en aplausos sin dar tiempo a que *mademoiselle* Coral pudiera evitarlo.

Así, demostrando que estaba dispuesta a hacer lo que le viniera en gana, fue creciendo encaramada a los árboles y adoptando cuanto bicho, pájaro o saltamontes encontrara en su camino, ya que desarrolló una pasión por los animales que, pasado el tiempo, se convertiría en su modo de vida. Pero como no tenía paciencia para cuidarlos —en realidad no tenía paciencia para nada— tuvo muchas bajas, ya que pretendía dar de comer moscas a los gusanos de seda y morera a los renacuajos:

—Si tienen hambre —decía—, se tendrán que conformar con lo que haya. Como yo cuando mamá me pone lentejas, si no les gusta, que no coman. Así me dice ella.

No era realmente falta de interés, o era la falta de interés que le ocasionaba todo aquello que no respondiera a sus expectativas inmediatas. Margarita era de una sola dirección, aunque fuese la equivocada.

No tuvo que esperar mucho tiempo, quizá dos o tres años más, para descubrir cuál era en realidad su destino. La familia Macera se trasladó durante unas vacaciones de Pascua a la provincia de Valladolid, a visitar a unos parientes de doña Alejandra. Una de las sirvientas de la casa resultó ser hija de unos modestos labradores en apuros que necesitaban dinero para no perder su granja. En uno de sus escasos raptos de generosidad, y sin que su mujer llegara nunca a entenderlo, don Jacinto decidió comprar la propiedad, no tanto para acudir a ella en vacaciones, ya que no reunía las más mínimas condiciones de habitabilidad, como para arrendársela a aquella familia por una cantidad simbólica a cambio de que les proveyeran de huevos, gallinas, tomates y pimientos todo el año. La familia, más que agradecida, rezó desde entonces a don Jacinto con la misma devoción y piedad con que recitaban sus plegarias a los santos locales. Y también desde entonces la ilusión de Margarita fue acabar viviendo en ese lugar. No podía olvidar la impresión que le provocó ver salir las hortalizas; los tomates colorados; las zanahorias cubiertas de tierra con sus penachos verdes, que trató de proteger cuando los tiraban, desechándolos, al suelo; las orondas remolachas color sangre recogidas en cestas de mimbre por la campesina, a la que visualizó como la mujer más feliz; el nutritivo batiburrillo de olores de las cebollas mezcladas con el apio y las hebras de perejil. Y desde luego, no le causó menos envidia ver a los animales campando a su aire en el pequeño corral, y vigilar cómo una gallina que abría y cerraba sus alas se sentaba tranquilamente para empollar sus huevos.

Vivir allí se convirtió en su nueva obsesión. Y allí se fue, años después, al morir sus padres, cuando América se impuso como señora de la casa. No es que se llevaran especialmente mal; la seducción de Margarita era tal que hasta afectaba a su hermana mayor, que le permitía caprichos impensables para el resto de los humanos. Pero librarse por fin de ataduras, vivir en el campo, hacer lo que le viniera en gana de la mañana a la noche sin tener que rendir cuentas a nadie y alimentar a los animales era lo que más le seguía atrayendo. La ausencia de sus padres, a los que echaba de menos a cada hora del día, y el hecho de que su casa se había ido despoblando poco a poco —sus hermanos se habían ido y casi ningún bicho osaba traspasar las verjas del caserón—, fueron los motivos que le faltaban. Tenía veintitrés años cuando tomó rumbo a su nueva vida. Una vida que no la desilusionó. Sus pretendientes la aburrían, la vida en la ciudad la asfixiaba, necesitaba aire puro… además los labradores que cuidaban de la granja habían muerto y sus hijos emigraron a la capital.

—Alguien tendrá que cuidarse de esto —les decía a sus hermanas, intentando justificar con más razones su decisión.

Pero a instancia de ellas tuvo que aceptar llevarse a una sobrina de Aurelia, una muchacha regordeta, simple y obediente que respondía al nombre de Julia; y también a petición de sus hermanas, que no se reponían del susto de ver a la pequeña en medio del campo, asediada indiscriminadamente por lobos o bandoleros (aunque nunca existieron en aquellos parajes), contrató a un campesino que le cuidara la huerta.

Pero sus excentricidades —«hay que segar todo al mismo tiempo; deje usted de regar, que lloverá de seguro; nada de estiércol, que huele fatal…»— acabaron con la paciencia de aquel pobre hombre que no podía comprender a su ama y acabó por marcharse, precisamente lo que ella deseaba.

Poco o nada bajaba al pueblo más cercano, pero como el

destino es inexorable y si está escrito acaba cumpliéndose, tarde o temprano, en una de sus infrecuentes visitas, conoció a don Pascual, un barón, no sólo de sexo sino de abolengo, completamente arruinado e invidente. Poseía una finca cercana a la suya, era dueño de una voz profunda y aterciopelada, como la del urogallo en celo y le recitaba los poemas de amor más admirables y tristes que había escuchado en su vida. Decidieron, a los pocos meses, unirse en matrimonio. Y Margarita, dotada circunstancialmente por amor de una paciencia que en estado natural nunca había demostrado, aceptó casarse en Madrid, con su hermana mayor como madrina y su adorado Leandro como padrino de bodas, ya que su prometido, además de ciego y pobre, carecía en lo absoluto de familia que le acompañase en aquel extraordinario evento. Su criada Julia, que hacía tiempo que no visitaba a su familia, se empeñó en acompañarles a la ceremonia, feliz por abandonar por una temporada los rigores del campo al que no se llegaba a acostumbrar. Así que partieron en tropel hacia Madrid. Aunque antes Margarita, práctica como era, decidió dejar a las gallinas ración de grano suficiente como para que aguantaran una quincena.

La boda fue sencilla, pero emotiva. Margarita, a regañadientes, acabó por aceptar ponerse el traje de novia de su madre, que le estaba como un guante. Era contraria a las celebraciones y a los despilfarros, hubiera preferido casarse sin más ceremonias, pero con todo, aguantó llevar velo, cola y un ramillete de rosas rojas en la mano. A lo que no estaba dispuesta en absoluto era a emprender, como pretendía América y su propio prometido, un corto viaje de novios.

—Para qué movernos, a mí viajar no me gusta y tú no ves nada, amor —le respondió a su flamante esposo con su habitual y cortante sinceridad.

Él consintió, como lo haría siempre, y vivieron unos días de tranquila felicidad junto a los pocos Macera que aún quedaban en la casa del Sauce. Allí se mudó, circunstancialmente, Leandro, para estar junto a la benjamina, a la que adoraba estuviera en estado material o etéreo.

Pero, como era de prever, cuando regresaron al campo convertidos en marido y mujer, la baronesa contempló espantada cuál había sido el resultado de su particular intendencia. Todas las gallinas habían explotado, sus tripas eran un nauseabundo revoltijo de putrefacción que salpicaban hasta las paredes de la casa. Se habían comido, naturalmente, la ración de quince días en las primeras veinticuatro horas, lo que las hizo saltar por los aires.

Pero dado que para Margarita nada era un problema, los nuevos barones se alimentaron, desde entonces, de las pocas hortalizas que no se habían echado a perder en la huerta durante su ausencia. Julia, la sirvienta, adelgazó como una sílfide tras la dieta obligatoria y comenzó a mirar con mejores ojos ese rincón del mundo donde los muchachos, arrebatados por su nueva fisonomía, no dejaban de lanzarle requiebros. Por su parte Margarita, tras el disgusto, se convirtió en un lazarillo vegetariano y feliz que siguió escuchando durante años embelesada las rimas de su trovador invidente.

Capítulo 5

A Claudia le despertó el teléfono a eso de las diez de la mañana. Era sábado, no había dormido más que unas horas y no pensaba levantarse hasta mucho más tarde, pero de todos modos salió de la cama para descolgarlo, aunque casi no le alcanzó la voz al contestar.

—¿Señorita Macera? Soy el inspector Perea. Nos conocimos el otro día en la casa de la colonia del Sauce. Perdone si la despierto.

—No importa.

—Verá, me gustaría hablar de nuevo con usted. Me preguntaba si ha elaborado ya la lista que le pedí y si ha encontrado algo que pueda servirnos de ayuda. Ya sabe, algún papel, alguna carta... El constructor nos está presionando. Hemos ordenado parar las obras hasta nuevo aviso y el hombre está que se sube por las paredes.

—Ya, pero yo no sé qué puedo...

—Pues mire, estaba pensando que hoy me toca guardia y, quizá, si se pudiera pasar a lo largo de esta mañana por la comisaría... Si le parece y para agilizar todo este embrollo, podía realizarse una prueba de ADN, un mero formulismo para ver si podemos identificar los restos. Es lógicamente una prueba voluntaria, pero le aseguro que cuanto antes la hagamos, antes podremos dar carpetazo a este asunto.

—¿Ahora? Imposible, no puedo.

Afortunadamente respondió sin pensar. Si hubiera tenido tiempo, se habría perdido en un montón de explicaciones, y lo más seguro es que hubiera acabado yendo. Pero no se encontraba con ánimo para acudir a la comisaría ni mucho menos para hacerse la prueba, por rápida que fuera. Estaba cansada y además necesitaba seguir con su investigación particular.

—Bueno, si no puede hoy, quizá el lunes. No, el lunes es fiesta, ¿qué tal el martes? ¿Está de acuerdo con hacerse la prueba? —Sin esperar respuesta continuó—. La espero a las ¿nueve? ¿Es buena hora? ¿Martes a las nueve?

—Sí, bien, allí estaré...

—Sobre la lista...

—No se preocupe, la haré este fin de semana y se la llevaré sin falta.

—Muy bien, entonces hasta el martes.

Le vencía el sueño, pero sabía que no podía dormirse, disponía de muy pocos días para leer todo lo que contenían los diarios de América y encontrar algunas respuestas. Decidió prepararse un café muy cargado y seguir desentrañando la verdad.

A los dieciocho años, Nicolás se había convertido en un joven apuesto, de ojos rasgados y tez morena. Se dejó el bigote, que tanto le había costado que le creciera, y forzaba sus ademanes masculinos andando a grandes zancadas, riéndose innecesariamente a carcajadas e impostando su voz profunda, sin duda para desechar miedos pasados y reafirmar, aunque ya no hiciera falta, su propia hombría. Por fin había llegado el momento con el que tanto había soñado: su salida del internado. Sin embargo, y a pesar de haber terminado sus estudios, no tenía la edad reglamentaria para poder disfrutar enteramente de su libertad. Hasta los veintiuno no sería mayor de edad, es decir, aún le quedaban tres años de dependencia de su tía América. Una pesadilla que no estaba dispuesto a soportar. Estaba decidido a irse, a desaparecer, lo quisiera o no su tutora. Pero el miedo a que ella pudiera tratar de evitarlo, a que incluso le obligara a quedarse, le decidió a tomar una decisión drástica. Se embarcaría en un mercante camino de México sin su consentimiento. Los papeles los arreglaría sobre la marcha. Era un hombre joven y estaba dispuesto a trabajar de lo que fuera. No creía que le fueran a hacer muchas preguntas. Sólo pasó por Madrid para visitar a su tío Leandro y recabar información de Guillermo. Llegó de noche, como un proscrito y, tras llamar a la puerta, su tío le recibió con no poca sorpresa. Apenas había visto al muchacho en un par de ocasiones en casa de su hermana y no había vuelto a pensar en él desde hacía muchos años. No supo qué decirle cuando el chaval le tendió la mano para espetarle sin preámbulos:

—Hola tío, bueno, hola y adiós, me voy a México en el primer barco que salga de Bilbao. Sólo quería despedirme y pedirle la dirección del tío Guillermo. La que tengo debe de ser antigua. Me han devuelto todas las cartas que le he enviado últimamente.

Leandro se encogió de hombros, le escribió en un trozo de papel la dirección, que encontró no sin problemas tras sacar montañas de hojas de los cajones de su escritorio, y que resultó ser la misma que tenía Nicolás, por lo que no le sirvió de ninguna ayuda. Le dijo que lo sentía pero que si necesitaba algo de liquidez, mejor se lo pidiera a su tía, porque él apenas podía pagar el alquiler los meses en que le veía el casero.

—Por cierto, tú me ves, ¿verdad?

—Pues claro —contestó el muchacho sorprendido.

—Mal asunto —le replicó Leandro—, me tocará pagarle otra vez la mensualidad.

Convencido de que su tío se había vuelto totalmente loco —algo loco siempre sospechó que lo estuvo—, Nicolás salió de aquella casa con docenas de hojas que Leandro se empeñó en que se llevara.

—Para que te entretengas en el trayecto —le dijo.

Y se fue con el apretón de manos más extraño que había dado en su vida. Al estrechar la mano de su tío, como si la hubiera traspasado, se dio la mano a sí mismo. «Vaya familia», se dijo mientras se alejaba para no ver en mucho tiempo a aquel extraño anciano vestido con pijama, sombrero y chaquetilla de frac en pleno mes de julio. Por cierto que las hojas que se empeñó en entregarle resultaron estar en blanco.

... Me alegro de haber aceptado la invitación y de haber ido al baile. Hacía años que no iba a ninguna fiesta, pero mamá insistió tanto que al final decidí acudir. Lo cierto es que lo estaba deseando, porque el invitado de Guillermo es un hombre encantador. Callado; mejor dicho, parco en palabras, que no hace comentarios fútiles como la mayoría, educado, culto y, por qué no decirlo, atractivo. El caso es que en el fondo, acompañarlo, me apetecía muchísimo y no me ha defraudado, aunque he de reconocer que baila tan mal o peor que yo misma. Debe de ser la falta de práctica. No me gustaría olvidar ningún detalle así que empezaré por el principio. El invitado que Guillermo ha traído a casa se llama Braulio, creo que lo mencioné antes, es alto, moreno, con perilla y unas gafas que le dan un toque intelectual, cosa que por otro lado no necesita porque es un intelectual sin necesidad de adornos. Debe de rondar los cincuenta y es viudo, sin hijos, doctor en leyes y catedrático en Salamanca. Vino hace un tiempo a pasar un fin de semana y ha repetido su visita ya en tres ocasiones. No es que me quiera hacer ilusiones, yo no soy de ésas, bien lo sabe Dios, pero por pri-

mera vez desde que pasó lo de Joaquín me he sentido bien al lado de un hombre y creo que él tampoco está a disgusto conmigo. En fin, que pienso que los dos pasamos una noche en grata compañía. El baile era a las ocho, bueno, baile suena demasiado pomposo, era en realidad una reunión en casa de los Morata, a la que fuimos Alberto, Guillermo, Angustias, Braulio y yo misma.

Debo reconocer que pasé varias horas al espejo arreglándome, como no sucedía desde hace años. Me puse mi vestido negro, en realidad el único que tengo un poco elegante, el de la pedrería al cuello. Me lo compré para la boda de la prima Adelaida y la verdad es que no me quedó nada mal, aunque hace tres años de aquello aún mantengo las mismas medidas. Me estaba peinando cuando entró Aurelia con un ramo de rosas. No traían ninguna nota, pero supe que eran suyas, de quién si no. Durante la comida le había comentado que no era muy aficionada a salir de noche y sólo iría por complacerle, por ser nuestro invitado, ya que había insistido tanto como mamá en que Angustias y yo le acompañáramos. Me puse uno de los capullos en la cintura y así salí al encuentro del resto de mis hermanos, que ya me esperaban en el vestíbulo para irnos. Hasta Guillermo, tan poco hablador, halagó mi aspecto.

—Tendrías que salir más a menudo, América, todavía eres tierra por descubrir. Dale una oportunidad a un nuevo Colón, hermana.

Estaba francamente encantador, temo que no sólo por la presencia de su amigo sino porque llevaba encima algunas copas, las necesarias para animar su habitualmente pobre verborrea. Pero así y todo me gustó su cumplido. A Braulio no le hice mención alguna de las flores que me había enviado, pero sonreí con intención cuando toqué la que llevaba prendida en mi vestido. Durante la fiesta estuvo pendiente de Angustias y de mí a partes iguales, cosa que dice mucho a su favor y que le agradezco, ya que mi hermana se hubiera sentido desplazada de otro modo.

La fiesta en sí no tuvo nada destacable. Allí estaban Carmen Salas y su hermana Florita; los hermanos Mata; la hija de doña Rosa, Matilde, que ha crecido mucho desde la última vez que la vi y está muy bonita, por cierto; los Monteleón, como siempre hablando a gritos; los anfitriones, por supuesto y, como todo no podía ser perfecto, también estaba Ramón Saravia, un poco alejado del resto, todavía sobrio, mirándome sin parar durante toda la noche. Su presencia me puso nerviosa, ésa es la verdad. No se llegó a acercar a mí al principio, pero lo notaba pendiente de todo lo que hacía, leyendo mis labios a distancia, imitando a ratos mis gestos y mis sonrisas. Decidí olvidarme de que se encontraba en la misma habitación y traté de darle siempre la espalda, para no verlo. Pero en un momento dado, cuando Braulio y Angustias se animaron a probar suerte en la pista de baile, mi hermana roja como un tomate, pero mucho mejor bailarina de lo que cabía suponer; en fin, cuando me quedé sola por unos momentos, Ramón se acercó hasta mí, me sonrió y me dijo que estaba muy bonita.

—Gracias —le contesté seca.

—No estoy rompiendo las normas, estamos en terreno neutral —me dijo sonriendo—. Vaya, veo que alguien te ha mandado rosas. Te favorecen, América Macera, suavizan un poco esa rigidez que se te está instalando en la cara. Aunque una docena de rosas anónimas no bastan para endulzar un carácter como el tuyo. Harían falta cientos de ellas.

No le contesté, afortunadamente en ese momento regresaron Braulio y mi hermana, a los que había perdido de vista desde hacía un buen rato. Por cierto que Braulio parecía un poco pálido, quizá estuviera cansado. El caso es que me traía una copa de vino en la mano y, al acercarse a mí, Ramón desapareció de nuestra vista. Aunque el resto de la no-

che transcurrió sin más problemas cambió sensiblemente nuestro humor y poco después nos fuimos. Ya en la cama, no pude dejar de pensar por qué sabía Ramón que me habían mandado una docena de rosas sin remite. Y claro, supuse lo peor, que las había enviado él mismo...

Nicolás nunca contó a su hija cómo consiguió salir del país sin el permiso de América. Ni especificó mucho los avatares de su travesía. Lo que sí le relató es que, cuando desembarcó en las costas del Atlántico, fue consciente de que había mitificado su niñez. Casi sin ingresos, se quedó en una ciudad costera donde se percató de que aquel continente con el que soñó cada una de las noches de su internamiento estaba francamente atrasado; el calor que había añorado durante los fríos amaneceres del convento resultaba insoportable de día e inhumano por la noche: pasó casi una semana sin poder dormir y luego sólo lo consiguió a medias, manteniendo abiertas de par en par las ventanas aunque los insectos acabaron por devorarle.

Pero como no hay mal que por bien no venga, fue la picadura de uno de esos bichos que le tenían la piel sarpullida lo que le cambió la vida. Desanimado y ausente, sin saber por qué había decidido instalarse en ese rincón del mundo, decidió visitar una yerbería para que le dieran algún remedio contra el escozor que, más que el calor, le mantenía ahora rascándose enfurecidamente el cuerpo durante toda la noche. El propietario era un indio reconvertido a blanco merced a una camisa almidonada y unos pantalones de hilo que se había hecho traer de la capital para mejorar su imagen ante su clientela, compuesta fundamentalmente por indios como él, que admiraban sus lustrosas chorreras y los aires de hombre de mundo que le daban sus pantalones bien cortados y sus pies embutidos en unos zapatos de cordones, y le dijo que esperara un momento mientras entraba a prepararle un combinado capaz de aliviar el picotazo de una serpiente de cascabel.

Mientras esperaba, salió a atenderle su hija, una india sin reconvertir, de ojos enormes, melena negra que le llegaba hasta los hombros y boca sonriente. Nicolás recordó inmediatamente a Iztacihuitl, la princesa de la que le había hablado su tío Guillermo. Aquella india era como la mujer volcán que reposaba sobre diez montañas, con los ojos luminosos como la luna mirándose en mitad de la noche en las aguas de un río. Se enamoró de ella nada más verla y aquel fuego que no había sentido nunca antes le dio las fuerzas que comenzaban a menguarle. Ella resultó llamarse Ada, en memoria de la esposa de Esaú, la madre de Elifaz, del libro del Génesis al que su padre era muy devoto, y a cortejarla dedicó los siguientes meses y el resto de sus diezmados ahorros. Ada se dejó querer. Su padre no vio con malos ojos su noviazgo con el joven blanco, buen cristiano, que a diario le compraba cualquier remedio contra lo que fuera, porque las picaduras pronto se le aliviaron y pasó entonces a inventar molestias varias con tal de justificar su presencia en aquel cuchitril.

El local se llamaba El Santo y despachaba en el exterior y en el interior de un pequeño chamizo pintado de rosa fuerte y azul añil. Fuera atendía el padre, que montaba cada día su tenderete con las más diversas plantas: bailahuen, ruda, matica, boldo, tila, borrajas o paico, que garantizaban el remedio para casi todo: diarreas, impotencia, mal de ojo, calvicie, sarna, piojos, aires y dolores varios. Dentro se despachaban los pedidos especiales y se realizaban las pócimas. Y era allí, en el interior de esa pequeña caseta con sólo un ventanuco que daba al patio del mercado, donde trabajaba el amor de su vida. Así que sus pedidos eran cada vez más especiales y más caros. Y como Nicolás no se levantaba de la cama más que para ir a ver las pocas películas que ponían en la taberna del pueblo, visitar la yerbería, atiborrarse de hierbas, rondar a su amada y regalarle flores, sus escasos ingresos se acabaron esfumando. Pero aquello era lo último que podía importarle. Por lo menos de momento. Y es que por primera vez en su vida entendía muchas cosas que hasta entonces nunca se había planteado, al menos de forma consciente. Por ejemplo, por qué en las películas las miradas de amor causaban tantos estragos y desataban finales tan dramáticos. La mirada de Ada era suficiente como para provocar un alud. Por que brillaran sus ojos hubiera sido capaz de cruzar el océano a nado, de volver a coronar el Himalaya, la proeza de la que todos hablaban, incluso de robar las joyas de la joven reina de Inglaterra a la que acababan de coronar. Su sonrisa lo merecía todo. Así que si se quedaba sin dinero, se sentía con fuerzas hasta para desvalijar un banco. Gracias a Dios Ada, mucho más práctica, le dejó claro que si quería hacerla su esposa, tendría que encontrar un trabajo honrado. Aquello sí que hundió el ánimo de Nicolás, que nunca se planteó que tendría que aprender un oficio ni ir escalando peldaños para sobrevivir. Por eso consideró providencial la conversación que escuchó una tarde en el mercado mientras hacía tiempo para ver a Ada salir de su negocio, el único acercamiento que le permitía su futuro suegro, siempre por calles principales y sin paradas en ningún punto del recorrido. Fue entonces cuando escuchó, por casualidad, que aquella noche se montaba en La Juanilla un casino clandestino en el que se apostaba fuerte. No se lo pensó dos veces. Tras dejar a su enamorada a buen recaudo y regresar a su habitación para enfundarse en sus mejores galas, consistentes en unos pantalones oscuros sin tantas manchas como los que se ponía a diario, y sin decirle a ella ni una palabra de sus planes, se encaminó, ya de noche, hacia el barrio de los Andes del que nunca antes había oído hablar.

Lo cierto es que no sabía dónde se metía y sólo al avanzar por las oscuras callejuelas sin asfaltar, esquivando el errático deambular de los borrachos que salían de un prostíbulo para entrar en otra taberna, y el asedio de las viejas y horrorosas prostitutas, que no se daban por satisfechas ante el atemorizado «no gracias» del muchacho, Nicolás empezó a tener más miedo que vergüenza. Seguramente se encontraba en el lugar más peligroso de la ciudad, en la aventura más arriesgada de su vida, y comenzó a sopesar si merecía la pena perder la vida para doblar la plata. Pero regresar, en realidad, le daba el mismo miedo que seguir avanzando, y sabía que estaba muy próximo a su destino. Cuando vio la puerta del lupanar, la incertidumbre dio paso a la más absoluta calma: el número del local era el 101, una cifra ambidiestra como la de su nacimiento. Inmediatamente le dio el pálpito de que ésa podía ser su noche. Cuando entró, el olor a aguardiente le hizo retroceder; se cortaba el aire de la cantidad de humo y alcohol que impregnaban los apenas cincuenta metros cuadrados de aquel apestoso sótano sin ningún tipo de ventilación, con las moscas revoloteando en las mesas de juego como ilusorias apuestas en el aire, pero se dejó dirigir por sus pies hacia una ruleta que no dejaba de dar vueltas mientras los hombres hacían apuestas y gritaban números. Sin saber aún muy bien en qué consistía el juego imitó lo que veía hacer a los demás y gritó el 33, mientras tiraba sobre el tablero el total de sus ahorros. Se sintió entonces como Gary Cooper en *Solo ante el peligro* que había visto al menos cuatro veces seguidas, ya que en el pueblo apenas cambian las cintas un par de veces al año. Respiró hondo y, como si esperase un balazo del destino, hundió el vientre en absoluto silencio. Mantuvo la respiración mientras la bola repicaba sin caer en ninguna parte. Sus ojos no podían seguir su baile y empezó a dejar de ver los números, los giros de la ruleta, como por arte de magia se silenciaron los ruidos, enmudeciendo a los jugadores, a los que seguía viendo con las bocas abiertas gritar, rezar y perjurar apenas a unos pasos. Por unos segundos todo le resultó borroso, como si la sangre no pudiera correr por sus venas.

Sin embargo, la jugada le salió redonda. La bola fue a pararse al doble tres y vio cómo le devolvían cuadruplicadas sus ganancias. Salió de madrugada con cinco veces el valor de lo invertido, un dinero que en esa ciudad le convertía, si no en un hombre rico, sí en un próspero pretendiente. Aunque fue una de sus únicas noches de suerte, desde entonces los capicúas le apasionaron. Cómo no le iba a ir bien con aquella india llamada Ada, cuyo nombre podía leerse igual en ambas direcciones.

... Si pudiera rompería todo lo escrito hasta este momento. Si no lo hago, es porque me prometí desde pequeña conservar mis pensamientos en cada uno de los momentos de mi vida, pasara lo que pasase. Pero hoy, repasando las notas sobre Braulio, mi ingenua interpretación de sus sentimientos hacia mí, su comportamiento en el baile, las rosas que creí que me había enviado... he sentido vergüenza. Más que eso, me he sentido furiosa, rabiosa por ser tan idiota y haber albergado falsas esperanzas. No puedo dar crédito a mi estupidez. ¡Santo Dios! Todavía le elogiaba el comportamiento con mi hermana, considerando que lo hacía por cortesía con ella, atraído como lo creía por mí. Era conmigo con quien hacía caridad, con la pobre y vieja hermana mayor con quien demostraba su exquisita educación.

No dejo de preguntarme cómo pude estar tan ciega. Tras el baile, Braulio se marchó a su casa, a Salamanca, a cumplir con sus obligaciones. Pero el siguiente fin de semana no acudió a nuestra casa, cosa que nos extrañó a todos, ya que habíamos planeado una excursión a la sierra. Debo recono-

cer que me sentí enfadada, más bien defraudada, pero a principios de semana nos llegó una carta suya en la que se excusaba por su ausencia y nos preguntaba que, si no trastocaba nuestros planes, estaría encantado de venir ese mismo viernes. En una posdata nos anunciaba que nos había preparado una gran sorpresa.

Poco podía esperar en qué consistía. Cuando nos convocaron al salón a todos los hermanos y lo vi cogido de la mano de Angustias creí morirme. Braulio acababa de pedir formalmente a mamá la mano de mi hermana. Dios mío, me sentí como una auténtica estúpida. Afortunadamente la sorpresa fue general, así que no notaron cómo me moría. No sé de dónde saqué fuerzas, todavía me lo pregunto, pero conseguí sonreír y felicité a los novios. De hecho fui la primera en acercarme a mi hermana y besarla y en darle la mano a Braulio. Y todavía entonces noté algo especial en sus ojos… .¿Será que me he vuelto completamente loca? Porque en ese preciso momento sentí que Braulio me pedía, me suplicaba, que en lugar de mi hermana fuese yo su esposa. Creo que me mareé, sentí un desvanecimiento leve del que me repuse pronto, como si mi sangre me ayudase a recobrar la calma. Pero no sabía si esa mejoría sería duradera, así que opté por desaparecer. Me disculpé asegurando que tenía un terrible dolor de cabeza y subí a mi cuarto. No asistí a la comida ni a los brindis. Cerré la puerta y deseé poder llorar. Cómo lo necesitaba. Llorar a lágrima viva, desahogar mi pena. Pero no pude. En lugar de eso me puse a pensar cómo desaparecer de la faz de la tierra durante unos días. No podía quedarme en casa, atrincherada en mi habitación, tarde o temprano tendría que salir y enfrentarme con la realidad. Y la realidad eran los ojos brillantes de Angustias, su sonrisa de media luna iluminando su cara, mirándome con compasión, como si fuese la única persona que se hubiese percatado de mi desolación. Así que pensé, hasta que la migraña se me presentó de verdad en fase aguda, en qué podía hacer para irme lejos. Al rato se me ocurrió una idea que podía dar resultado. Mi amiga, Ángeles Garrido, compañera del colegio, se casaba en Valencia y me había invitado a su boda.

A pesar de que mi madre puso muchos reparos a que viajara sola, insistí tanto que acabé tomando el siguiente tren hasta llegar a la costa de Levante. Allí me inscribí en un hotel, compré estos cuadernos y me encerré en mi habitación, ésta desde donde ahora escribo. No hay boda, ni amiga a punto de casarse. Ángeles Garrido, el primer nombre que me vino a la mente, es priora en un convento de Guadalajara. Asistí a sus votos con mamá. Afortunadamente, en su aturdimiento, ella lo había olvidado.

Ahora estoy en un cuarto como tantos, no importa en cuál, mirando por una ventana que, escorada, da una vista del mar. Y estoy sola, completamente sola. Me pesa como una losa esta soledad que me acompaña a todas horas. Aunque quiera dejarla encerrada se pega a mí como una lapa en cuanto salgo del cuarto. Y ahí vamos otra vez, mi soledad y yo, cogidas del brazo, a todas partes juntas. Solas. A cenar al salón, a pasear por la playa, a mirar cómo se pone el sol, que está a punto de desaparecer tras una nube enorme, de algodón blanco y rosa, cursi nube, absurda, solitaria.

Nunca había sido tan consciente de la soledad hasta el otro día, cuando vi a Braulio abrazado a Angustias que, radiante, sonreía con los ojos, con la boca, con sus manos que acariciaban, tímidas, las de su futuro marido, y mi odiosa compañera me tomó fuerte por los hombros para subir a mi dormitorio, guiándome con determinación por las escaleras. Creo que hubiera sido capaz de matarle tan sólo por la alegría que reflejaba el rostro de mi hermana, el que debía haber sido mi rostro, ante el prometedor futuro que suponía que por fin había encontrado. Han fijado la boda para el mes que viene. Sólo faltan unas semanas para que vea cómo me engulle, me devora, mi propia soledad…

Rico y afortunado en amores, Nicolás recuperó inmediatamente su vitalidad y su espíritu. Pidió al indio reconvertido la mano de su hija y antes de celebrar la boda emprendió un breve viaje a la capital para ver a su tío Guillermo y decidir dónde se instalaría con su esposa. Sus planes eran aún dispersos: montar un negocio en la costa o asociarse a su tío en la papelera que fundó junto a su padre, quizá regresar a España… Cada día se levantaba con una idea enfrentada a la anterior y por un momento le parecía que ésa era la buena y que las demás eran sólo disparates. Lo mejor era ponerse en viaje y despejar la cabeza.

Pero cuando llegó a la capital mexicana tardó varios días en encontrar pistas de su tío. La ciudad había crecido como una esponja mojada. Se perdió entre los laberínticos barrios levantados de la noche a la mañana, sin orden, lógica ni siquiera nombres para identificar las moles de ladrillos. La casa en la que había vivido su tío Guillermo la habían demolido hacía años, nadie recordaba ya en el barrio al señor Macera. La papelera había cerrado, pero hacía años que no le pertenecía. A punto de tirar la toalla, la casualidad le puso en contacto con su paradero. Una antigua criada de su tío oyó su nombre al inscribirse en un hotelucho de mala muerte que ahora regentaba junto a su marido.

—Macera… ¿no será pariente de don Guillermo?

—Sí, señora, soy su sobrino y he venido a buscarle, pero no le encuentro.

—Pobre señorito. Si todavía vive, se encuentra en las últimas. Que hasta una hermana suya ha venido desde Europa para cuidarlo. Se nos muere, el pobre…

La mujer lloró tan desconsoladamente que Nicolás pensó que había sido algo más que su sirvienta. Aunque era muy pequeño cuando se fue, había oído campanas sobre las facultades amatorias de su tío y pensó que aquella mujer podría haber sido una de sus amantes. Una vez más sosegada, la hostelera, una prieta de cabello teñido de rojo y carnes abundantes, le explicó que llevaba muchos meses enfermo de muerte y que su hermana Angustias, a la que Nicolás no había llegado a conocer, a pesar de soñar tantos años con ella, había cruzado medio mundo para despedirle. Si no había fallecido aún, podría encontrarlos a las afueras de la ciudad, en un lugar del que recibió todo tipo de explicaciones para llegar. Dejó la maleta en la modesta recepción y, sin ni siquiera subir a su cuarto, se encaminó en su busca.

Angustias era una mujer mayor, una vieja que parecía que siempre lo hubiera sido. Era imposible imaginarla sin arrugas en el rostro, sin su prominente verruga en la mejilla derecha, sin el pelo blanco o sin sus largos y anodinos vestidos negros disimulando su enorme corpachón, que olía a vejez mezclada con agua de lavanda.

Se había ido de casa de sus padres, que nunca consideró de su hermana América, hacía mucho tiempo, tras un enfado en el que se dijeron tantas barbaridades que la casa retumbó con sus gritos. Nunca más, en la vida, volvió a hablar alto. Su hermana Margarita, primero, y su prima Adelaida, después, le dieron cobijo en sus respectivos hogares. Deambuló siempre solitaria, de prestado, sin peso en el equipaje, en silencio. Apenas hablaba, sólo suspiraba, largos y estremecedores suspiros que llenaban sus horas y que se incrementaban a la caída del sol. Eso sí, su apetito no lo perdió nunca. A sus espaldas bromeaban diciendo que comía como una loba. Y fue precisamente comiendo como la encontró su sobrino Nicolás al llegar a visitar a su tío. Ella se secó la boca con una servilleta, tomó un sorbo de vino y tras escuchar su nombre le contestó, sin prisas y sin apenas mirarle a los ojos:

—Lo siento, hijo, llegas tarde. Guillermo se ha ido.

Nada tenía que ver la casa donde murió Guillermo con aquella en la que se estableció a su llegada al país. Murió en un piso diminuto, oscuro, de paredes desconchadas, donde el sol no llegaba a iluminar a ninguna hora del día. Un lugar lúgubre y mal ventilado en el que su hermana acababa de amortajar su cadáver, entre el olor a sardinas que cocinaban los vecinos y el de la muerte, que el calor se encargó de expandir a las pocas horas como un humo macabro.

Cuando llegó al país Guillermo, junto a su hermano Alberto, arrendó una pequeña casa colonial que finalmente, y gracias a la prosperidad de los primeros tiempos, hicieron suya. Un palacete de finales de siglo, con un hermoso patio lleno de flores en cuyo centro se levantaba un pozo, ya en desuso, cubierto por ramas de vid. Una casa alegre y luminosa como un palacio de cristal, fresca y silenciosa como un convento, gracias a sus gruesos muros de piedra, y tan elegante y divertida como sus dueños se empeñaron en convertirla. Era la casa de sus sueños y sus sueños, poco a poco, se iban haciendo realidad.

El negocio de papel que montaron entre los dos se convirtió, al principio, en una excelente fuente de ingresos; la fama de los dos españoles se extendió como la pólvora en una sociedad aún provinciana pero próspera y ávida de cambios, y el atractivo de Alberto, pero sobre todo de su hermano mayor, Guillermo Macera, acabó por abrirles todas las puertas de la ciudad.

Y es que ambos eran, cada uno a su modo, dos ejemplares únicos. Alberto era moreno, de ojos enormes y brillantes, labios gruesos y cuerpo delgado como un junco. Divertido, hablador empedernido, ingenioso y poseedor de una risa que era imposible que no prendiera a su alrededor, era capaz de persuadir al mismo diablo de ingresar de novicio en un convento.

Guillermo era alto y fuerte, de cabello castaño, ojos claros y una timidez enfermiza que le hacía ponerse colorado ante el más mínimo comentario sobre su persona. Tenía unas pestañas pobladas que le escondían de las miradas curiosas y una sonrisa casi siempre imperceptible, que sólo se le descubría después de conocerle a fondo porque, aunque no se llegara a materializar en sus labios, le delataba al formar una franja irisada en sus ojos, que se iluminaban como si un fogonazo de luz les invadiera un instante para, después, regresar a la normalidad. Desde pequeño su belleza le jugó malas pasadas. Hasta los dos años sus padres permitían que las monjas del colegio le utilizasen como niño Jesús en los belenes vivientes de Navidad. Pero lo peor llegó antes de la adolescencia, cuando su mirada angelical persuadió a las religiosas de que bien podría hacer el papel de Virgen María, pues ninguna niña del colegio poseía la serena belleza de aquel infante. Guillermo se revolvió como un tigre ante tal posibilidad, demostrando que su pundonor podía más que su timidez, y se negó en redondo a participar en semejante montaje. Pero su madre, doña Alejandra, tuvo que sofocar un ataque de llanto cuando, aprovechando que dormía profundamente, se acercó una noche a su cama y le colocó durante centésimas de segundo un velo sobre la cabeza, constatando que las monjas tenían razón: la hermosura de su hijo tenía un tinte divino.

Divino también debió encontrarlo Hermenegilda, la joven criada que sus padres contrataron cuando Guillermo tenía trece años. Sin compasión, la moza le abrió las puertas de su cuarto, le metió en su cama y le enseñó las artes del amor. Él, por su parte, no se quejó en absoluto. Con ella descubrió el placer de fundirse en la piel suave, acolchada y sedosa de una mujer, de retozar sobre un cuerpo caliente, amoroso, que se acoplaba al suyo a cada embestida y, después de un tiempo, era Guillermo quien buscaba insistentemente aquellos encuentros furtivos que le dejaban extenuado al llegar el alba, con el olor joven y limpio de la moza pegado a su cuerpo, fatigado y feliz para el resto del día.

Pero pronto comenzó a descubrir que no era sólo su físico el que volvía locas a las damas. Tardó algún tiempo en comprender que su aire timorato le daba una ventaja de gigante sobre sus competidores masculinos. Éstos ejercían, al menos de palabra, como hombres de una pieza, seguros y pendencieros, cuando lo que las mujeres en realidad buscaban era la figura del hijo amedrentado y necesitado de cariño.

Aunque lo cierto es que con el tiempo Guillermo fue perdiendo su timidez hasta el punto de olvidarla, aprendió a utilizar esa baza según le convenía. Así, a los veintitantos años, el rubor que le provocaban las jovencitas que le perseguían subyugadas por sus encantos, no era sino una farsa. Pero aprendió a interpretarla tan bien y se introducía con tal maestría en su papel que ninguna de sus conquistas llegó nunca a sospecharlo.

Como tampoco dio nunca motivo ni para el escándalo, ni para el cotilleo, ni para los celos, y eso que por su cama pasaron desde doncellas que mancilló a base de ternura, hasta matronas que no conseguirían nunca olvidar las dulces sugerencias de aquel joven que sólo se atrevía a mirarlas a los ojos después de decenas de encuentros de amor. A todas las despedía con tal aire de desconsuelo que, en lugar de despecho, las dejaba inmersas en un sentimiento de culpa, de mala conciencia y de eterna gratitud hacia aquel muchacho que nunca se convertiría en un adulto y que las había instalado, a ratos, en el mismo cielo.

Hermenegilda fue una buena maestra, y él un alumno aventajado. Sólo su imperturbable discreción le salvó de aparecer en la historia junto a un don Juan o un Casanova contemporáneo. Pero su solicitud amorosa y su necesidad de alcohol para vencer la timidez genuina de los primeros años acabaron por hacer mella en su organismo, infectándole de una fatal enfermedad a la que no pudo o no supo seducir.

Capítulo 6

Claudia no supo en qué momento se quedó dormida. Pasó todo el sábado encerrada en casa, leyendo los diarios de América, recordando las historias que contaba su padre, las cuñas que su madre introducía cuando Nicolás se ausentaba, su propio pasado... De nuevo, sin quererlo, recordó a Carlos. No era, en absoluto, un personaje siquiera secundario de la familia Macera, pero sí fue protagonista directo de su propia vida y, por extensión, propietario de la talla de América, una de las únicas piezas de aquel pasado, que estaba llegando a obsesionarla, que no se habían perdido.

Claudia se preguntaba si de haber sabido qué consecuencias le traería la venta de aquella talla se hubiera desecho o no de ella. Y aunque acabó decidiendo que sí, que repetiría la misma operación sobre todo por los beneficios que le reportó en un principio —y no sólo los económicos, aunque le vinieron muy bien para pagar deudas, sino sobre todo los personales—, lo pensó sin convicción. Creyó encontrar por fin lo que había andado buscando toda su vida. Que al final se equivocara no era, se dijo, motivo suficiente para tachar todos los buenos ratos que había vivido, aunque de nuevo, ante aquella afirmación, le asaltaron las dudas y sintió una punzada de angustia.

Más de una vez se había planteado si vivió de verdad esos momentos, si fueron reales o sólo producto de su imaginación, de su desesperada necesidad de ser feliz. Ese pensamiento le aterraba, y aunque había tratado de esconderlo en su subconsciente, ahora no podía evitarlo. La idea de que Carlos jamás vivió lo que ella vivía; que no vio la misma luz al amanecer el primer día juntos; que no le produjo el mismo efecto el olor de su primer verano compartido, cuando ella llenó el piso de flores y plantó en la terraza decenas de jardineras con hierbabuena y romero, dos olores que desde entonces no concebía sin recordarlo; se asustó al recordar la absoluta seguridad que tuvo en sus primeras Navidades de que Carlos no sintió el frío del invierno en las calles, ni el calor de su casa, ni se le arrugó el alma, como a ella, al decorar juntos el abeto, una imagen que Claudia siempre había asimilado con la armonía, con el fin de la soledad. Ya sabía que era una tontería, incluso una cursilada, pero no había vuelto a poner un árbol de Navidad en su casa desde que murieron sus padres; se le figuraba que era como festejar su ausencia, celebrar su soledad, darle motivos a su pena para quedarse un nuevo año a su lado. Ponerlo otra vez en la entrada era como certificar que de nuevo su vida tenía sentido. Aunque trató de explicárselo y él parecía entenderla, sabía que nunca, jamás, acabó de hacerlo. Y lo peor era que no se trataba de una incomprensión intelectual, era sencillamente falta de interés.

Carlos vivió a su lado porque era incapaz de vivir solo, porque siempre había compartido su vida con una mujer, alguien a quien achacar los miedos, las dudas, la incertidumbre, porque se volvería loco si tuviera que enfrentarse a sí mismo. Claudia simplemente había aparecido en el momento oportuno. Él acababa de separarse y ella soñaba con tener algo a qué aferrarse, con respirar otra vez hondo, con ganas. Ése fue su error, su culpa, del resto no podía responsabilizarse. Durante un tiempo, Claudia manejó la situación como mejor pudo, buscando el lado más amable, empeñándose en encontrar razones para seguir juntos; luego trató, simplemente, de sobrevivir. Fue entonces cuando comenzó a despertarse por las noches con la misma pesadilla: era una figura de arcilla a la que él modelaba a su antojo, ahora rebajo este lado, ahora presiono por el otro, ahora rectifico... Y el resultado fue que perdió su identidad, se convirtió en una masa indefinida que llevaba años tratando de remodelar.

Al fin el calor y el cansancio la acabaron venciendo y se durmió, no sabía en qué momento, triste y extenuada. Y una vez más el sonido del teléfono volvió a despertarla sobresaltándola. Miró el reloj. Eran las diez de la mañana. Estaba tumbada en el sofá, no recordaba haber cenado, no se había desvestido y tenía la boca amarga.

—¿Claudia Macera?

—Sí, soy yo, ¿quién es?

—Juan José Pérez Saravia, el constructor de la casa de la calle Almendro. Sentí mucho no verla el otro día, cuando acudió con la policía por el desgraciado tema de los enterramientos...

Claudia tuvo que hacer un esfuerzo para situarse. Sabía que había leído ese nombre, Saravia. Era el apellido de Ramón, sí, de Ramón, el pobre desgraciado al que tía América había echado de su casa. Sería demasiada casualidad que ese hombre que acababa de despertarla tuviera algo que ver con el borrachín que parecía cortejar a su tía. Estaba tan aturdida que tardó un rato en contestar.

—Siento si la molesto, ¿está usted ahí?

—Sí, sigo aquí, claro.

—Espero no haberla despertado. Discúlpeme, de verdad que siento molestarla. Verá, me he tomado la libertad de llamarla porque, aunque usted y yo no nos conozcamos, y le reitero que sentí muchísimo no verla el otro día, mi familia y la suya, quiero decir, sus tíos, o tío abuelos, en fin, los Macera que vivían en esa casa, han sido siempre muy amigos de nuestra familia, los Saravia y, en fin, creí que debía presentarme.

Claudia acabó de despertarse en el acto. Así que no se trataba de una casualidad, era un familiar de Ramón. Resultaba increíble. Como si estuviera leyendo un libro y llamase a la puerta uno de los personajes de la trama.

—Los Saravia, sí, recuerdo haber oído pronunciar ese nombre —contestó por decir algo, para que no pensara que había vuelto a dormirse, por matar el silencio.

—Me alegro de que le suene el apellido porque, verá, quería comentarle... Realmente no sabe los contratiempos que nos están ocasionando estos retrasos en las obras. Sabe que el terreno lo compró mi padre hace más de ¡treinta años!, treinta años en que no ha rentado nada, y ahora, cuando me hago cargo de la obra personalmente y contrato a los obreros y tengo todo en marcha...

—Lo siento pero comprenderá que no tengo la culpa...

—Por supuesto que no la estoy culpando, faltaría más, no es eso, es que si pudiéramos acelerar los trámites... no sé, le llamo a la desesperada, porque como esto siga parado mucho tiempo voy a tener que dejar la obra, liquidar a los obreros y quedarme en la ruina. He invertido todos mis ahorros en este proyecto.

Claudia no sabía exactamente qué era lo que quería de ella y quizá hasta hubiera colgado si no fuera porque la voz que sonaba al otro lado de la línea le resultó agradable y un poco desesperada y, sobre todo, porque no estaba dispuesta a cortar ese extraño hilo que la unía con el pasado de América.

—El inspector... ¿Perea?, sí, Perea, me llamó ayer por la mañana, muy temprano —le comentó de nuevo Claudia por decir algo, para romper una vez más el silencio.

—Espero que no la despertara también él —dijo el hombre riendo.

—Pues sí, la verdad, me sacó de la cama —le contestó encantada de suavizar el tono de la conversación—. Una vez despierta me enteré de que me llamaba para decirme que usted le estaba presionando, en fin, que quería seguir con las obras lo antes posible, lo cual es completamente comprensible, pero le dije lo mismo que le tengo que decir a usted: que no tengo la más mínima idea de a quién pertenecen los cuerpos y que aparte de prestarme a que me hagan la prueba esa del ADN y de hacer inventario de los miembros de mi familia, no sé qué más puedo hacer.

—Tiene toda la razón, es sólo que si pudiera recordar algo... Perdóneme otra vez, sé que usted no conoció a casi ninguno de los Macera, que hace lo que puede. Ya le he dicho que llamo a la desesperada.

—Créame que lo siento.

—Se lo agradezco... Bueno, quizá ahora que nos hemos presentado por teléfono podríamos, si no le parece mal, conocernos personalmente. Estaría encantado de invitarla a cenar o a comer o, en fin... En casa siempre he oído hablar de ustedes y, aparte de la vieja América, a la que conocí cuando era muy pequeño, y de su padre, Nicolás, al que recuerdo vagamente de cuando vino a formalizar con mi padre la venta de la casa...

—Me parece una buena idea. Yo apenas tuve contacto con los Macera, quizá usted sepa más que yo de sus andanzas. Estaré encantada de verle.

Claudia escribió acto seguido la dirección de un restaurante donde se citaron esa misma noche a las nueve y media. Cuando colgó pensó que debía haberle preguntado cómo era. ¿Sería viejo, joven, alto o bajo? ¿Iría solo o con su mujer, si es que estaba casado? ¿Cómo iban a reconocerse? ¿En qué estaría pensando? Pronto lo recordó y le sorprendió que no fuera en Carlos, ni en sus fracasos, ni en enterramientos, ni en la casa Macera. Justo antes de sonar el teléfono pensaba en el extraño sueño que tuvo apenas unos minutos antes de despertarse. En él se veía a una mujer que cerraba la puerta de su casa. Una casona de pueblo en medio del campo, silenciosa y tranquila. Pero poco después de entrar, oyó ruido en las ventanas. No había persianas, así que la mujer se aseguró de que los cristales estaban bien encajados. El ruido era cada vez más intenso. Parecía una estampida o una monumental tormenta. Al comprobar los ventanales de su dormitorio, la mujer, a la que no veía la cara, sólo la espalda, observó algo extraordinario. Al fondo, en medio de una montaña, pasaban peces de colores: azules, verdes, rojos, naranjas… Flotaban sobre el espacio como si nadaran en medio de las aguas de la mar. Luego vio cómo una vaca gigantesca se aproximaba hasta la terraza del salón y la miraba a los ojos. Tras ella, gallinas de más de metro y medio estropeaban las flores del jardín, andando en fila, una tras otra, y dejando enormes huevos a su paso de los que, al abrirse, salían lagartijas grandes como cocodrilos. Todos miraban a la mujer que, sorprendida, los contemplaba a su vez desde la ventana. No llegó a sentir miedo, lo que veía era tan extraordinario que el asombro pudo al temor. Pero cada vez aparecían más animales que pisoteaban su jardín. Los arbustos quedaron destrozados, las margaritas desintegradas tras su paso. Lo único que quedó intacto fue el rosal del que prendían doce preciosos capullos que, en un momento dado y sin que nadie los tocara, cayeron al suelo convirtiendose en un charco de sangre. Entonces fue cuando sonó el teléfono.

Claudia cogió un cuaderno, algún recorte de prensa y varias cartas esparcidas por el suelo. Decidió que no tenía la cabeza para tratar de encontrar, de momento, el significado de aquel extraño galimatías.

Diario de Jaén

SECCIÓN DE SUCESOS

Ayer se produjo en nuestra provincia una tragedia de grandes proporciones. La diligencia que hacía la ruta desde Madrid se despeñó a pocos kilómetros de nuestra capital, en plena sierra de Cazorla. Cuatro personas han resultado muertas a resultas del accidente.

El mal estado de los caminos, a causa de la abundante lluvia, y la fatal intervención de un conductor ebrio, según han asegurado a nuestro diario testigos presenciales, han podido ser las causas de la tragedia. El suceso se produjo sobre las diez cuarenta y cinco de la noche, cuando la diligencia que hacía su ruta desde Madrid se encontró con otro vehículo que venía en sentido contrario e invadía la angosta carretera conduciendo a gran velocidad. Este vehículo causante del siniestro no paró y sus ocupantes se dieron a la fuga, por lo que no han podido ser aún identificados.

En cuanto a la tormenta, responsable también directa de este accidente, hay que remontarse a casi cinco lustros para encontrar otra de parecidas proporciones. Según los expertos, el extremo calor de las últimas jornadas pudo ser el origen de esta tromba de agua que no recuerdan ni los más viejos del lugar. Además de este trágico accidente, las intensas lluvias han provocado la inundación de varias viviendas y el fallecimiento de una anciana cuyo edificio se desplomó parcialmente por la fuerza de las aguas mientras dormía.

... He pasado tres días confinada en este hotel, sin hacer otra cosa que pensar, darle vueltas a la cabeza, dejarme ir... Ni siquiera pude escribir hasta hoy, y mira que me suele ayudar tener un lápiz en la mano y garabatear las ideas. Como cuando de pequeña aprendía matemáticas, sin un lápiz era incapaz de sumar dos cifras seguidas, de resolver el más mínimo problema. Había niñas que sí, que lo hacían de

memoria, lo farfullaban entre dientes o contaban con los dedos. Yo nunca pude. Así que no he resuelto ningún enigma, ni he dado con una fórmula mágica para sentirme mejor, simplemente me he quedado en la habitación, he hecho subir algo de comer y he recordado muchísimas cosas que creía olvidadas. Es curioso, pero casi en lo único que no he pensado es en la boda de mi hermana con Braulio; lo que, precisamente, me trajo hasta aquí.

Lo primero que he descubierto o, mejor dicho, que he recordado, es que la soledad siempre me aterró. Desde muy pequeña. Era como una enfermedad o, al menos, como un síntoma de que algo no iba bien. Mis hermanos siempre llevaban un montón de amigos a jugar a casa. Yo, nunca. Mi madre me preguntaba por qué y yo no sabía responderle.

Nunca tuve facilidad para hacer amistades, ésa es la verdad, pero lo cierto es que no me lo pusieron nada fácil. Mi padre, cuando era pequeña, cambió muchas veces de destino. Cuando nos trasladamos a Madrid yo ya era una jovencita, no era lo mismo que mis hermanos más pequeños que no echaban en falta lo que habíamos dejado atrás.

Mi madre nunca olvidó una frase que dije al llegar a nuestra nueva casa: «Aquí voy a vivir hasta que muera». Lo tomó como una rareza más de mi carácter. «Vaya con la niña», debió de pensar. Pero era sólo la necesidad de quedarme, por fin, en un mismo sitio, de no seguir trashumante, de no tener que empezar de nuevo cada año, nuevas niñas, nuevas caras, nuevas artimañas para ser aceptada, para no partir de cero. Cuando entré en el colegio de las monjas, donde acabaría mis estudios, todas mis compañeras ya se conocían, y yo, desde el primer instante, me sentí fuera de lugar. No trato de utilizarlo como excusa, pero es la verdad. No lograba aproximarme a ellas, no teníamos nada en común, me debían ver como una pobre pueblerina que a ratos lloraba de pena porque le faltaba el mar y optaron, sencillamente, por ignorarme, por dejarme de lado. Pero yo ya odiaba pasear sola en los recreos, que me vieran como un alma en pena por el patio, así que comencé a esconderme en el baño para que nadie me sorprendiera, tan asustada y sola como estaba. Aquella actividad secreta, y al principio casual, pronto comenzó a ser rutinaria. Tomé mis precauciones; por ejemplo, subirme encima del retrete para que nadie adivinara mi escondrijo, ya que los baños tenían una ranura por debajo de la puerta y si me sentaba podían descubrir mis pies. Allí esperaba pacientemente a que sonara la campana de vuelta a clase. Y fue en ese inmundo y humillante escondrijo donde un día descubrí, por casualidad, un terrible pecado del que traté de sacar partido.

Ahora me parece una absoluta tontería, pero entonces creí presenciar un crimen. Dos de mis compañeras estaban tirando la merienda al váter. Por sus voces no las reconocí, así que abrí la puerta y me las encontré muertas de risa, tirando de la cadena. Eran Gloria y Carmen y yo acababa de ser testigo de uno de los peores pecados que conocíamos. Las monjas no hacían más que repetirnos lo afortunadas que éramos de tener unos padres, educación y comida. Había muchos niños en el mundo que no tenían qué llevarse a la boca. Si, cosa rara, se tiraba un mendrugo de pan duro, demostrablemente incomible, nos hacían antes besarlo y pedirle perdón a Dios. Así que no sé cómo se hubieran tomado que dos de sus mejores alumnas tiraran alegremente el pan y el chocolate de la merienda.

Ellas, desde luego, sabían tan bien como yo que se llevarían un buen castigo, de modo que cuando me vieron, se quedaron heladas. Y yo supe que aprovecharía aquel descuido para que se hicieran mis amigas. Santo Dios, qué cosas, no sé por qué me he acordado de repente, aquí, en esta habitación tan impersonal, de algo tan triste y tan íntimo que pasó hace un millón de años, y en lo que no había vuelto a pensar ni de lejos. Desde luego he olvidado exactamente qué les dije, qué palabras utilicé para asustarlas, pero a fin de cuentas debió de ser un chantaje en toda regla. Ellas al principio aceptaron. A partir de ese día me esperaban, a regañadientes, a la salida de clase, me permitían que me uniera a ellas en los recreos, pero apenas si me hablaban. Gloria era coja, creo que tenía la polio, y andaba siempre colgada de un bastón, así que solíamos sentarnos en un banco del jardín, o del patio si hacía frío, mudas como estatuas. Cuál no sería mi necesidad de verme, corrijo, de que me vieran acompañada, que prefería aquel martirio a seguir sola. No sé cuánto duró aquello, pero un día se hartaron. No tenían confianza conmigo y estaban aburridas, hartas, de mi compañía. Si quería podía contárselo todo a las monjas, les daba igual. Yo no hablé, nunca pensé en serio en chivarme, y otra vez deambulé sola y me escondí en los baños, cuando estaba en el colegio, o en mi gruta mágica, en el jardín de casa. Me escondía de mí, de los demás, de todo, me tapaba para que no me descubrieran infeliz y sola. Hasta que conocí a Isabel.

Era otra silueta solitaria como yo, no sé por qué no me había fijado antes en ella. Seguramente porque no teníamos los mismos horarios; incluso iba vestida de otra manera. Pero iba a mi colegio, estaba en mi clase, lo que ocurría es que era becaria, o recogida, o como las monjas quisieran llamarla. Su madre trabajaba como limpiadora en la escuela y, a cambio, dejaban que su hija aprendiera en las mismas aulas que las niñas de pago; eso sí, sin tomarse confianzas. La pobre no se atrevía ni a mirarnos a la cara. Cuando acabábamos las clases, con frecuencia, se quedaba a ayudar a su madre a barrer o a limpiar los cristales; la ponían en la fila de atrás para que no molestara y ella, que era algo corta de vista, no se enteraba de la misa la media. He de reconocer que al principio me dio vergüenza que me vieran con ella, pero sólo al principio, porque resultó ser una niña simpática, llena de imaginación, pero tan tímida y acomplejada que no logré que me mirara a los ojos sino después de más de un mes de buscar insistentemente su compañía. Lo pasábamos bien, contábamos historias de miedo, o de amor, o de ambas cosas a la vez, sentadas en el suelo, dibujando con unos palos en la tierra, excavando con ellos hasta desenterrar alguna piedra rara, por su color o su forma. Poco a poco dejó de importarme que las otras me señalaran y se rieran.

—Cada oveja con su pareja —nos decían cuando nos veían charlar juntas en el recreo.

Pero a Isabel mi amistad también le dio cierto empuje. Ya no se ponía roja como la grana cuando la nombraban en clase, ni bajaba la vista cuando le hablaban, ni se disculpaba por estar en medio cuando alguna alumna chocaba, aposta o no, con ella. Y eso, claro, no gustó nada. Me había juntado con la peor compañía. Incluso algunas almas caritativas se me acercaron un día para hacerme ver lo errado de mi comportamiento. Marisa Bustamante, que era una de las cabecillas de la clase, ya que tenía las mejores notas y la peor educación, me cortó el paso un día cuando acababan de tocar la campana del recreo.

—Mira —me dijo suavemente, como quien habla con un niño pequeño o con un idiota—, quizá no nos hemos portado contigo como debíamos. Ya sabes, las nuevas o son graciosas, o listas o, ya me entiendes, es difícil que intimen con las demás. Pero hemos recapacitado y dejaremos que te metas en nuestro grupo. Lo único que te pedimos a cambio es que dejes de acompañar a esa pobre niña. No es bueno mezclarse con gente que no es como nosotras. Figúrate que dicen que su madre no está ni siquiera casada. En fin, las monjas sabrán lo que hacen pero, como dice mi

madre, no creo que sea buena idea que estudie aquí, con nosotras, es como mezclar ovejas churras y merinas. Imagínate, por ejemplo, que un día, cuando seas mayor y te cases, entra de doncella en tu casa. Qué horror, que tu sirvienta haya sido compañera de colegio. Además también lo digo por su bien, no te creas, no debemos permitir que se haga ilusiones la pobre, que piense que puede llegar a ser otra cosa… En fin, lo mejor es que la dejes de tratar de inmediato. Por nuestra parte, trataremos de aceptarte como a una más.

Recuerdo que se dio la vuelta y empezó a andar y al poco se paró para que la siguiera. Yo, por mi parte, me giré en redondo y fui a buscar a Isabel, que acababa de bajar por las escaleras y nos observaba a lo lejos. La cara de Marisa fue todo un poema. Supe, desde ese momento, que trataría de hacerme la vida imposible.

Nunca me arrepentí de mi elección en aquella absurda disyuntiva, aunque al final Isabel se acabó marchando. Su madre se rompió el brazo, o la cadera, no recuerdo, y tuvo que dejar de trabajar. Su hija salió inmediatamente del colegio. La caridad de las monjas no llegaba a tanto como para educarla a cambio de nada. La eché mucho de menos, pero llegaron algunas niñas nuevas que se encontraban, como yo, desplazadas, y acabamos formando nuestro propio grupo. Aunque eso ocurrió tiempo después.

De momento seguí sin llevar amigas a casa y utilizando a diario mi escondrijo del jardín, donde se escondía el aire. Sé que en casa pensaron que esa actitud mía respondía a que era una niña difícil, arisca, pero lo hacía por miedo. Miedo a no ser perfecta, a no ser lista, a no ser lo que se esperaba que debía ser, a imponer por obligación mi compañía. Entonces no comprendía que estaba haciendo méritos para encontrar precisamente lo que quería evitar: la soledad. Eso lo descubrí mucho más tarde.

También de aquella época recuerdo que comencé a predecir cosas que se cumplían. No es que tuviera visiones, ni mucho menos, es que debía de tener la intuición bien despierta. Y como veía que todos se asombraban de mis «poderes», yo los potenciaba lo que podía. Por ejemplo, a veces sabía antes de que abrieran la puerta quién iba a llamar. O miraba a uno de mis hermanos y les contestaba con precisión a algo que estaban pensando, como ir a robar unas galletas o hacer novillos.

—Ni se te ocurra. Mamá se va a enterar y se te va a caer el pelo.

Ellos a veces se asustaban. Yo, en un momento dado, también. Sobre todo después de anunciar dos desgracias seguidas. La primera, la muerte de la pobre Custodia, la costurera que venía a casa cada miércoles a arreglarnos la ropa. No es que la visualizara agonizante, ni que tuviera ninguna razón para decir lo que dije, es que se me ocurrió de improviso, sin más.

—Custodia se va a morir pronto, mamá —le dije a mi madre cuando la mujer se marchaba tras terminar su trabajo.

—Qué tonterías dices, hija. Está perfectamente.

Al miércoles siguiente, sin embargo, Custodia no vino a casa. Mi madre, que había olvidado mi predicción, no se apuró hasta que, a la siguiente semana, la costurera tampoco dio señales de vida.

Fue entonces a buscarla a su casa con Aurelia, que era su amiga. Gracias a sus indicaciones pudieron llegar hasta su cuarto realquilado en una callejuela del centro de la ciudad. Allí se enteraron de que Custodia había muerto pocas horas después de regresar de trabajar para nosotros, hacía dos semanas. Le dio un soplo fulminante y murió en las escaleras del segundo piso, sin poder llegar a su casa, que estaba en la quinta planta. Mi madre regresó macilenta y me miró con temor a la hora de cenar. Nunca más volvimos a hablar de ella.

Poco después advertí a Leandro que dejara sus estúpidos juegos de magia.

—Ándate con ojo. Te vas a salvar por los pelos de morir atropellado —le dije.

Sólo unas noches después todos tuvimos que salir corriendo de casa, al escuchar un golpe seco y los gritos de alguien que clamaba, no se sabía si desde este mundo o desde el más allá. Vimos a Leandro parado, en mitad de la calle, pálido como la cera, mirar hipnotizado a un conductor que casi se estrella con su motocicleta. Mi madre entonces me miró de plano.

—Tú y yo tenemos que hablar muy despacio, señorita —me dijo mientras nos dirigíamos a casa, con Leandro tiritando a medias de frío y de miedo, y tocándose insistentemente los brazos para asegurarse de que estaba entero.

Aquella anunciada conversación nunca se llegó a producir. Sin embargo, desde entonces, cuando yo advertía de cualquier cosa, por tonta que fuera, mi madre tomaba todo tipo de precauciones.

Lo malo es que acertaba con los demás pero no conmigo misma, eso está claro; me he dejado engañar por sueños que nunca se llegaron a materializar.

Sé que en algún cuaderno anoté la historia de Joaquín, pero lo hice sólo con iniciales, sin atreverme a escribir lo que en realidad ocurrió aquel verano. Sólo me aventuré a contar que A se encuentra con J y J b a A… No sé si sería capaz de traducir las tonterías que apunté entonces, aunque podría repetir de memoria, uno por uno, los días y los detalles de lo que ocurrió.

Yo era muy joven, acababa de cumplir diecisiete años y estaba aterrorizada de que alguien sospechara siquiera lo que había pasado. Joaquín debía tener dos o tres años más que yo. Nos conocimos un verano en que fuimos a San Sebastián, donde él vivía con sus padres. No sé exactamente qué relación tenían su padre y el mío, pero enseguida se pusieron en contacto y por extensión nos presentaron a sus hijos. Joaquín tenía una hermana mucho más pequeña que él, una niña de unos diez años que, a pesar de su edad, se enamoró locamente de Guillermo en cuanto lo vio. Claro está que Guillermo vio a la niña una o dos veces en todo el verano, pero ella le seguía dondequiera que fuera. El caso es que Joaquín y yo comenzamos a salir con frecuencia. Me presentó a sus amigos, y aunque siempre íbamos con mucha gente, era evidente que no me dejaba ni a sol ni a sombra. A mí él me gustaba, me hacía sentir importante. Cuando hablaba, me escuchaba con atención, preguntaba mi opinión sobre casi todo, notaba rápidamente si cambiaba de peinado, si llevaba una blusa nueva, si sonreía, si tenía frío o si estaba cansada. Estaba pendiente de mí las veinticuatro horas del día, me acompañaba, me esperaba, me llevaba los bultos, me hacía reír. Un día, sin darnos cuenta, nos quedamos solos. Sus amigos se habían ido y Aurelia y los niños también se nos habían adelantado. Sin que me diera tiempo a pensarlo, a Dios gracias, porque de pensarlo no me habría atrevido, me encontré entre sus brazos, besándonos. Todavía hoy, al pensarlo, siento cosquillas en el estómago.

El hecho es que desde entonces Joaquín y yo fuimos aún más inseparables. Mi madre le miraba con buenos ojos y hasta mi padre accedió a invitarle un día a comer. Se entendieron tan bien que le invitó a cenar y luego a jugar al ajedrez. En resumen, Joaquín acabó convirtiéndose en uno más de la familia, y aunque todavía nadie hablaba de noviazgo, daban por hecho que en cualquier momento podría anunciarse un compromiso, a largo plazo, eso sí, pues los dos éramos aún demasiado jóvenes.

Pero a pesar de que todo apuntaba a que nuestras vidas

iban a unirse en un momento u otro, lo que ocurrió el último día de aquel largo verano nunca supuse que podría llegar a suceder. Accedí a fugarme de casa, en plena noche, para despedirnos solos en la playa. No es que me tuviera que ir lejos, nuestra casa estaba al borde mismo del mar, pero fue difícil y además arriesgado. Tuve que levantarme de la cama que compartía con Angustias sin despertarla, atravesar el corredor de madera que crujía a cada paso, bajar las escaleras sin hacer ningún ruido... Al final salí en camisón, porque no tuve tiempo ni de vestirme, además de que no me atrevía a hacer más ruidos de los imprescindibles. Tenía tanto miedo a que me descubrieran que temblaba como una hoja. Cuando pisé la arena recuerdo que pensé que pisaba escarcha; así de helada la noté. El viento soplaba frío, era muy tarde y miré por todas partes espantada de que al final fuera Joaquín el que no hubiera podido acudir a nuestra cita. Pero casi de inmediato lo vi andar hacia mí, tomarme de la mano e instalarme sobre una manta que había colocado tras una duna. Allí, agazapados del frío, nos abrazamos, nos besamos con prisa, con urgencia, y acabamos haciendo el amor. Ahora me cuesta creerlo, cómo me dejé llevar hasta ese extremo. Pero no me arrepiento. Ahora, al menos. Entonces, tampoco. Pero en el largo camino entre un momento y el otro, entre el pasado y el futuro, no dejé de hacerlo, en aquellos meses en que Joaquín dejó por completo de dar señales de vida.

Yo me fui al día siguiente con el cuerpo dolorido por esa cercanía desconocida y con la única esperanza de verle pronto.

Pero pasaron los días, las semanas, los meses y no recibí noticias suyas. Yo le envié dos cartas, luego esperé, más bien desesperé, sin recibir contestación por su parte. Me puse enferma de pena, empecé a perder peso y mi madre me llevó al médico preocupada. Me daban hígado de cerdo a todas horas, por temor a que cogiera una anemia. A mitad de curso, cosa impropia en mí, llevaba suspensas la mayoría de las asignaturas, aunque al final, a trancas y barrancas, las aprobé, porque papá me amenazó sin vacaciones de verano si no pasaba el curso. Y mi único sueño era volver a verlo, saber qué había ocurrido. Y así fue. En el mes de junio del año siguiente volví a tener noticias suyas. Peores incluso de las que había supuesto. Joaquín se había casado. Un día me cruce con él y su mujer en la alameda. Nos miramos sólo un instante y yo salí corriendo.

Nada más llegar a casa me tumbé en mi cama a llorar.

—¿Qué te pasa, hija? —me preguntó mi madre al entrar en mi cuarto, extrañada de que regresara tan pronto, y luego preocupada al descubrir que tenía los ojos hinchados y estaba derrumbada sobre el colchón como un alma en pena.

—Que nunca podré ser feliz, seré una vieja solitaria y amargada por el resto de mis días. Y que papá va a enfermar dentro de poco y morirá en el invierno próximo.

Ese presentimiento lo tenía desde hacía semanas, pero lógicamente me lo había callado. En ese momento se me salió solo de la boca, sin pensarlo. Al oírme, mi madre cerró inmediatamente la puerta tras de sí, sin detenerse a consolarme, sin atreverse a preguntarme nada más. Oí cómo iba en busca de mi padre, cómo le llamaba de habitación en habitación hasta que lo tuvo enfrente.

—¿Cómo te sientes, Jacinto? —le espetó sin saludarle.

—Me duele un poco la espalda, pero no estoy mal —le contestó éste sin prestarle demasiada atención.

Enterramos a papá a finales de febrero. Los médicos nos dijeron que tenía deshechos los riñones…

Aunque llegó tarde a su cita con Guillermo, Nicolás decidió quedarse unos días en la ciudad. Su tía Angustias, a la que había imaginado durante años como su ángel salvador, como la mujer que pudo haber salvado su infancia de la soledad del internado, regresaría a España la próxima semana, y pensó que sería una descortesía por su parte no acompañarla hasta ese momento. Aunque según se lo estaba diciendo tuvo la certeza de que se había equivocado. Angustias no era como Nicolás la había idealizado; era una mujer ausente que escuchó a su sobrino cabizbaja y que no sólo no le respondió o le agradeció su ofrecimiento, sino que no movió ni un músculo de su cuerpo al escucharle. Nicolás pensó, en un principio, que no le había oído. Tentado estuvo de callarse; «si no se ha enterado, mejor», se dijo. Pero, sin poder evitarlo, le repitió más alto:

—Tía, me quedo a acompañarla hasta que tome el barco si usted quiere.

Entonces ella le miró, como si no hubiera reparado hasta ese instante en su presencia, y asintió con la cabeza un instante, para volver a enfrascarse en sí misma. Estaba tan ausente que, en los siguientes días Nicolás, arrepentido decenas de veces de su decisión, apenas si logró sacarle dos palabras seguidas, y eso tras utilizar todo su poder de persuasión y hablando muy alto, sin duda porque pensó que, además de extraña, su tía era dura de oído, aunque al final acabó por descubrir que lo oía todo perfectamente. Simplemente tardaba en reaccionar porque pasaba más tiempo en el otro mundo que en éste.

De todas las hermanas Macera, Angustias fue la menos agraciada. Si América era hermosa, de figura esbelta, rasgos perfectos y carácter indomable, Margarita tan delgada y pizpireta como una ardilla, de risa fácil y contagiosa, Angustias salió torpe, gruesa, desgarbada, aunque, eso sí, dócil, callada y manejable. Desde pequeña fue la más obediente de las hermanas. Su madre la ponía de ejemplo cada vez que podía.

—A ver si aprendéis de Angustias —repetía sin convencimiento doña Alejandra—. Siempre hace las cosas a la primera. Con ella da gusto.

Vanas esperanzas de que sus otras hijas se parecieran mínimamente a ésa, la cuarta en el orden familiar, la segunda de las chicas Macera, tan distinta a las otras que parecía provenir de otra familia. América, por ser la mayor, se sentía con pleno derecho a imponer su voluntad, y Margarita, por ser la pequeña, pensaba que todo se lo perdonarían; siempre acababa poniendo cara de no haber roto un plato, con los ojos zalameros, como si dudara en echarse a llorar o a reír cuando se la sorprendía haciendo alguna trastada, aplacando el enfado del que la reprendía en cuestión de segundos.

Angustias, quizá intuyendo que no tenía ningún atractivo del que echar mano, simplemente obedecía. No tenía el temperamento de la una ni la gracia de la otra. Era, siempre lo supo, del montón. Y esa sensación, más bien certeza, la acompañó desde su más tierna infancia. Tras una niñez y una adolescencia ejemplares, llegó a la madurez sin que su carácter hubiera cambiado un ápice en su obediencia o en su conformidad con lo establecido. Cuando se convirtió en una mujer adulta, que rozaba la peligrosa línea de las no casaderas, se había hecho dócilmente a la idea de llevar una vida de sometimiento a la voluntad de sus padres, de sus hermanos mayores, de quien fuera a ocuparse de ella en el futuro. Pero fue precisamente en ese momento, cuando estaba a punto de desistir de los pocos sueños de felicidad que calladamente pudiera haber albergado, cuando se produjo el milagro. Un milagro que se llamaba Braulio y que apareció como un sueño cuando su madre trataba de inculcarle una vocación religiosa que nunca tuvo, temerosa de que Angustias no encontrara su lugar en la vida.

Y es que doña Alejandra no hacía más que darle vueltas a la cabeza. Contaba con que América también se quedaría soltera, pero ella era distinta: fuerte como una roca, dura como el granito, no temía que la pudieran dañar. En cuanto a Margarita, sin duda encontraría cientos de pretendientes y, aunque su frivolidad y su falta de constancia a veces le preocuparan, aún era muy joven para pensar en su futuro. Era Angustias la que le quitaba el sueño. Tan callada, tan sumisa, qué futuro la esperaría sin una familia propia. Por eso doña Alejandra pensó que Braulio era la respuesta a sus plegarias.

Se trataba de un viudo, amigo, a pesar de la diferencia de edad, de su hijo Guillermo, un hombre maduro que enseguida supo que aquella mujer tímida y recatada que respondía a un nombre tan poco esperanzador como sus propias esperanzas sería una buena compañera para el futuro. No era ninguna belleza, tampoco era especialmente brillante, pasaba la mayor parte del tiempo que estaban juntos mirando hacia el suelo, sonriéndole apenas cuando se atrevía a observarle por el rabillo del ojo y optando por el silencio. Pero Braulio comprendió que su interior estaba lleno de ternura, de sombras que él podría despejar con la misma facilidad del que abre una rendija de la persiana, permitiendo que la luz iluminara poco a poco el contorno de las cosas, insuflándole calor y vida a lo que hasta entonces había estado cerrado, ciego y mortecino. Y la reacción de Angustias superó todas sus expectativas. Ella rezumó amor por todos los poros de la piel hacia aquel hombre que iba a cambiar un futuro lleno de soledad por la oportunidad de ser feliz, que trastocaría el singular obligado por la primera persona del plural, al hablar de sus planes, cuando todos daban por hecho que no llegaría a tener vida propia.

Tras unas semanas de rápido noviazgo —«no tengo edad para cortejarla, sino para hacerla mi esposa», le dijo Braulio— fijaron la fecha para la boda. Angustias pasó una temporada frenética, multiplicando sus quehaceres y resolviendo con celeridad un montón de detalles, tomando por primera vez decisiones por su cuenta, ya que Braulio vivía fuera y sólo se veían los fines de semana, cuando, para tranquilidad de la incrédula novia, que temía despertarse en cualquier instante de un sueño, acudía a verla y constataba que su compromiso era real. En el momento en que lo tenían todo prácticamente dispuesto para la ceremonia, que se celebraría en el pueblo de la sierra de Cazorla donde veraneaban los Macera, días antes de la sagrada unión, en el preciso momento en que Angustias empezaba a andar con la cabeza erguida y un color diferente en las mejillas, segura ya de su buena estrella, aquel espejismo de felicidad se rompió en mil pedazos.

Lo supo a primera hora de la mañana, cuando salió del brazo de su madre para ultimar con el pastelero la composición de la tarta nupcial. Había llovido mucho la noche anterior, y el adoquinado de las calles las hacía resbalar. No habían dado las ocho en el reloj de la parroquia cuando llegaron a la plaza del Ayuntamiento. Todos los vecinos que se encontraban en las inmediaciones dejaron de repente de hacer sus tareas, se paralizó por un instante el tiempo y hombres, mujeres y niños, sin excepción, se dieron la vuelta para mirar a aquellas dos mujeres que caminaban con paso lento y medido, a causa de los charcos, hacia la casa consistorial.

Ellas tardaron unos segundos en darse cuenta de la extraña actitud de los viandantes, y cuando lo hicieron se miraron la una a la otra, quizá tratando de encontrar una mancha de hollín en sus caras, o que sus sombreros se habían caído de su posición habitual. Pero no encontraron otra cosa que la cara de la otra, desconcertada, intentando descubrir qué ocurría. Sólo tuvieron que andar un corto trecho para enterarse de la razón de aquel insólito comportamiento.

Frente al Ayuntamiento varios hombres dejaban en el suelo cuatro ataúdes. Durante la terrible tormenta de la noche anterior, inesperada por su virulencia y su dureza en aquel lugar y en aquella época del año, la diligencia en la que viajaba Braulio se había salido de su camino, precipitándose al abismo. El cuerpo de Braulio, prácticamente irreconocible, era una de las víctimas de ese accidente.

Angustias dejó de vivir en ese instante, treinta años antes de su encuentro con Nicolás. Nunca habló de su tragedia, simplemente se dejó llevar hasta que el sueño de la muerte, que la aletargaba desde entonces a todas horas, se la llevara definitivamente. Tras la muerte de Guillermo parecía más cercana a conseguirlo del todo.

Alberto, el padre al que Nicolás no pudo conocer, murió joven, pero con mucha vida a sus espaldas.

Aunque no le dedicó demasiado tiempo a su carrera, fue un estudiante brillante y se licenció como ingeniero a los veintitrés años. Su hermano Guillermo, pese a ser mayor que él y aparentemente más metódico y aplicado, se tuvo que conformar con una ingeniería técnica, licenciándose como perito industrial al mismo tiempo que su hermano, pero con tres años más de edad. Siempre fueron inseparables.

—Los polos opuestos se atraen —solía decir el ingeniero cuando le preguntaban por la estrecha relación de los hermanos.

Uno extrovertido, ingenioso y conversador; el otro callado, tímido y nada afecto a hablar de sí mismo, cada uno de ellos se convirtió en la sombra del otro. Por eso, Alberto era el único ser entre los mortales que conocía todos los secretos de su hermano, tan reacio a exteriorizar sus sentimientos. Todos, menos uno, que siempre le intrigó: su extraña reacción ante la muerte de Braulio, el novio de su hermana Angustias. Tras el trágico accidente pasó días encerrado en su habitación, sin permitir que abrieran las cortinas, sumido en el silencio y la oscuridad, sin apenas comer, tan afligido como la novia prematuramente viuda, que dejó de pertenecer al mundo de los vivos a partir de entonces y que tardó meses en volver a pronunciar una sola palabra.

Guillermo y Braulio habían sido amigos, pero nada justificaba la extraordinaria pena que el mayor de los varones Macera sintió ante su muerte. Por más que le preguntó, Alberto jamás obtuvo una respuesta que le satisficiera.

—Era un buen hombre —le respondía Guillermo ante su insistente interrogatorio—. Simplemente eso, y que siento mucho su muerte.

No pudo sacarle una palabra más. Pero a sus ojos, conocedores de todos los rincones del carácter de su hermano, no escapó la certeza de que en su vida se había producido un corte profundo, de que había dos Guillermos diferentes, antes y después de la tragedia.

Aunque con el tiempo volvió a salir y a entrar como antes, no se le borró de la mirada la expresión de tristeza, quizá de escepticismo, que la muerte de su amigo le provocó.

Ambos se conocieron por casualidad en la tertulia literaria de un café, a las que Guillermo era más aficionado que a las clases de la universidad, uno de los pocos lugares a los que Alberto no le acompañaba, mucho más inclinado por la política que por los libros. Pronto Braulio y él congeniaron. Braulio vivía en Salamanca, donde era profesor en leyes, pero siempre que viajaba a Madrid se citaban. Fue en uno de esos viajes, afianzada su amistad por la correspondencia que ambos mantenían con asiduidad, cuando Guillermo le invitó a su casa. Fue él quien le presentó a su hermana Angustias, quien primero se sorprendió ante su repentino noviazgo, quien iba a ejercer de padrino de bodas. Fue él quien, sin quererlo, le llevó de la mano a la muerte.

Nunca habló con su hermana de lo ocurrido. No hubiera sabido qué decirle si es que ella le hubiera escuchado, ya que no sólo no hablaba, es que parecía no entender lo que ocurría a su alrededor. Pero sus miradas, de vez en cuando, se cruzaban con el mismo dolor en los ojos.

Querida hermana:

Ya sé que hace mucho que no tienes noticias nuestras, y no es que no queramos responder a tus cartas, que de verdad te agradecemos. Es que estamos muy ocupados con la fábrica. En este país todo son problemas, hay que rellenar papeles hasta para ir al baño, imagínate para poner en marcha un nuevo negocio. Y lo malo es que el funcionario que tiene que darte esos impresos o certificarlos, una vez cumplimentados los diez mil datos que piden, nunca está en su puesto.

«Ahorita mismo regresa —te dicen—, fue a hacer un recado urgente para su mamá…» O, «hoy es el cumpleaños de su hijita, estará festejándolo el hombre, es natural…».

Estábamos tan hartos de que el funcionario de turno nos tomara por el pito del sereno que probamos a hacer caso a los consejos que algunos amigos nos dieron. Es decir, probamos a seguir al pie de la letra aquello de «donde estuvieres, haz lo que vieres». El único método cien por cien seguro para agilizar los trámites es la «mordida», un soborno establecido a todos los niveles del poder, desde los más altos a los más bajos de este país, con el que se consiguen milagros. Y al final te ahorras dinero, porque si no hubiéramos dado cientos de pesos en sobres y de tapadillo estaríamos esperando todavía al tal funcionario, a que su hija apagara las velas o su mamá se muriera de vieja.

En resumen, hace ahora seis meses que la fábrica está en pleno funcionamiento. Tenemos ya veinte empleados y el negocio, a Dios gracias, va viento en popa. Pero hay que estar en cada detalle, son gente con muy poca preparación, puedes imaginarte.

Bueno, no quiero aburrirte con nuestros asuntos laborales, sobre todo quería saludarte y saber cómo van las cosas por el caserón. Me preocupa lo que nos contabas de Angustias. No me acabas de explicar las causas por las que ha decidido marcharse. Está claro que no se ha recuperado de lo que le ocurrió a Braulio, y hasta cierto punto es normal. Ella no es como tú. No tiene tu fuerza, ni tu entereza. Era su última ilusión, quizá la única de su vida. Bien pensado quizá le vaya bien alejarse, poner espacio de por medio, respirar otros aires, aprender a vivir de nuevo sin él. La prima Adelaida siempre la supo llevar y ahora, con sus tres niños, no le irá mal la mano que pueda echarle Angustias, ni a Angustias estar ocupada en algo que no sea darle vueltas a la cabeza.

Sobre lo de Margarita, qué quieres que te diga. Por lo que nos has contado tú y ella misma al anunciarnos su boda, parece que ha encontrado su media naranja. Su marido, el b/varón, (vaya, por fin hemos emparentado con la nobleza, aunque sea pobre de solemnidad), aparenta ser un buen hombre y tener la paciencia de Job, lo cual es imprescindible para aguantar las extravagancias de nuestra hermana. Sentí muchísimo perderme su boda, al fin y al cabo la pequeña nos ha ganado a todos por la mano y, para bien o para mal, ha sido la primera (quién sabe si la única) en casarse. Espero que sea muy feliz.

De Leandro recibimos carta regularmente, aunque debo confesar que hace falta tiempo para descifrarlas porque algunas las pone en forma de crucigramas; sigue siendo todo un personaje.

Y tú, por lo que sé, sigues como siempre, al frente del timón. Creo que alguna vez te malinterpreté, América, y no supe ver que hacías lo que creías justo, lo que creías mejor para todos. Desde que murió mamá; miento, desde mucho antes, cuando mamá enfermó a la muerte de nuestro padre, llevaste tú sola las riendas de la casa aunque, a veces, tienes que reconocerlo, con no demasiada mano izquierda. Ya no éramos niños a los que educar, éramos adultos que tenían que correr su propia suerte. Y en eso te equivocaste, en tratar de impedir que cometiéramos nuestros propios errores. Ya sé que no debe de ser fácil ver cómo alguien a quien quieres corre hacia un precipicio y no intentar evitarlo, pero así es la vida, una sucesión de peligros que cada cual debe afrontar a su modo. No está de más avisar, pero si el interesado no quiere atender a razones, no se le puede cerrar con llave las puertas porque al final siempre encontrará la manera de escaparse. Ahora no me cabe ninguna duda de que lo hiciste por nuestro bien, puede que en el fondo nunca lo dudara seriamente. Pero resulta extraño, ¿no crees? Después de años de vivir puerta con puerta acabas por comprender a esa persona a la que odiaste en más de una ocasión, para qué voy a negarlo, ésta es una declaración sincera y sin tapujos; la entiendes, decía, cuando te encuentras a miles de kilómetros de distancia. No sabes cómo me acuerdo, ahora que me encuentro como único responsable de él, de tu preocupación por Guillermo. No sabía si comentártelo, no sé ni siquiera en este momento si hago bien en decírtelo, ya sabes que confía en mí como en su propia sombra, pero debo reconocer que tenías razón, que iba por mal camino. Aunque ha tenido que trabajar y bregar como el primero, su problema con el alcohol es cada día más evidente. Hay mañanas en que casi ni puede levantarse de las tremendas resacas de la noche anterior. Aquí lo adoran, puedes creerme, pero a mí me preocupa verlo beber cada vez más y más temprano. He tratado de hablar con él, de disuadirlo, pero lo niega todo. Dice que me estoy volviendo una nueva América, que le deje en paz, que se ha marchado al otro rincón del mundo para que le dejen tranquilo. No se lo tomes en cuenta, lo dice porque en el fondo sabe que tenemos razón. Pero realmente no sé cómo ayudarlo. Rectifico, sé que no puedo hacer más de lo que hago. Es mayor y por tanto debe asumir su propia vida. Tiene decenas de chicas haciendo cola para dejarse cortejar, el negocio va bien, pero él no es feliz. Desde que ocurrió lo de Braulio no es el mismo. Ya no se encierra en su cuarto como entonces, ni pasa los días en la oscuridad, en realidad casi no viene por casa, pero hay una luz rara en sus ojos, como si no hubiera podido superarlo. La noticia de la desaparición de Ramón Saravia no ha hecho sino empeorar su estado de ánimo. Por cierto, ¿se ha sabido algo nuevo de él? Nos lo contabas de pasada, cosa poco propia de ti; dos noticias tan importantes como ésta y la marcha de Angustias y casi no ocupaban más que un párrafo. ¿Hay algo que te preocupa? Si es así, no dudes en contármelo, haré lo que esté en mis manos por ayudarte. No olvides darle a los Saravia recuerdos de nuestra parte. Pobre Ramón, dónde habrá ido a parar. La última vez que lo vi fue hace ya tiempo, en Cazorla, días antes del accidente, ya que el propio Guillermo le había invitado a la boda de nuestra hermana. Le regaló a Angustias un gran ramo de rosas. Recuerdo que ella se sorprendió al verlo, ya que no le había invitado, pero Guillermo intervino en el preciso momento en que ella le iba a preguntar qué hacía allí.

—Fíjate qué sorpresa te he preparado —le dijo—. Le he hecho venir desde Madrid porque ¡cómo iba a faltar nuestro gran amigo Ramón el día de tu boda!

Ella sonrió y le agradeció las flores. Pobre Angustias, puede que fuera la última vez que sonriera. Aquella misma noche, si mal no recuerdo, se produjo el accidente.

En fin, no quiero preocuparte. A menudo Guillermo vuelve a ser el que era y gracias a eso todo va bien. En cuanto a mí, todo controlado. Las mujeres de este país son preciosas, a la gente le gusta, al menos tanto como a mí, charlar, y estoy ensayando en mi negocio algunas técnicas que, de funcionar, pueden revolucionar el mercado. Aunque también podrían llevarnos en unos años a la bancarrota… Es broma, o eso espero. Prometo ser cuidadoso y escribirte con más regularidad. Aunque no lo creas te echo mucho de menos y creo que tu mano de hierro me vendría muy bien a este lado del mundo. Un beso muy fuerte, también de Guillermo. No ha llegado y quiero mandar esta carta en el próximo correo, pero me pidió que te saludara. Un fuerte abrazo, tu hermano que te quiere:

Alberto Macera

La carta de su abuelo Alberto dejó a Claudia en un extraño estado de ánimo. No sólo por haber tenido la oportunidad de conocerlo a través de sus propias palabras, de acercarse a su persona, de sentirse por primera vez nieta de alguien real, de un hombre que tenía sentido del humor, ganas de vivir, que era joven y luchador, con toda la vida por delante. No era sólo la extrañeza que produce el espacio y el tiempo cuando no se ajustan a ninguna regla, esa extraordinaria y mareante sensación de insensatez que provoca colarse en la intimidad de un muerto cuando estaba comenzando a vivir. Era también la noticia de la desaparición de Ramón y la marcha de Angustias la que le sorprendía. Los dos parecían haberse evaporado al mismo tiempo. ¿Se habrían ido juntos? ¿Le esperaba quizá un final sorprendente en que la pobre y sumisa Angustias decidió ponerse el mundo por montera y se fugó con el amigo Saravia? Sea como fuere, aumentó aún más su curiosidad por conocer al descendiente directo de Ramón, ese tal Juan José que se había hecho cargo de las obras del caserón Macera. Comprobó que aún le quedaban un par de horas para encontrarse con él. Había planeado lavarse el pelo y coser el dobladillo de unos pantalones, pero decidió seguir leyendo los diarios. Y poniendo en orden sus recuerdos.

Cuando Nicolás volvió a la costa para casarse con Ada, tras la muerte de Guillermo y la partida de tía Angustias, tardó unos días en quitarse de encima el ambiente cargado y mortecino que se le había impregnado en el alma después de permanecer en aquella pequeña y apestosa casa de la capital. Durante varias noches se despertó creyéndose aún en ese oscuro agujero, con su tío de cuerpo presente y la sombra de aquella anciana que vegetaba y que sólo respiraba para verificar que aún vivía.

Pero los preparativos de la boda, la mirada brillante de Ada, ilusionada por su inminente matrimonio, y el aire limpio de aquella pequeña ciudad en la que decidió finalmente establecerse, le fueron curando la pena. Los combinados de hierbas de su futuro suegro, que le vio con el ánimo alicaído, acabaron por recuperarle del todo la salud. A las dos semanas, cuando entró en la parroquia engalanada de flores y vio andar hacia él a un ángel con el rostro cubierto por un velo y la sonrisa desnuda, se olvidó completamente de su tristeza.

Ada y él emprendieron un corto viaje hacia el sur. Compraron dos billetes de ida y vuelta en un barco que surcaba la costa. Ni el calor, ni los mosquitos, ni las mareas, ni las turbulencias, ni el mismísimo fin del mundo les hubieran estropeado aquel encuentro. La primera noche que se quedaron solos, el uno frente al otro, en el pequeño camarote que compartían, inaugurando su matrimonio, fue el más dulce de los momentos de sus vidas. Parados uno delante del otro se miraron durante horas, como si nunca hasta entonces se hubieran visto, se acariciaron las caras, aprendiendo con los dedos cada uno de sus rasgos, memorizando para siempre el contorno de las mejillas, la inclinación de las cejas, el volumen de los labios, dibujando con manos temblorosas la silueta de sus bocas, recorriendo con cuidado sus cuerpos. Ambos eran inexpertos en el arte del amor, pero aprendieron juntos a deleitarse. Se quedaron encerrados en el camarote los tres primeros días. No tenían ningún deseo de conocer nada que no estuviera en aquel dormitorio que se balanceaba suavemente y los balanceaba a ellos sin compasión hacia sí mismos. Supieron de qué estaba compuesta la vida sólo con vivir su propia gloria.

Al tercer día salieron para comer algo, sólo por la imperiosa necesidad de dar a sus organismos algo de energía que gastar por la noche. Comían, bebían y respiraban sólo para hacerse dichosos. Muy lejos quedaron aquellos días los recuerdos de la muerte, la desilusión y la agonía vividos por Nicolás hacía sólo unas semanas.

... Sigo sin poder dar crédito a lo que ha pasado. Hace mucho que no tengo materialmente tiempo de sentarme a escribir, que en mi caso es tanto como decir que no tengo tiempo para respirar, para meditar o encontrar sosiego. Se ha sucedido todo muy rápidamente. Estamos asustados, tristes, y mamá, además, muy enferma. Después de lo ocurrido parece como si se hubiera apagado la llama de su vida y ya no tuviera ninguna gana de volver a avivarla. La boda de Angustias la hacía muy feliz, puede que fuera lo único que la alegraba, ver a su hija casada formando por fin un hogar. Antes me molestaba, me preguntaba por qué nunca se ocupó de esa forma de mí. Había que verla comprando el ajuar, eligiendo con mi hermana los bordados, las sábanas, los camisones, las mantelerías, a pesar de las ojeras y de los dolores que malamente podía ocultar. Creo que nunca pensó en que tuviera que acompañarme en semejante acontecimiento y eso me hacía daño, me puso a ratos furiosa. Ahora me siento culpable por haberlo pensado. No sé por dónde empezar, porque a la enfermedad de mamá hay que unir la muerte en vida de Angustias. Es un vegetal, con la mirada ida, ausente. Faltaban dos días para la boda y todos esperábamos la llegada de Braulio en Baena cuando se produjo la tragedia. Recuerdo aquel día a retazos, con pequeños sucesos que no consigo acabar de ligar entre sí. El ruido de la puerta cuando mamá y Angustias salieron, muy temprano, hacia el pueblo; la sensación de abandono que sentí al darme la vuelta en la cama y descubrir el vestido que iba a llevar a la boda, colocado sobre la silla del tocador, para que Aurelia le diera un último planchazo; las risas de los ni-

ños que empezaban a llegar a la plazoleta de debajo de mi ventana y que jugaban a algún juego ruidoso, llenando el aire de carcajadas; el aire húmedo y caliente que entró por la ventana al levantarme, más tarde de lo habitual; el cielo despejado y azul, después de las terribles trombas de agua caídas durante la tarde y la noche anteriores; los gritos de mi madre llamándome al regresar, mucho antes de lo previsto, con una Angustias agonizante del brazo; la mirada profunda y rápida de mi hermana antes de caer en el letargo en el que lleva sumida tantas semanas... Los alguaciles, los amigos, los curiosos, acercándose a nuestra puerta para conocer detalles; el cuerpo sin vida de Braulio metido en una caja, en la sala principal del Ayuntamiento; el velatorio interminable, con un calor insoportable que hacía que la ropa se pegara al cuerpo; el zumbido de las moscas que chocaban contra los cristales; Guillermo ausente, como Angustias, ido, embriagado más que de alcohol, de pura pena... Y una sensación de irrealidad y de miedo que me impedían reaccionar, al menos de forma consciente, porque seguí actuando como una autómata, resolviendo pequeños problemas, llevando a ciegas la casa, estirando las sábanas de los enfermos, dando de comer a cucharadas a una hermana a la que no reconozco, envejecida como una anciana de cien años. Por fin volvimos a Madrid, al caserón, en un viaje interminable como una interminable pesadilla. Mamá, que en los primeros días trató de sobreponerse por el dolor de Angustias, ha terminado cayendo en la antesala de la muerte. Lo veo en el color trasparente de su piel, en sus ojos sin vida. Pero el dolor que me provoca verla así no es comparable con el que siento al ver el estado de mi hermana y el de Guillermo. Los dos parecen sombras sin cuerpo, que apenas se reflejan en ninguna parte. Sólo una vez Angustias pareció despertarse de su duermevela. Se levantó del sillón en el que entre Aurelia y yo la habíamos sentado y con voz inusitadamente ronca y gesto crispado dijo con toda claridad:

—Lo mataré, aunque sea lo último que haga, mataré al que me provocó la muerte.

Luego volvió a caer en ese estado de semiinconsciencia en que vive. Ni siquiera se enteró del empeoramiento de mamá…

Capítulo 7

El restaurante donde Claudia se había citado con Juan José estaba a rebosar. Era un lugar pequeño, elegante, con no más de quince mesas iluminadas con velas y ramilletes de flores sobre manteles blancos. Claudia no tuvo tiempo de buscar con la mirada a Juan José, ni de sopesar siquiera cuál de los comensales sentados en el salón podría ser el constructor y descendiente del tal Ramón Saravia descrito en los diarios de tía América. Un maître se acercó hasta ella inmediatamente y, tras escuchar su nombre, la condujo hacia una mesa apartada, oculta tras una pequeña columna. Comprendió que aunque le hubieran dado tiempo para divagar sobre su compañero de cena, nunca lo habría descubierto, porque no estaba a la vista. Un hombre alto, de manos enormes, moreno y sonriente se levantó en cuanto la vio llegar.

—Por fin nos conocemos. Gracias por aceptar la invitación.

No sabía qué era lo que realmente esperaba pero, desde luego, no a aquel hombre que no se parecía ni por asomo a la imagen que Claudia se había forjado del borrachín de Ramón. Había esperado quizá un viejo, con la cara pálida a causa de los excesos. Un tipo más parecido a ese pobre diablo al que América había echado de su casa y que desapareció tiempo después sin dejar rastro.

—¿Algún aperitivo, señores?

Claudia tuvo que hacer un esfuerzo por volver al presente. Pidieron una bebida y después pasaron un buen rato eligiendo el menú. Aunque no tenía nada de hambre hizo ver que se concentraba con interés en la lista de platos.

—Bueno, es algo extraño. Conocerte por fin. Toda la vida escuchando hablar de los Macera y ahora conozco a una representante joven de la familia.

—Y la única que queda, por cierto. Conoces a un ejemplar único. A mí me ocurre algo parecido. Oí hablar de los Saravia desde que era pequeña —mintió—; bueno, quizá no tanto como tú de nosotros, mi padre no estuvo muy ligado a su familia...

—Ya, las relaciones con doña América no le fueron precisamente fáciles, según tengo entendido.

—Yo no la recuerdo, la conocí cuando era poco más que un bebé, pero tenía fama de ser todo un carácter, con mucho genio; en resumen, insoportable.

—Bueno, ya sabes, las apariencias engañan. Échate fama y luego ponte a dormir...

En ese momento el camarero los interrumpió trayéndoles las bebidas. Se demoró en colocarlas mientras Claudia esperaba intrigada a que Juan José explicara aquella frase. La había pronunciado como si supiera mucho sobre su tía América, como si conociera algo que ella desconocía. Cuando el camarero por fin les dejó solos, Claudia recobró la conversación.

—Hablabas sobre las falsas apariencias con mucha convicción. ¿Conociste en profundidad a tía América?

—No. En realidad no sé mucho de ella —se rió—. Era demasiado pequeño cuando la conocí, no un bebé como tú, pero sí un chaval muy joven. Aun así no me dio la imagen de bruja perversa que muchos le achacaban. Y ya sabes que a esa edad uno sabe mucho de brujas malas.

No hubo manera de sacarle más sobre América Macera hasta el final de la cena. Juan José habló de los planos, de los gastos de los obreros, de las autorizaciones pendientes, de la ruina que supondría tener que parar por más tiempo la obra. Entremedias preguntó a Claudia cosas sobre sí misma, sobre su trabajo. Y le fue contando, a grandes rasgos, cosas de su vida: que estaba separado, que era padre de un niño de once años y que había pasado casi toda la vida de su hijo trabajando fuera de España.

—Hasta que en un momento dado me di cuenta de que me estaba haciendo viejo para seguir haciendo y deshaciendo maletas, y que además me había perdido los primeros años de mi hijo. Luego descubrí que no había perdido sólo eso. También había perdido a mi mujer, harta de mis continuos traslados. No la culpo, pero, en fin, decidí parar. Lo poco que tenía ahorrado lo invertí en poner en marcha la obra de la casa Macera. Mi padre la había comprado hacía una eternidad como inversión, pero le pusieron tantos problemas para edificar en aquel solar que, con el tiempo, lo acabó olvidando. Cuando murió, yo heredé la finca, justo cuando empezaba a pesarme mi vida de trashumante. Pensé que el destino me lo había puesto en bandeja. Nunca sospeché las trampas que puede poner, el muy puñetero, como guarnición...

Resultó ser un buen conversador y Claudia pasó un buen rato escuchándolo. Pero al mismo tiempo comprendía que no había sacado nada en claro sobre el misterio que la había llevado hasta allí.

—¿Qué parentesco te unía a Ramón Saravia? —le espetó a bocajarro.

—Vaya, escuchaste la historia más truculenta de nuestra familia. El bueno de Ramón. Era mi tío abuelo, hermano de mi abuela Pilar, que fue gran amiga de América Macera. Su hija, Amparo, era mi madre. Yo no conocí a Ramón y lo poco que oí de él lo hice a escondidas, ya que entre todos acabaron por borrar ese nombre del vocabulario familiar. Por lo que escuché aquí y allá, se trataba de un pobre hombre, vencido por sus vicios, que desapareció sin dejar rastro una noche cualquiera. Su madre casi enloquece de pena cuando desapareció y sus hermanas llevaron aquel fantasma sobre sus hombros durante toda la vida.

—¿Nunca se supo qué fue de él?

—Nunca, y eso que removieron Roma con Santiago para encontrarle. Parecía que se lo hubiera tragado la tierra.

—¿No pudo tener un lío de faldas? No sé, desaparecer detrás de alguna mujer…

—No, qué va, eso hubiera sido hasta una alegría para su familia. Nunca se le conoció ninguna novia. Y su madre deseaba más que nada en el mundo verlo casado. No creo que hubieran vetado a ninguna mujer que él hubiera elegido. Estaban muy preocupadas por su forma de vida.

—¿Tenía enemigos? ¿Alguien que pudiera desear que desapareciera?

—¿El pobre Ramón, enemigos? —Juan José soltó una carcajada—. Tampoco. Veo que estás muy interesada en el tema. No sé muy bien qué has oído sobre él, pero era simplemente un borrachín, un ser sin carácter, aunque muy buena persona. Tu tía América se volcó en su familia cuando desapareció. Por eso te decía antes que las apariencias, muchas veces, engañan. Cuidó a la madre de Ramón, mi bisabuela Julia, noche y día. Sus hijas estaban demasiado aturdidas y tristes para cuidarse de nadie, ni de ellas mismas. Creo que también estaban demasiado avergonzadas. Fue todo un escándalo. Si Ramón las había puesto rojas como el tomate por sus excesos cuando vivía con ellas, su desaparición fue aún peor. Los pocos que no sabían los problemas que tenía con la bebida se enteraron. Y huelga decir que se agrandaron según pasaban de boca en boca. No se habló de otra cosa en la colonia durante años. Lo pasaron muy mal. Mucho. Sobre todo su madre, Julia. Temieron incluso por su vida. América estuvo a la cabecera de su cama, infatigable, y eso que acababa de perder a su propia madre y que su hermana Angustias había caído en una grave depresión tras la muerte de su novio... Qué historias, parecen sacadas de un folletín de la época.

Claudia sonrió pero se quedó pensando en aquel gesto de América. Cuando abandonaron el restaurante era ya muy tarde y ella se empeñó en tomar un taxi; no hacía falta que la acompañara hasta casa. Al despedirse, Juan José quedó en llamarla la siguiente semana, cuando las cosas se aclararan un poco.

—La siguiente invitación será para celebrar la reapertura de la obra, no puedes negarte.

Claudia volvió a casa cansada, pero con la determinación de seguir leyendo los diarios. Sabía que aunque lo intentara no iba a conseguir dormir. Decidió prepararse un café muy cargado y revolver entre los papeles del baúl. Fue entonces cuando encontró una foto que hasta entonces le había pasado desapercibida. Tuvo que sentarse para mirarla y también necesitó respirar hondo: era un retrato de sus padres tras la boda. Nunca había visto aquella foto, aunque su padre le había hablado a menudo de ella. Siempre lamentó haber perdido todas las copias. Parecían dos niños sorprendidos en falta. Miraban sonrientes, pero de medio lado, como si no se atrevieran a que el fotógrafo captara de lleno sus miradas. Detrás, una breve dedicatoria: «Para tía América de sus sobrinos Ada y Nicolás».

... Mamá se ha ido y nos ha dejado la casa vacía. Y eso que los pasillos, su porche, su cuarto, huelen aún a ella. Han pasado ya varios meses y nada es como antes. La echo tanto de menos. Su ausencia me despierta angustiada por las noches, saber que nunca más oiré su voz, ni escucharé su respiración, saber que no se trata de un mal sueño del que

uno se despierta sobresaltado pero feliz, al comprobar que no es real... Echo de menos sus manos, siempre ocupadas en algo, en estrecharte las tuyas cuando te despedías, en acariciarte la cara por las mañanas, en despejar los problemas, en ahuyentar el dolor...

Tras su muerte abrimos el testamento que hizo con papá hacía muchos años. No había pues sorpresas. Todo lo repartía entre sus seis hijos a partes iguales, pero a mí, como primogénita, me dejaba el usufructo de la casa. Como antes había pedido mi padre, ordenaba ser amortajada con un saco de bayeta negra, sin honores, bajo cruz alzada, en el pequeño panteón de la familia. Pedía que sus hijos siguieran fieles a la religión católica, apostólica y romana, en la que habíamos sido educados, y rogaba el perdón de sus pecados. El funeral y las misas que solicitaba para su eterno descanso se realizarían en la capilla de la Ascensión, donde había acudido a diario desde que se trasladó a vivir a Madrid. Todo rubricado y aceptado por los ilustres notarios que dan fe de que tanto ella como los testigos, don Miguel Robles, doña Amalia Lorenzo, don Leopoldo Castro, doña Rosa Villalba y doña Luisa Pérez de Viguelas estaban en su sano juicio y en plenas facultades a la hora de expresar y verificar esa su última voluntad.

Pero su marcha no ha sido la única. Tras su muerte se ha ido despoblando el resto de la casa. Alberto y Guillermo se fueron hace semanas a México. Lo tenían pensado desde hacía tiempo y han acabado por decidirse. La agonía de mamá no ha sido fácil para ninguno y creo que necesitaban cambiar de aires; cerrar una puerta y abrir otra distinta, cuanto más lejos mejor. No es que no lo entienda, pero hubiera preferido que esperaran un poco más. Todos estamos destrozados, no creo que fuera el momento ideal para marcharse. Cuando estás roto hay que dar un poco de tiempo al alma para recomponerse, porque la herida, aunque uno se empeñe, no se ha cerrado y al final se acaba reabriendo. Por un lado o por otro, de un modo o de otro, te hace sangrar. Pero, en fin, sólo por insinuarlo me gané una bronca por parte de Alberto y un silencio sepulcral por parte de Guillermo, que casi ni me miraba a la cara. Así que, una vez más, opté por el silencio.

Leandro iba a acompañarles, pero al final, desconozco la causa, ha acabado quedándose, aunque ha decidido vivir por su cuenta. Me llamó un día para que habláramos. Fue una conversación breve.

—América, tengo que irme. No tengo idea sobre lo que voy a hacer, pero debo encontrar mi camino. A veces me asusta no encontrarme ni a mí mismo.

Pobre Leandro. Entre unos y otros le hemos dejado perderse. Siempre fue infantil, temeroso, extraño. Quizá no pudimos hacer más de lo que hicimos, pero de todos modos me sentí culpable. Le he dado algo de dinero, de lo poco que nos ha quedado, además de su parte de la herencia, y le he hecho prometer que vendrá cada semana. Quiero asegurarme al menos de que, de vez en cuando, come caliente.

En cuanto a Margarita y a Angustias, si es que revive algún día, tengo el presentimiento de que también se acabarán marchando. De hecho Margarita ya me lo ha dejado caer. Que la finca de Valladolid necesita que alguien la cuide, que le asfixia el olor a tristeza de esta casa, que no puede soportar la pena... Esto, viniendo de ella, puede significar que mañana o pasado me la encuentre en el vestíbulo con las maletas preparadas, dispuesta a partir.

Angustias pasa aún la mayor parte del tiempo mirando como hipnotizada a la nada, sentada en el mismo sillón de la biblioteca. Pero, por lo menos, ya se vale por sí misma. La larga enfermedad de mamá me impidió seguir cuidándola como antes, alimentándola a cucharadas, como a un bebé, peinando sus cabellos que se han vuelto repentinamente blancos. Le fue bien sentirse sola, tener que actuar por sus propios medios. Ahora transita despacio por la casa y aunque sólo responde a las preguntas con algún monosílabo, creo que es un comienzo. Además sigue sorprendiéndome de tanto en tanto. Un día, al final de la enfermedad de mamá, la vi regresar de la calle. Se fue sin decir ni una palabra, por sus propios medios. La primera vez en meses que salía. Pero más aún me sorprendió que poco después llamaran a la puerta y apareciera en el umbral Ramón Saravia. No se había atrevido a volver desde que le eché de mi cuarto. Yo estaba arriba de las escaleras cuidando el final de aquella larga agonía pero oí perfectamente cómo Ramón preguntaba por Angustias y cómo ésta, al oírle, se levantó del sillón para recibirle y le hizo pasar a la biblioteca, cerrando tras ellos las puertas correderas. No voy a negar que, al pasar el rato, y dado que ninguno de los dos daba señales de vida, bajé y apoyé un momento el oído para descubrir qué pasaba, pero no pude enterarme de nada ya que mi hermana había tomado la precaución de abrir también la ventana para que sus palabras se las llevara, literalmente, el viento. Por supuesto que por más que insistí cuando se fue Ramón, no conseguí sacarle ni una palabra. Incluso pensé en recurrir al propio interesado, que de seguro se hubiera llevado un susto de muerte si le hago llamar, pero el empeoramiento de nuestra madre me impidió salir de casa en varios días y después, la verdad, acabé por olvidarlo. He estado demasiado triste para pensar, para escribir, para respirar siquiera. Y no es una forma de hablar. La ausencia de mamá me duele como un puñal y a ratos me impide tomar aire…

La travesía de su viaje de bodas se les hizo a Nicolás y a Ada rápida como un relámpago. Apenas si vieron nada más que a sí mismos durante los quince días que duró la luna de miel. Sólo bajaron a la costa para poder decir a la vuelta que habían pisado tierra, para comprar apresuradamente dos o tres recuerdos que repartir entre la familia, y para fotografiarse sonrientes pero extenuados por sus ardores amorosos. Tan feliz estaba Nicolás que, en un rapto de bondad provocado por su nuevo estado de ánimo, que le tenía a medio palmo del suelo, levitando de gratitud ante la vida, decidió enviarle una copia a su odiada tía América. Ella nunca conoció, se dijo, los placeres del amor, no estaría bien no compartir siquiera un poquito del que a nosotros nos sobra. El último día del embarque le mandaron una de aquellas fotografías por correo urgente para, inmediatamente después, encerrarse de nuevo en el camarote y despedirse como merecía del que había sido su nido de amor. Una vez allí, volvió a producirse el milagro, y es que sólo con mirarse a los ojos les salía electricidad de cada poro de la piel, sólo con rozarse les invadía una sensación de gozoso mareo que les precipitaba a los brazos del otro, mientras el estómago les daba bandazos.

—Cuando estoy contigo me siento como cuando, de niña, comía algodón de azúcar —le dijo Ada—. Es una sensación tan suave y sabrosa como la que me dejaba esa melaza, que se evaporaba apenas me rozaba los labios.

Así de pronto Nicolás se rió y dio gracias a Dios de que su mujer no fuera diabética y pudiera seguir comiendo para siempre su dulce favorito. Pero después comprendió que su esposa, como haría muchas veces a lo largo de sus vidas, había definido con exactitud y con sencillez esa sensación de su estómago, que les producía extraños y desconocidos jugos gástricos, ante un nuevo encuentro.

De vuelta a casa, establecidos por fin en el que sería su hogar, siguieron amándose, electrizándose y revolviéndose tiernamente las tripas, aunque a ratos, cuando el amor les dejaba tiempo libre, comenzaron a trabajar. Nicolás decidió agrandar con sus ahorros el negocio familiar y abrió otras dos nuevas yerberías en distintos puntos de la ciudad. Don Melquiades, su suegro, el indio reconvertido, no entendía por qué ampliar su puesto, si era allí donde tenía clientela.

—Muchacho, del mismo cuero son los guaraches. Trabajemos juntos, mejoremos el local, pero no dispersemos nuestras fuerzas. Esto da para todos, recuerda que si se hincha mucho la bolsa, acaba por romperse —le dijo a modo de consejo.

Pero Nicolás no quiso escucharle y Ada y él regentaron otras dos pequeñas boticas, más coquetas que el original El Santo, a las que llamaron, en un alarde de originalidad, El Santito y La Santa. Al principio la novedad les reportó algunos clientes, pero finalmente todos demostraron que confiaban más en don Melquiades, en sus chorreras blancas y en su sabiduría, que en aquellos dos jovenzuelos que les improvisaban recetas mágicas con evidente prisa por reencontrarse, y acabaron por ir a abastecerse de hierbas donde antes.

Con eso, el tiempo fue pasando, a la vez que Ada comenzaba a desmejorarse. Tenía oscuras ojeras alrededor de sus ojos, la mirada sin lustre y andaba inclinando hacia abajo su cabeza. Preocupado, Nicolás, como antes hicieran sus infieles clientes, fue a buscar curación en su suegro.

—No sé qué le pasa a su hija. Está como ida, ya no ríe como antes, dice que se siente arrugada por dentro, como la piel de una papaya pasada, y me tiene muy preocupado. Se toma bailahuen y ruda en ayunas, como yo mismo le receté, pero no encuentro ninguna mejoría.

—No son hierbas lo que necesita —le contestó su suegro, tras escucharle con mucha atención y después de reflexionar durante unos segundos en silencio—. Son los lloros de una criatura los que le sanarían el alma. Lleváis meses de casados y teme ser estéril.

Nicolás ni había pensado en ello. Ada no estaba enferma, sino triste. Por fin una noche, ella misma se sinceró.

—No sé qué ocurre, Nicolás. Quizá es que no está bien que disfrutemos tanto de los deberes del matrimonio. De pequeña escuché a una señora decir que el acto era una terrible obligación que la mujer cumplía para perpetuar la especie, un mandato divino en el que las hembras sufren y aguantan. Pero yo nunca he sufrido a tu lado. Puede que sea eso, que soy una desvergonzada y que Dios me castiga por gozar como una loca cuando estoy junto a ti. Pero no puedo evitarlo, aunque me dé vergüenza reconocerlo, me muero de ganas de acostarme contigo. Y eso no debe estar bien.

Nicolás le enjugó las lágrimas, le dijo que todo eso no eran sino tonterías de beatas amargadas, que la vida les había dado el mejor regalo, y que Dios no podía sino estar contento de que su unión fuera perfecta. Pero Ada no dejaba de llorar. Decía que si su madre viviera le preguntaría qué hacer, pero que en esas circunstancias no sabía qué decisión tomar. Días después volvió a plantearle no sólo sus temores, sino su irrevocable decisión de buscar el martirio de la soledad.

—Siéntate, Nico, tenemos que hablar. Después de mucho pensarlo y tras consultar con Catalina, la partera, he decidido no volver a acostarme a tu lado más que en los días fértiles, nada de yacer a cada rato como antes. Lo siento, amor, pero creo que es lo mejor. Quizá así Dios me perdone. Tú dormirás en un cuarto y yo en otro.

No hubo manera de hacerla entrar en razón. A partir de entonces, sólo unos días al mes se prestaba a dormir con su marido y, entonces, lo hacía tensa, imponiéndose voluntariamente la ilusión de un sacrificio que al principio, ni de lejos sentía, pero que con el tiempo acabó por destrozar la magia de sus primeros encuentros. Aun así pasaron los meses sin que su vientre se abultara; sólo sus ojeras y su andar apesadumbrado se hacían más evidentes.

Nicolás decidió que era el momento de cambiar de aires. Los negocios no iban bien, su mujer no era ni la sombra de la que había sido, su suegro también parecía impacientarse ante la ausencia de un nieto al que acunar en su vejez y Catalina, la partera, que tenía fama de bruja, le lanzaba miradas de reprobación cada vez que se cruzaban. Ya estaba bien, se dijo. Y sin apenas recapacitar decidió malvender las dos tiendas. Con lo que sacó por ellas, diversas muestras de plantas y un par de bolsas como único equipaje, se embarcaron en un mercante camino del Viejo Continente, rumbo a España. Quizá allí la novedad del negocio lo convirtiera en un éxito.

Y de momento su decisión demostró ser un rotundo acierto, al menos en el plano matrimonial. Porque en el mar, a Ada le pudieron los recuerdos de su luna de miel. El suave balanceo de las olas le sirvieron de afrodisiaco natural, y volvió a encontrarse con su esposo como antes, con la misma ilusión y las mismas ganas que de recién casados.

En los treinta y cinco días que duró la travesía, engendró a su única hija, Claudia. Aunque ésta vio la luz en España, sus padres le dijeron que su vida sería siempre misteriosa y mágica, como el lugar en que fue concebida, a mitad de camino de la eternidad, en medio de las aguas del océano.

Querida América:

Como verás, cumplo mi promesa y contesto con celeridad tu carta. No dejaré que pase tanto tiempo sin que recibas noticias nuestras. Además me preocupa mucho la situación que estáis viviendo en el país. Desde la caída del gobierno de Lerroux por el estraperlo, las cosas no iban nada bien, pero ahora, con el triunfo del Frente Popular, no creo que vayan a arreglarse. Ni Azaña, al que respeto mucho, podrá evitar lo que parece inevitable. Es el momento de que cojáis vuestras maletas y vengáis a vernos. Estaríamos encantados. Ya sabes que desde la lejanía las cosas se ven con más claridad, y los españoles que estamos por estos lares hablamos mucho de lo que ocurre en el país y la opinión más generalizada es que puede haber una guerra inminente, y una guerra entre hermanos, entre vecinos, será larga y dura. No lo pienses, toma uno de los barcos que llegan a Veracruz, yo mismo iré a buscaros. Aún no sé qué ha pasado con Angustias, pero debes tratar de hacer las paces con ella y traerla contigo. Me asusta que no reaccionéis a tiempo, quizá salir del país sea imposible dentro de unos meses. A Leandro y Margarita les voy a escribir lo mismo que a ti en cuanto termine esta carta. Debéis iros, hazme caso, aunque sea la primera vez en tu vida; venid.

Aquí las cosas van bien, cargaditas de horas de trabajo; el negocio sigue creciendo, pero nos exige muchos sacrificios. Guillermo está mucho mejor, el trabajo es salud, al menos eso es lo que dicen. Yo, la verdad, hay días en que estoy muy cansado, tanto que tu hermano se empeñó en llevarme al médico. Y ¿sabes qué me ha recetado? Reposo, lo único que no puedo tragarme con un sorbo de agua. Le he dicho que me dé pastillas, de cualquier forma o tamaño, ésas sí prometo tomarlas, pero tiempo libre, ahora, es imposible.

Pero debo reconocer que no es sólo el trabajo, ni la determinación de convenceros para que vengáis de una vez, la causa de mi agotamiento, hay otras preocupaciones que me mantienen bastante angustiado. Hay algo que debo decirte y, como no sabía cómo hacerlo, he pensado muchas fórmulas: largos prolegómenos, alguna indirecta para concretar la noticia en próximas cartas... Pero al fin he decidido que lo mejor será ir al grano. Siéntate, América, antes de leer lo que sigue. ¿Estás preparada? Allá va: va a haber un nuevo Macera en la familia. Espero un hijo para dentro de unos meses, seis, más o menos. No es que sea el momento que yo hubiera elegido, ni quizá la mujer más apropiada, pero voy a cargar con las consecuencias. Si venís, aplazaremos la boda para que estéis presentes, pero no demoraros mucho, por Dios, Pola teme que se le note la preñez antes de que nos den las bendiciones. Ya sé lo que estarás pensando, pero qué quieres, estas cosas pasan, hasta en las mejores familias. Es una mujer muy bonita, tanto que cuando la veo se me evaporan las dudas como por arte de magia. Quizá sea un poco, cómo diría, consentida, sí, quizá sea ésa la palabra más apropiada para definir su carácter, es como una niña grande, acostumbrada a que la adoren, a que la mimen, a que cuanto desea, se ponga de inmediato a sus pies. Cuando aceptó que nos viéramos, me sentí el hombre más feliz del mundo, el más afortunado, puedes creerme, pues tenía a toda la población masculina de la ciudad haciendo turno para tratar de cortejarla. Pero luego, bueno, luego descubrí que tras su belleza no hay mucho más. Ella se llevó más disgusto que yo al saberse embarazada. Dice que es muy joven, que un niño es como una cadena perpetua. Y no es que le falte razón, pero me veo tirando de una cuerda que no quería y, encima, animándola a ella para que no la suelte. Su única obsesión desde entonces es que nos casemos de inmediato. Yo, por supuesto, acepto mi parte y después, Dios dirá. A mí en el fondo me vuelve loco la idea de tener un hijo. Aunque sea de este modo, sin tiempo de digerirlo.

Bueno, ya lo he dicho y una vez escrito no me parece tan tremendo. Un hijo es la ilusión de todo hombre. Espero que algún día dirija este negocio y pueda ayudarle a ser feliz.

Escríbeme en cuanto recibas esta carta. Y toma la decisión correcta. Ahora tienes dos, mejor dicho, tres motivos para emprender el viaje: la cercanía de la guerra, mi boda y el nacimiento de tu primer sobrino.

Estoy algo cansado y aún debo escribir a Leandro y Margarita. Guillermo te manda recuerdos.

Un abrazo, tu hermano que te quiere.

Alberto Macera

... Esto que voy a escribir no es una simple nota de mi diario, sino una confesión en toda regla. Una confesión de

América Macera ante Dios, sin intermediarios, sin curas que me impongan una penitencia que no podría cumplir. Es una declaración sincera y atormentada de un hecho con el que cargaré el resto de los días de mi vida. Si no acudo a la autoridad es porque lo ocurrido ya no tiene remedio y confesar este horrible crimen no traería sino nuevas desgracias. No es miedo, es la completa certidumbre de que en nada mejorarían las cosas si hago público lo sucedido. Ni a mis hermanos, ni a mi confesor, ni a mí misma espero tener que repetir lo que ahora escribo. Dios sabrá escucharme y darme el aliento necesario para seguir viviendo, para ayudarme a olvidarlo o, al menos, a no sentirlo como un puñal clavado a cada hora del día sobre mi pecho. Asísteme Dios mío, en este terrible momento.

Claudia estaba como ausente leyendo aquel capítulo de los diarios de América Macera. Parecía que por fin sabría la verdad. Estaba tan inmersa en la lectura que sólo se dio cuenta de que era la última página del cuaderno que tenía en las manos cuando, al darle la vuelta, vio la tapa de hule, sin más papel a continuación.

—No puede ser —dijo en voz alta—. Es imposible.

Miró el baúl, aún repleto de papeles, con muchos cuadernos de su tía sin fechar, todos reunidos sin orden ni concierto. Miró el reloj. Eran poco más de las tres de la madrugada. Decidió que no importaba la hora y se puso pacientemente a sacar cuaderno tras cuaderno. Algunos hablaban del pasado, de la niñez de la tía; otros de sucesos intrascendentes o de acontecimientos que todavía no se habían producido durante la escritura de aquella confesión. Necesitaba seguir un orden cronológico, saber de una vez por todas la verdad, por lo que los fue dejando a un lado y siguió buscando. Por fin, a las cuatro y cuarto de la madrugada, dio con unas cuartillas atadas con una cinta que, a pesar de que parecían cartas —razón por la cual en un principio apenas había reparado en ellas—, resultaron ser la continuación de lo que estaba leyendo. Aliviada, encendió un pitillo y siguió, insomne, la lectura.

Continúo aquí mi confesión. Por si no fuera suficientemente dolorosa, mi diario, quizá escandalizado de lo que iba a escribir en sus páginas, se terminó de improviso. No tenía ninguno a mano, así que he cogido estas cuartillas para terminar o, más bien comenzar, mi relato. Serán un punto de referencia. Cuando las rellene terminaré de contar la historia. Nunca más la repetiré. No hay más papel en la casa, son más de las dos de la madrugada y si espero a mañana no me considero capaz de reiniciar esta terrible tarea de airearle a Dios mis pecados. Los propios, porque de los ajenos no puedo ocuparme. No me creo tanto. Guardaré estas hojas apartadas del resto de mis notas, como un mal recuerdo o, mejor aún, como un secreto del que no quisiera guardar memoria, ajeno al resto de mi vida. Dios quiera que algún día pueda conseguirlo.

Así pues, lo que voy a anotar será un secreto entre Dios, mi virgen de los Dolores, que ahora mismo parece mirarme desde su lugar habitual, en un rincón de mi cuarto, testigo muda de todas las zozobras de mi vida, y yo. Un secreto que no debe tener fisuras porque, de lo contrario, mi vida ya no tendría sentido. No sé si lo tiene en este momento pero, de conocerse lo ocurrido, desde luego no me siento capacitada para seguir en este mundo y afrontar las consecuencias.

¿Es reprobable callar para salvar la vida de un ser querido? ¿Soy culpable por silenciar lo que presencié? Si es así, el castigo me llegará tarde o temprano, aunque quizá ya lo esté pagando, con esta angustia constante que hasta ahora

me era desconocida. En mi vida he pasado por momentos de miedo, muchos sin duda; he pasado también por momentos de dolor, de un dolor intenso y penetrante, como el que sigo sintiendo por la muerte de mamá, como el que sentí cuando supe que Joaquín viviría su vida apartado de la mía, como el que me produjo la visión de Braulio abrazado a mi hermana cuando formalizaron su noviazgo. Pero nunca, jamás, había sentido pánico, este estado de postración y de alarma, de pesadumbre y de inquietud constante, esta derrota completa de mis principios, de los valores en los que siempre creí.

Todo sucedió hace algo más de dos meses. Una eternidad para mi alma atormentada que no encuentra descanso ni en el sueño, pues las pesadillas me despiertan a cada rato.

Angustias iba incorporándose a la vida poco a poco, una vida rutinaria y metódica, como la de una anciana de tan sólo treinta y seis años. Se levantaba, desayunaba, apenas nos dirigía la palabra y se sentaba, tras asearse, en el sillón de la biblioteca a mirar la eternidad, que parecía que se había abierto ante sus ojos. Alguna vez, muy de tarde en tarde, salía al jardín, se sentaba en el porche de mamá, e incluso una o dos veces había salido a la calle. Creo que lo hacía no por airear sus negros pensamientos ni mejorar su espíritu con largos paseos que serenasen su alma, sino para huir de nuestra presencia que, obviamente, le molestaba. Así que, si andábamos por la biblioteca o sus alrededores, huía de nosotros. Por eso nunca insistí en acompañarla. Además sabía que mi sobreprotección no la había ayudado nada durante los primeros días en que cayó en crisis. En el fondo estaba segura de que tener que arreglárselas por ella misma le sería beneficioso. Me reconfortaba verla andar, cabizbaja y apesadumbrada, pero sin ayuda. «Todo irá arreglándose», pensé.

Margarita hacía semanas que se había marchado de ca-

sa, rápida como las ardillas, como ha sido desde pequeña, y aunque me dolió mucho verla partir, pensé que hacía bien yéndose lejos de este ambiente mortecino y cargado en que se ha convertido nuestra vida en el caserón. Además, no nos dio muchas alternativas. Como supuse, una mañana, sin previo aviso, se levantó antes de lo habitual para informarme de que lo tenía todo arreglado: sus maletas, un coche de alquiler, su parte de la herencia transferida a un banco de Valladolid… Me sorprendió que Angustias, en uno de sus únicos momentos de lucidez, abriera la boca y pronunciara más de dos palabras seguidas para darme la razón: Margarita debía llevarse consigo a la sobrina de Aurelia para ayudarla. Y sobre todo para que no anduviera sola.

Para que no pasara ninguna necesidad le di algún dinero extra, algo que, sinceramente, no me sobra, pues después de repartir la herencia, tras la marcha de mis hermanos, he tenido que hacer frente con mi parte a los gastos de sucesión y las mil tributaciones por esta casa, y ando más que escasa de dinero. Pero no se lo dije, deseaba simplemente que lo disfrutara. Margarita es tan poco práctica para las cosas de la vida… Tendrá que comprar muebles, reformar la casa; ha idealizado aquel chamizo hasta el punto de convertirlo en un palacio, cuando en realidad necesitará Dios y ayuda para hacerlo mínimamente habitable. El caso es que tras darle aquel pequeño aguinaldo me vi en la necesidad de despedir a Manoli y a Valentina. Son jóvenes, encontrarán trabajo, les di las mejores recomendaciones. Para qué dos doncellas sirviendo a dos solteronas que no necesitan prácticamente ayuda. Con la buena de Aurelia tenemos más que suficiente.

Así pues, en el caserón sólo quedamos Angustias, Aurelia y yo. No nos molestábamos, pero nos sabíamos cerca cuando la soledad traspasaba las habitaciones, haciendo ruidos extraños y avanzando como una sombra espectral por los recovecos de la casa, asustándonos con su silencio o con imprevistos sonidos de origen desconocido en mitad de la noche. Así fue pasando el tiempo, instaladas en un mundo ficticio, de tan real y anodino.

Y fue una de esas noches cuando un ruido desconocido me despertó. Fueron un par de fogonazos o quizá de petardos. Me levanté y bajé las escaleras descalza. Cuando llegué a la sala y miré el reloj, marcaba las cuatro y media de la madrugada. Cuando abrí una de las puertas de la fachada principal, el silencio se volvió a apoderar de la noche. Sólo se oían los crujidos de la madera, sobre todo de la sillería del comedor. Iba a subir de nuevo y a meterme en la cama cuando me pareció ver una silueta que se dirigía a la entrada de servicio. Me asusté. Cerré la puerta principal y corrí hacia la cocina para ver si se trataba de un ladrón. Tomé el palo de la tranca que nunca echábamos —somos demasiado confiadas, pensé, sobre todo ahora que nos hemos quedado tres mujeres solas— y así, escondida tras la puerta y con la tranca en la mano, dispuesta a golpear a quien quisiera entrar en nuestra casa, esperé a ver qué ocurría. Pero pasaban los minutos y nadie trataba de entrar. Entonces volví a ver esa silueta por la ventana de la cocina, andaba deprisa y regresaba de algún rincón del jardín llevando algo en las manos. Se me paró el corazón. No eran suposiciones, allí había alguien. Lo que aún no sabía era de quién se trataba.

Pensé en despertar a Aurelia, que dormía en el cuarto de al lado, pero algo en mi interior, esa bendita o maldita intuición que todavía, de vez en cuando, me acompaña, me dijo que lo que tenía que presenciar era mejor hacerlo sola. Tomé aire y aguantando la respiración, para no hacer ningún ruido, salí con la tranca agarrada fuerte en las manos. Pensé que tenía suerte de ir descalza, para que no se escucharan mis pisadas. Sin emitir ni un solo sonido di la vuelta al jardín.

Dios Santo, lo que encontré allí aún me hace temblar. Era la escena más pavorosa que he visto en mi vida. Encontré a mi hermana Angustias cavando sin fuerzas un surco en el suelo, con la pala del jardinero. A su lado, ensangrentado, el cadáver de Ramón Saravia, con al menos dos heridas en el pecho. Se me cayó la tranca de las manos y no pude reprimir un grito.

Mi hermana, al escucharme, se dio la vuelta con la cara desencajada. Lo primero que me llamó la atención fueron sus ojos, los tenía brillantes, como hacía tiempo que no se los veía, como si sus córneas hubieran resucitado después de haber muerto, como si su mirada, ciega durante meses, volviera a tener la capacidad de ver, tras una eternidad contemplando la nada. Soltó la pala y cogió del suelo algo que en un principio no identifiqué. Era la pistola de papá, que teníamos guardada. Sin darme tiempo a acercarme, sin dejarme reaccionar, me la enseñó retadora.

—Este mal nacido ha acabado pagando. Es lo justo. Se emborrachó la víspera de mi boda, mató a Braulio. Me mató a mí. No hagas que, después de muerto, te mate a ti también.

No fui capaz de moverme, ni de decir una sola palabra. Al verme en ese estado, Angustias decidió darme la espalda, soltar la pistola y seguir cavando. Después de no sé cuántos minutos paralizada, me acerqué unos pasos hasta el cuerpo de Ramón. Tenía los ojos aún abiertos y parecía que sonreía.

—Se lo fui sacando poco a poco. No me quería dar detalles, pero tampoco negaba los hechos. Hasta que dejé de albergar duda alguna. Todo cuadraba: su llegada, la intervención de un conductor borracho, que sacó la diligencia de Braulio de la carretera… El pánico, que le impidió auxiliarle… Me ha llevado mucho tiempo planear su muerte. Pero tenía que hacerlo, en realidad era lo único que podía hacer.

Comprendí que mi hermana se había vuelto completa-

mente loca. Y esa seguridad me aterrorizó. La dejé en el jardín, sin decirle una sola palabra, y entré en casa. Aurelia, gracias a su sordera, no escuchó nada. Antes de cerrar la puerta, me apresuré a comprobar que las casas vecinas seguían a oscuras, que nadie había oído nada, que nadie sabía lo ocurrido. Todo estaba en calma. Subí las escaleras despacio, asiéndome al pasamanos, estrujando mis palmas contra la balaustrada, no sé si buscando que esa presión me despertara de una vez de la espantosa pesadilla que acababa de vivir. Necesitaba pensar, decidir qué iba a hacer. Pero creo que ya había tomado mi decisión. El simple hecho de comprobar que no había testigos era la prueba. Cuando llegué a mi cuarto le pedí ayuda a Dios, nadie sino Él puede auxiliarme. Angustias pagará su propia culpa.

La oí regresar cuando estaba a punto de amanecer. Sé que ninguna de las dos dormimos aquella noche. Al día siguiente no pude mirarla a los ojos, pero comencé a subir esta empinada cuesta que escalo cada día, como una pendiente resbaladiza que a cada rato me devuelve al inicio, obligándome a realizar un esfuerzo baldío: tratar de que la vida continúe como si nada hubiera ocurrido.

Nicolás, Ada y la futura Claudia, que aún no había visto la luz, se instalaron en Madrid a principios de los años sesenta. Una época de cierta expansión en que, sin pensárselo dos veces, montaron su negocio en el casco antiguo, para lo que invirtieron hasta el último céntimo de sus ahorros.

Al llegar, como había hecho antes de irse, Nicolás fue a visitar a su tío Leandro, al que encontró más desconcertado que de costumbre, hablando solo en su pequeña habitación realquilada, componiendo interminables versos en blanco y delgado como una tira de papel al contraluz. De la charla que sólo a duras penas mantuvieron, Nicolás sacó pocas cosas en claro, aparte del pésimo estado de salud de su tío a quien, seguramente gracias a un juego de luces y sombras, juraría, a ratos, haber visto levitar, como si se incorporara en el aire, flotando en medio de la nada, para recolocarse poco después, como por arte de magia, en su propio sillón. Leandro, por su parte, no pareció darse por enterado de la muerte de su hermano Guillermo. Es más, Nicolás dudó de si comprendía realmente quién era, por eso repitió hasta la saciedad que era el hijo de Alberto, que volvía con su familia desde la otra América, expresión que nunca había olvidado y que le pareció apropiada para un acercamiento que acabó resultando imposible. Leandro sólo le interrumpía para preguntar si, en verdad, le estaba viendo.

—Claro, tío, te veo frente a mí, claro y nítido.

—Otra vez me fallan mis dotes. Pues estamos arreglados —le dijo como única frase elaborada en aquel monólogo imposible.

Nicolás se fue cabizbajo, convencido de que si quería algún contacto familiar no tendría más remedio que hablar con tía América, pues Angustias no le dio razón de su paradero cuando se fue de México.

—No sé adónde iré, y la verdad, me da lo mismo —le dijo a modo de despedida.

No era un comienzo prometedor, pero la alegría de Ada, que le enumeraba cada una de las patadas que le daba su hija en el vientre, su sonrisa ilusionada ante su próxima maternidad, le dieron las fuerzas que empezaron a menguarle cuando descubrió que, como le había pasado al emigrar al Nuevo Continente, había idealizado sus posibilidades en el Viejo.

Pronto sus ahorros acabaron devorados por los acreedores y no tuvo más remedio que visitar el caserón del Sauce, cuando los bancos le rechazaron una por una todas sus nuevas peticiones de préstamo.

Capítulo 8

Claudia no durmió nada aquella noche. Todo lo que había leído la mantenía insomne, cansada pero alerta, incapaz de dejar de desentrañar la madeja de aquel misterio que le hacía repasar un pasado que compartía desde siempre, aunque sin saberlo, con la familia Macera. Había fumado mucho, tenía la boca reseca y un sabor amargo en el estómago. Se metió en la ducha tratando de que el agua le despejara las ideas, pero éstas iban y venían rápidas, insensatas; palabras agrandadas, estiradas y luego reducidas a meras letras que giraban en su cabeza sin darle tregua. Todavía con el albornoz, la cabeza empapada y sin secarse del todo el cuerpo, sus pies la guiaron de nuevo hasta el baúl. Se había convertido en una enfermedad o en una obsesión. Como ese terrible vicio de fumar, cuando el tabaco sabe mal y sienta peor, pero encendió un nuevo cigarro y sacó una vez más los cuadernos de América.

… Lo intenté. Bien sabe Dios que lo he intentado cada día, cada mañana, al levantarme, al retirarme a descansar. Poner mi cabeza en blanco, no pensar, no recordar lo que, muy a mi pesar, vi. Pero no lo consigo. La familia de Ramón, al ir pasando el tiempo sin noticias suyas, acabó por acudir a la guardia civil. Una pareja de agentes se presentó un día en mi casa. En cuanto los vi aparecer comencé a tem-

blar de forma incontrolable, me castañeteaban los dientes, el cuerpo se me estremecía sin poder evitarlo.

Los vecinos, que aún no sabían de la desaparición del hijo de doña Julia, tomaron aquella visita como un aviso de la temida represión que muchos auguraban, como un prolegómeno de la guerra, del levantamiento civil, cuajado de venganzas y rencillas, de acusaciones infundadas, sostenidas a base de viejas enemistades, engrandecidas por el odio y la política. Por eso, minutos antes de que llegaran ante nuestra puerta, Maruja Morales se adelantó para avisarnos.

—Vienen preguntando por ti, América, han estado en mi casa. Tu padre era militar, y muy conservador, vete a saber si ahora eso es bueno o malo, pero lo que está claro es que no pasa inadvertido, ahora casi nada lo pasa, demonio de políticos. Sólo quería decirte que si necesitas algo no dudes en pedirnos ayuda. Ya sabes que os apoyaremos en lo que necesitéis.

Así que cuando Aurelia les abrió la puerta y me avisó, yo ya sabía de su llegada. Pero incluso conociéndola de antemano, en cuanto los vi pensé que me había dado fiebre por ese frío que sentía dentro del cuerpo, que me calaba hasta los huesos, que me hacía tiritar. Bajé las escaleras despacio, tratando de serenarme, escalón a escalón, pensando qué decir. Cuando llegué a la altura de la biblioteca observé, por la puerta entreabierta, a mi hermana Angustias sentada en su sillón habitual, tranquila, ajena a todo lo que ocurría. Me dio coraje, tanto que por un momento estuve tentada de entrar a buscarla y atender junto a ella a los guardias, pero no me atreví. Salí, pues, sola a su encuentro. Debía fingir que no sabía nada. De hecho las Saravia no me habían comentado la desaparición de su hermano, no tenía por qué estar enterada.

—No sabes nada, América —me repetía—. Tranquila, no sabes nada, nada debes temer…

Tras saludarme, los guardias me preguntaron sin preámbulos si conocía a Ramón Saravia Viñuelas. Les dije que sí, que era vecino de la colonia. Sus hermanas y yo éramos amigas. Me dijeron que sabían de la estrecha amistad que había mantenido con mis hermanos y me preguntaron cuál había sido la última vez que lo vi. La imagen de su cuerpo tumbado en el jardín, de su camisa ensangrentada, de su boca ligeramente abierta, como en una sonrisa forzada, última y cínica mueca ante el destino, estuvo a punto de marearme. De hecho tuve que apoyarme en el quicio de la puerta y disculparme.

—Lo siento, tengo una gripe muy fuerte.

Los guardias asintieron pero volvieron a preguntarme una fecha. Pensé. Hice que pensaba. Me apreté el chal contra el pecho, tratando de abrazarme, de darme ánimo.

—Realmente no lo recuerdo, pero hace unos tres meses, por lo menos. No salgo mucho y Ramón, desde que se fueron mis hermanos, que ahora viven en el extranjero, no ha vuelto a pisar esta casa… Antes sí, antes venía a menudo, pero de eso hace mucho… —les dije entrecortadamente, sin acabar las frases. Me llevé la mano a la frente, pretendiendo que la fiebre me subía para que no notaran mi nerviosismo, para mí más que evidente.

Luego, como un rayo, me vino a la cabeza que Aurelia podía desmentirme. Ella abrió la puerta a Ramón aquel día que vino a hablar con Angustias. En mi necesidad de olvidar, de tachar lo sucedido, había evitado hablar con ella y ni siquiera había tomado la precaución de indicarle qué debía decir o qué no. Como si respondieran a mis temores, los guardias me preguntaron si podían hablar con alguien más en la casa. Me dio un vahído.

—No estamos más que la vieja sirvienta, Aurelia, y mi hermana, que se encuentra enferma desde hace tiempo. Tampoco salen y de seguro que no saben más que yo de Ramón.

Para ganar tiempo les conminé a que me contaran qué había sucedido.

—Su familia ha puesto una denuncia por su desaparición. Hace más de un mes que no da señales de vida.

—Lo siento, hablaré con sus hermanas, no sabía nada…

Un acceso de tos y un providencial estornudo me cortaron la frase a medias. Los guardias, que parecían dudar sobre si tomar o no declaración a los demás moradores de la casa, decidieron dar la entrevista por finalizada. La gripe de este año se anuncia mala, se compara incluso con la epidemia del 18, que causó tantos muertos.

—Aquí no vamos a sacar nada en claro, ya te lo dije, vámonos —le dijo aburridamente uno de los guardias a su compañero, mientras se apartaba, imperceptiblemente, de mi lado—. Ese tal Ramón ya es mayorcito y si no quiere que le encuentren, no habrá nada que hacer… Gracias, señora.

Cerré la puerta aterida de frío y de miedo. Fuera brillaba fuerte el sol, pero nada era capaz de hacerme entrar en calor. Subí a mi cuarto y, al pasar por la biblioteca, volví a echar un vistazo a mi hermana. Había dejado de mirar a la nada y me miraba de frente, sus ojos fijos en los míos, sin sonreír, sin pestañear. Subí las escaleras de dos en dos y me metí en la cama, donde he pasado más de diez días de calenturas y fiebre alta. Ahora ya estoy mejor. En cuanto me recuperé fui a visitar a las Saravia. Están desconsoladas. Doña Julia a punto de perder la cabeza; sus hijas, asustadas. No puedo por menos que acudir a ayudarlas, por eso paso casi todo el día con ellas. Con ellas y con este nudo que me aprieta la garganta, con este miedo con el que no puedo acostumbrarme a vivir…

Cuando el banco le mandó llamar, Nicolás estaba más que sobre aviso de su caótica situación financiera. Se había figurado un nuevo descubridor, llevando al Viejo Mundo plantas y remedios desconocidos. Y se encontró con la desagradable sorpresa de que ya se conocían de sobra las yerberías, pero que eran poco o nada utilizadas por unos ciudadanos que confiaban más en la medicina «tradicional» —química, bisturíes y batas blancas— que en los remedios de la abuela, a los que, hasta no hacía mucho, habían tenido que recurrir de forma obligatoria. Los que sabían de plantas y seguían confiando en ellas, se las preparaban personalmente. Los demás no querían ni oír hablar de aquella vuelta al pasado. Así que, según salió del despacho del director de la sucursal, donde adeudaba miles de pesetas, decidió emprender el largo camino de vuelta a casa de tía América, veinte años después de que acudiera a ella de niño, siempre sometido a la mirada inquisitoria de aquella mujer que se había convertido en una de sus únicas parientes vivas, a la que siempre odió pero a la que ahora necesitaba asirse como a un clavo ardiendo.

Tardó mucho tiempo en llegar hasta el caserón, en parte porque se encontraba en pleno centro, muy apartado de la colonia, y en mayor parte aún porque sus pies no querían obedecer a su cabeza y dieron vueltas y vueltas sin llevarle a ninguna parte. Por fin, cuando anochecía, se vio frente a la casa. La encontró abandonada, fantasmagórica. Al abrir, la verja sonó con tal chirrido que pensó que hacía tiempo que nadie la traspasaba y tuvo que empujarla con fuerza para poder acceder al jardín, el cual, a pesar de la escasez de luz, también se le figuró descuidado.

En las horas que le había tomado llegar hasta allí había ensayado mil maneras diferentes de presentarse a su tía, pero cuando iba a llamar, de nuevo los nervios, el temor a la mirada de aquella anciana, le dejaron paralizado. Respiró hondo un montón de veces antes de atreverse a hacerlo. Por fin pulsó el timbre y se sorprendió de que su sonido fuera tan alto, tan claro. En una casa como ésa, lo lógico era que ni funcionara. Al rato, unos pasos resonaron al otro lado de la puerta.

La vieja Aurelia no le reconoció al entreabrir, no oyó su nombre, sorda como estaba, y no quitó en ningún momento la cadena de seguridad a pesar de que Nicolás, cada vez en un tono más alto, más enérgico, la llamaba y le sonreía. Sólo consiguió que Aurelia le dijera, con cara de pocos amigos, que no querían nada, que no compraban a los vendedores ambulantes. Antes de cerrar la puerta y despacharle, con cajas destempladas, Nicolás vio una sombra que le hizo recordar, como si el tiempo no hubiera pasado, aquellos fantasmas que se escondían a su paso durante su infancia, en sus breves estancias en el caserón. Pero esta vez no era una ilusión óptica, a las que siempre había achacado sus visiones de niño. La sombra era real, salió un poco a la luz y Nicolás pudo reconocer, sin rastro de error, el perfil de un hombre al fondo del salón.

—Eh, oiga, usted... Vengo a visitar a América Macera, soy su sobrino. ¿Puede avisarla? Esta mujer no me oye.

El hombre se acercó un poco más a la puerta y desde esa nueva posición Nicolás pudo apreciar sus rasgos. Era alto, rubio, le recordaba a alguien, pero no podía precisar a quién. Aunque algo en sus ojos, parados, sin vida, le resultó extraño.

—La-se-ño-ri-ta A-mérica no se en-cuentra en casa. Volve-rá más tarde —contestó aquel hombretón con voz de chiquillo que hubiera acabado de aprender a hablar.

—Soy su sobrino Nicolás Macera. Necesito verla con urgencia ¿Dónde está?

—Sa-lió.

Con esta contestación el hombre dio por terminada la entrevista y cerró la puerta, de la que Aurelia había desaparecido hacía un rato, refunfuñando sobre lo pesados que se ponen los vendedores.

—Si no queremos nada, Dios Santo.

Nicolás no supo qué hacer. Llegar hasta allí le había costado un enorme esfuerzo. No sabía si mañana se atrevería a volver a intentarlo. Por eso decidió esperar sentado en el banco del jardín; la noche era suave, a pesar de que estaban en pleno mes de febrero, y además la caminata le había hecho entrar en calor. Sentado en la oscuridad, trató de calmar su pulso, acelerado, y se vio, sin quererlo, recorriendo aquel jardín cuando sólo tenía seis años, recién llegado del más allá, de su casa al otro extremo del mundo. Recordó sus miedos, su invariable deseo de que algo pasara, de que tío Guillermo recapacitara y regresara por él, su ilusión nunca cumplida de que apareciera Angustias, su falta de amor, sus pesadillas. En cualquier caso no tuvo tiempo para repasar más recuerdos de su infancia ya que, a los pocos minutos, unos pasos retumbaron en el silencio de la calle. Miró el reloj. Eran las nueve y media. La figura de su tía se dibujó en la puerta del jardín. Nicolás se levantó, dispuesto a encontrarse con ella, pero cuando se aproximaba lentamente hacia la entrada comprobó que su tía cambiaba repentinamente de rumbo y él, aún sumido en la oscuridad, decidió no darse a conocer y seguirla a cierta distancia.

América, en lugar de acercarse a la puerta de entrada, había dado la vuelta al jardín. Nicolás no sabía cómo iba a acabar esa historia; si le descubría allí, espiándola, le daría un susto de muerte y lo que es peor, podía enfadarse. Pero la curiosidad pudo más que la lógica y siguió agazapado en la noche, sin dejarse ver. América llegó a un determinado rincón del jardín y miró hacia atrás. Luego se santiguó y bajó un instante la cabeza, como si rezara. Poco después se dirigió por fin con paso firme hacia la casa y entró abriendo con su propia llave.

Nicolás esperó unos segundos y, de nuevo sereno —no sabía por qué aquel extraño comportamiento de su tía le había alterado—, volvió sobre sus pasos y llamó a la puerta por segunda vez en unos minutos.

De nuevo fue la vieja Aurelia la que acudió a abrirle y, en cuanto le vio, trató de cerrarle el portón en las narices, pero Nicolás gritó con todas sus fuerzas el nombre de América.

Ésta apareció inmediatamente y sin ni siquiera saludarle le hizo pasar. Cuando se dirigían a la biblioteca, aquel hombretón deficiente, que les estaba vigilando, se escabulló tras una esquina.

No bien su tía hubo cerrado la puerta, Nicolás, que apenas había podido observarla ni cruzar con ella un palabra, la miró perplejo. Parecía que no hubiesen pasado los años por ella, por aquella mujer que aún seguía derecha, altiva, impresionante. Sólo algunas arrugas, poco profundas, le rodeaban los ojos y la comisura de la boca, y el cabello, antes negro como el alabastro, estaba poblado por algunas mechas grises. Había sufrido una transformación tan leve que su sobrino no pudo por menos que pensar en una no muy conseguida caracterización de teatro, en ese maquillaje que se le aplica a un personaje que aparece de joven y de viejo en la misma representación, al que ponen un poco de talco en las sienes, tratando de fingir el paso de los años sin, generalmente, conseguirlo, porque la vitalidad de los ojos resta credibilidad a cualquier ungüento. Así pues, en lugar de comenzar con uno de los múltiples discursos que había ensayado y sinceramente sorprendido, Nicolás le dijo a modo de saludo:

—Es increíble. Parece que me fuera a mandar de vuelta al internado. Sigue exactamente igual que entonces.

Para ahondar su sorpresa, su tía le miró con unos ojos que mostraban alegría, incluso entusiasmo por volver a verle.

—Tú sí que has cambiado, estás hecho todo un hombre. Me recuerdas un poco a tu padre… Date la vuelta, deja que te vea.

Así que Nicolás, que había pensado en echarse a llorar, en

ponerse de rodillas solicitando su ayuda, en retorcerse las manos y tirarse de los cabellos para ablandar su corazón, se encontró dando vueltas como una peonza frente a una anciana conservada en formol que le observaba —juraría intuirlo entre vuelta y vuelta— con afecto.

—Para, para, siéntate, muchacho, que vas a acabar mareándote, y a mí de verte.

... Me ha temblado tanto el pulso, he estado tan alterada, que he tenido que esperar varios días para escribir lo ocurrido. Temía emborronar las páginas, no ser capaz de trazar las letras de forma congruente y mucho menos de transcribir paso a paso, palabra a palabra, lo que escuché, la confesión más dura y terrible que he tenido que oír en mi vida. Afortunadamente Angustias se ha ido. No se quedó ni siquiera a pasar la primera noche. Era lo único que deseaba: dejar de verla, dejar de tener su presencia a mi lado como la materialización misma de la maldad y la locura.

Dicen que el tiempo todo lo cura y puede que en algunos casos sea el único modo de paliar el dolor. Pero desde que ocurrió lo de Ramón, el recuerdo del ruido de la pala contra la tierra seca del jardín, la constancia del olor agrio y dulzón de la muerte, hace que mi mente no siga las leyes lógicas del tiempo y en vez de distanciarme de lo sucedido, me hace retroceder, dándome nuevos enfoques, reconstruyendo con más fiabilidad, con más nitidez, cientos de pequeños detalles que en su día me pasaron inadvertidos; haciéndome, en definitiva, revivir la tragedia como si acabara de ocurrir. Además las visitas a casa de las Saravia, que siguen siendo diarias, reabren un poco más una herida que se niega a cicatrizar. Aun así, no puedo dejar de ir. Es pagar, de algún modo —y si es que pudiera pagarse semejante crimen—, mi responsabilidad en su tragedia, mi complicidad, mi si-

lencio… Doña Julia, la madre, se encuentra un poco mejor, pero el dolor de su rostro y la amargura por desconocer lo que le ha ocurrido a su hijo no han amainado. Sus hijas van reponiéndose con más rapidez. Es lógico. María Pilar quiere casarse el próximo otoño. Me lo dijo ayer, cuando me iba. No sabe cómo planteárselo a su madre, pero su novio la presiona. Le envían a trabajar fuera y quiere irse con ella. Asunción, por su parte, va a ser madre por primera vez en los próximos meses y, a pesar del dolor por su hermano, ha recuperado la mirada ilusionada que acompaña ese estado. Espero que el recién nacido sea el remedio, no sólo para ella, sino para esta pobre familia partida por el dolor.

Por eso cuando regresaba a casa y veía a mi hermana sentada en su sillón, tranquila, ajena a aquel sufrimiento que ella misma había provocado, me hervía la sangre. Había tenido que morderme la lengua en varias ocasiones cuando, finalmente, hace un par de tardes, estalló la tormenta. No recuerdo exactamente cuál fue el desencadenante, y la verdad es que no importa. La situación era insostenible y la cuerda tenía que romperse por un lado u otro. Pero me parece que la chispa la encendió una mirada suya al reloj, una mirada reprobatoria, ya que yo llegaba tarde a comer. No me llegó a decir nada, pero la vi ansiosa porque Aurelia sirviera el almuerzo y echarse su siesta, una costumbre que había convertido en toda una religión. Era evidente que mi tardanza la molestaba. Cuando se levantó para ordenar la comida, sin ni siquiera saludarme, le dije que esperara. No pude evitarlo. Cerré la puerta y me encaré con ella.

—Siento que te incomode tanto mi tardanza. Porque llego tarde, lo sé. Pero resulta que doña Julia se encontró mal cuando salía de su casa y esperé a que se tranquilizara. Le dan ataques de pánico, ¿sabes? La angustia le paraliza, porque su hijo ha desaparecido y no puede vivir sin saber qué

ha sido de él. Si está vivo o muerto. Quizá sería bueno que fueras a visitarla y le dieras noticias.

—Déjate de sarcasmos, América —me respondió acercándose a la puerta, dispuesta a ir hacia el comedor y sentarse a la mesa. Le corté el paso y volví a cerrar las puertas correderas.

—¿Sarcasmos? No creo que sea la palabra apropiada. Puedes hablar de verdades como puños, de sufrimientos, de muerte, de cualquier cosa excepto de sarcasmos. No sé cómo puedes vivir con esto, Angustias, porque yo, desde luego, no puedo. Visitar a las Saravia, hacerme cargo de ellas, intentar aliviarles en algo la pena no me ha servido personalmente de mucho, es cierto, pero al menos trato de arreglar en la medida de mis posibilidades…

—¿Arreglar? ¿El qué? Tú y tus arreglos. Siempre creyendo que tus ideas son las únicas acertadas, haciendo sentirse a los demás pequeños e insignificantes, imponiendo contra viento y marea tu santa voluntad. No me des sermones, hermana, porque estoy harta.

—¿Harta, tú, de qué? Quizá de que haya callado tu crimen, haciéndome tu cómplice, de que te cuidara cuando caíste enferma tras la muerte de Braulio, de que te encubra. Dime por el amor de Dios de qué estás harta.

Angustias se dio la vuelta en redondo, como si en su interior saltara algún mecanismo demasiado tensado, igual que al abrir la maquinaria de un reloj, sin previo aviso, salta un muelle, ansioso de desprenderse de su engranaje.

—Harta de ti. De tu mirada de superioridad, de que te sientas la dueña y señora de todo cuanto te rodea, de que actúes como actúas, repartiendo las migajas que te sobran… Todos se han ido, porque no pueden soportarte. Da las gracias de que yo no te haya abandonado.

—Estaría encantada si lo hicieras. Vivir bajo el mismo

techo que una asesina no es, precisamente, mi ideal de paliar la soledad.

A partir de ese momento, Angustias comenzó a levantar la voz. Nunca la había oído hablar así antes, gritando, escupiendo furiosa las palabras.

—Vaya, por fin sin ambigüedades. Sabía que no podrías resistirte a restregármelo por la cara. No te preocupes, yo tampoco tengo ningún interés en quedarme. Me iré de mil amores. Pero antes vas a oír algunas cosas, América. Llevo demasiado tiempo callada, toda una vida. Ahora ya no me das miedo, ningún miedo, hermana.

Se dio un ligero respiro, me miró sin pestañear, desanduvo el camino que acababa de emprender y, mientras se sentaba, continuó, mucho más bajo:

—Primero de todo, quiero recordarte que tú misma echaste de esta casa a Ramón Saravia por borracho, hace mucho tiempo. Y ahí comenzó su drama, lo hundiste, ¿sabes? Porque él te adoraba. Siempre trató de llegar a ser digno de la perfecta, de la imperturbable América Macera. No me preguntes por qué, porque no sabría darte una razón, pero te amaba. Y tú le apartaste de esta casa, de sus únicos amigos y de su sueño de mejorar para que te fijaras en él. Era un mala cabeza, pero no el desastre en que tú solita le convertiste. Así que puestos a otorgar responsabilidades por su muerte, la primera la tienes tú.

—No digas tonterías, Angustias, yo no he matado a nadie…

—Yo no digo tonterías —volvió a subir el tono de voz—, y cállate que no he terminado. No he hecho sino empezar.

Sus ojos parecían echar lumbre y su expresión volvió a ser la de aquella noche en que la encontré enterrando a Ramón.

—Te he dicho que vas a escuchar algunas cosas y ésta no era sino la primera. Tu carácter y tu genio endemoniado me daban tanto miedo desde pequeña que me sometí a tus dic-

tados. Era la buena, la responsable, la dócil, pero nunca he sido tonta. Aunque tú lo creyeras, aunque me trataras toda la vida como a tal… Fíjate que lista soy que te quité a Braulio sin que pudieras evitarlo. Sí, lo que oyes, te lo robé. Al final lo he perdido pero iba a ser mío, no de tu propiedad.

Tuve que sentarme antes de atreverme a mirar de nuevo a mi hermana. Vertía odio. Decidí no interrumpirla, sólo escuchar. Ella hablaba sin descanso, sin tregua.

—Te he sorprendido ¿verdad? ¿No te preguntaste cómo la mosquita muerta de Angustias fue capaz de conquistar a aquel hombre encantador? ¿Cómo la hermana torpe, poco atractiva, insulsa y aburrida podía quedarse con el partido que América deseaba para sí? ¿Te crees que no me di cuenta de cómo le mirabas, de cómo le sonreías, tú, tan parca en mostrar ni un poco de afecto ante nadie? ¿Te creías de verdad que era así de tonta? Pues te equivocabas. Lo descubrí el mismo día en que llegó Braulio a esta casa.

»Braulio, el bueno de Braulio, me gustaba su olor, ya ves, quizá tú no lo recuerdes pero olía a tabaco y a ropa recién lavada, olía a libros y a seguridad. Era mi última oportunidad, en realidad la única. También la tuya, lo sé. Pero a mí me preocupaba mi futuro. Mamá estaba tan inquieta por lo que sería de mí que hasta trató de que ingresara en un convento. Pobre, le dije que lo estaba pensando, pero en realidad ni se me pasó por la cabeza. Solía actuar así, simulando que aceptaba todas las órdenes para luego hacer lo que quería. A mamá le gustaba mi comportamiento. Siempre que os reprendía me ponía como ejemplo, ¿te acuerdas?: "Si os parecierais más a Angustias, si me hicierais caso como ella…".

»En realidad nunca me conoció. Ninguno de vosotros me conocía. Pero eso no importa. Lo del convento no llegué a planteármelo porque hubiera sido imposible de todo punto. Soñaba con ser feliz de otra manera y de eso, ¿sabes?, también tú tienes la culpa.

Angustias sonrió con una sonrisa hiriente, maliciosa.

—Estás deseando saber el porqué. Pues es muy fácil. Porque desde que te vi gemir en los brazos de Joaquín, aquella noche en la playa, se me anidó el deseo en el cuerpo. Aquello que vi, agazapada tras una duna, muerta de frío y de envidia, nunca lo pude olvidar. Quise estar en tu puesto, ser tú. Cómo lo deseé, Dios mío, aquella noche y todas las noches de mi vida. Cada vez que os revolcabais sobre la arena temblaba de deseo, con cada abrazo me sentía desfallecer.

»En cuanto conocimos a Joaquín me enamoré de él. Ya sé que era muy joven, pero esas cosas llegan sin previo aviso. Era como el príncipe de los cuentos. O eso me pareció a mí. Intenté por todos los medios que se fijara en mí, ¿sabes? Dejé de comer, me duchaba con colonia de mamá, me pasaba horas tratando de arreglarme ante el espejo, me rizaba el cabello con tus pinzas. Pero tú me eclipsaste; me guste o no, debo reconocerlo. No se fijó en tu hermana menor, en esa pobre niña gordita a la que tú dirigías todos tus sarcasmos.

»"No subamos más arriba, la pobre Angustias no podrá seguirnos…" "No corráis tan deprisa, Angustias no nos alcanzará…" "No debéis gastar bromas a Angustias, la pobre hace lo que puede…"

»Desde luego, en el caso hipotético de que a Joaquín se le hubiera llegado a pasar por la imaginación dirigirme la palabra, hubiera sido un milagro, porque mi hermana América me dejaba, en cuanto podía, a la altura de sus zapatos. Ella, la lista, la guapa, la perfecta. Siempre me has tratado como si fuera basura, por eso me alegré cuando te vi retorcerte de dolor aquel año, sin noticias suyas.

Angustias suspiró como si estuviera apenada para proseguir inmediatamente después.

—Lo cierto es que te envió una docena de cartas, por lo menos, pero las recogí yo. Y tras leerlas, las quemé. No decían nada especial, que te añoraba, que vendría a verte, que

le contestaras… Tus cartas, evidentemente, nunca le llegaron. Yo me ocupaba de ir como una sombra tras tus pasos y me las guardaba cuando las dejabas sobre la mesa, para que papá las echara al correo. Como Joaquín insistía en recibir noticias tuyas, tuve que acabar suplantándote. No sabía si conocía tu letra, así que la redacté con mucho cuidado, tratando de simularla a la perfección. Me fue difícil, no creas, siempre has tenido una caligrafía excelente, mucho mejor que la mía. Pero se lo tragó. Le dije que lo sentías mucho, pero que otro joven ocupaba tu corazón. Que era libre y que esperabas mantener con él, en el futuro, una buena amistad. Fíjate, creo que en el fondo te hice un favor, porque dejó inmediatamente de escribirte y acabó por casarse con otra, sin esperarte. Ese hombre no era de fiar.

No me di cuenta de que estaba llorando hasta mucho tiempo después, cuando las lágrimas empezaron a mojar mi camisa. Angustias no me miraba, estaba absorta en su discurso, enajenada.

—En cambio, con Braulio las cosas fueron distintas. Cuando lo conocí, al principio no sentí nada especial, ésa es la verdad. Era mucho mayor que yo. No me dio un vuelco el corazón, como había ocurrido con Joaquín. Fue interesándome poco a poco, a medida que notaba las miradas que le lanzabas, tu interés; entonces comencé a verlo tremendamente atractivo, inteligente, guapo…

»No creo que al principio fuera consciente de que mi atracción por él iba paralela a la tuya, pero luego sí, y entonces me entusiasmé con aquel juego, era como un reto continuo. Ver cómo me las arreglaba para distraer su atención de ti, capturar su interés durante unos minutos, sonreírle, lograr desalojarte de su memoria, aunque sólo fuera un instante… Así y todo, debo reconocer que mis victorias eran pequeñas, apenas escaramuzas que me daban cierta satisfacción, pero no me bastaban. Sentía que debía actuar

como lo hace un gran general: proclamando la guerra. Y lo hice. Vaya si lo hice.

»Fue en la fiesta a la que acudimos con él, la fiesta de los Morata. Seguro que la recuerdas. Parecías otra, con aquella rosa prendida en la cintura y los ojos radiantes. Me lo jugué todo a una carta, sabía que si no actuaba rápido Braulio daría un paso más hacia ti. Y no estaba dispuesta a que me ganaras por la mano una segunda vez. A pesar de su absurdo apasionamiento por ti, era un hombre extremadamente educado. Me trataba con suma cortesía, por lo que no me fue difícil en absoluto que me invitara a bailar. Y eso que él odiaba ese tipo de diversiones. Recuerdo que me abracé a él con bastante más intención que la de una simple pareja de baile. Era nefasto en esas lides, pobre hombre, no hacía falta que lo reconociera diciéndomelo al oído. "Lo siento, pero soy muy mal bailarín..." Le propuse que se dejara guiar. Vaya sorpresa, ¿eh?, la torpe de Angustias bailaba como los ángeles. Cuando fue tomando confianza, y sin aflojar mi abrazo, me acerqué un poco más a él y le dije, al oído, que debíamos hablar. Si le sorprendió mi petición, desde luego que no lo dejó entrever. Caballeroso, me tomó del brazo para salir del salón. Al irnos, te vi hablar con Ramón. Mejor, pensé, así se mantendrá ocupada.

»Una vez en la terraza, solos, comencé la representación. Qué pena que nadie más me viera, porque creo que estuve magistral. Ninguna actriz profesional lo hubiera hecho mejor, te lo aseguro. Y eso que tuve que improvisarlo todo. No sabía que iba a actuar tan pronto, me dejé guiar por la intuición, sin tener ni el terreno ni la estrategia preparada. Respiré hondo y, con suma timidez, me lancé al campo de batalla. Y lo hice pretendiendo estar agobiada, llena de dudas. Con gran dolor por mi parte, llorosa y salpicando mis frases de disculpas, le dije que me creía en la obligación de explicarle tu «problema». Algo de lo que no se hablaba en la familia, un

secreto que ni siquiera su buen amigo Guillermo sería capaz de revelarle. Él me atendía con el corazón contraído. Estaba muy enamorado de ti, más de lo que yo suponía; sentí miedo, quizá no sería posible disuadirlo, pero luego comprobé que, por eso mismo, por su estúpido enamoramiento, el efecto de mis palabras sería aún más devastador.

Hizo una pausa y volvió a sonreírme. Luego se rió con ganas. Yo seguía sus explicaciones paralizada, en parte por la sorpresa, que me impedía mover ni un solo músculo del cuerpo; en parte porque temía que cualquier cambio de postura, cualquier pequeño ruido la hiciera callar. Sinceramente, no podía dar crédito a lo que escuchaba.

—Te mueres por saber lo que le dije, ¿verdad? Estoy por callarme, para que siempre dudes, para que te acostumbres a la incertidumbre por el resto de tus días. La incertidumbre cansa, agota; no saber, no entender, es un auténtico martirio. Y a fin de cuentas, qué importa lo que le dijera si surtió el efecto deseado. Se olvidó de ti y me eligió en tu puesto. Yo sería su esposa. ¡Qué cara pusiste cuando lo hicimos público! ¡Qué sangre fría venir la primera a felicitarme! ¡Cómo disfruté aquel triunfo!

—¡Dime inmediatamente qué le dijiste! —Mi voz sonó tan extraña que ni yo misma la reconocí. Salió sola, sin que yo articulara las palabras.

—Suplícame. Implora, a tu hermana la tonta, a esa pobre infeliz a la que le sacabas los colores desde pequeña, quizá entonces te lo cuente.

Estaba a punto de perder el control. Me levanté de mi asiento y, una vez de pie, mirándola desde arriba, sin poder reconocer en aquella mujer perturbada que me miraba con tanto odio a mi propia hermana, le dije despacio, haciendo gala de una serenidad que ni de lejos sentía, que acabara inmediatamente de hablar, de contar todo lo sucedido, y se marchara de mi casa.

—Si no lo haces —la amenacé—, llamaré a la guardia civil y les contaré lo que has hecho. Quizá entonces pueda respirar tranquila.

Angustias soltó una nueva carcajada.

—Eres todo un carácter, he de reconocerlo. Cuando estás entre la espada y la pared, no te bates en retirada, luchas hasta el final. Está bien, te lo contaré, pero no por tus estúpidas amenazas, sino porque me da la gana, porque saberlo te dolerá, te demostrará qué inteligente es tu pobre hermana boba...

Se acomodó en el asiento y, levantando un poco las cejas, como si hiciera memoria, continuó despacio:

—Lo primero que le dije es que habías tenido un hijo siendo muy joven; de soltera, por supuesto, un hijo sin padre al que abandonaste en un orfanato. Ya, ya sé que la idea no era demasiado original, la historia de la pobre adolescente caída en desgracia, la inocente de la que se aprovecha un mal hombre, pero qué quieres, es lo primero que se me ocurrió. Desde luego, fui inmediatamente consciente de que aquello no era causa suficiente para apartarte de su cabeza. Así que fui enredando poco a poco la historia. Le dije que cuando el padre de aquella criatura se desentendió de ti, te dio la primera crisis. Desde entonces te habíamos tenido que ingresar en varias ocasiones. Los médicos a los que acudimos, los mejores especialistas, habían sido unánimes. No cabía duda de que el diagnóstico era locura. Y no tenía curación. En los periodos de tranquilidad, parecías normal. Pero cuando te sobrevenía uno de esos accesos había que atarte, sedarte, encerrarte en tus habitaciones durante semanas porque te convertías en una fiera. Tu violencia nos asustaba a todos, pero especialmente a mí, a la que trataste de estrangular cuando era pequeña, sin razón alguna. Yo te quería más que a mi vida, pero no había podido evitar fijarme en sus intenciones, en sus miradas, y creía mi obligación hacerle partícipe de un secreto que la familia mantenía guar-

dado bajo llave. Teníamos tajantemente prohibido hablar con nadie de los «problemas» de América; simplemente se tapaban, como a ella misma cuando sufría una recaída. Le supliqué que entendiera la difícil situación en que me había colocado al contarle tu «historia», algo que hacía sólo por su bien, un secreto que nunca, bajo ninguna circunstancia, debía revelar. Sabía que por cariño y por respeto a mi madre, mi hermano Guillermo no se atrevería a decirle nada hasta que, quizá, fuera demasiado tarde. Y mientras le pedía silencio, yo no dejaba de sollozar, estaba tan afectada, tan nerviosa... Él trató de consolarme, pero yo parecía no tener consuelo. Gimoteaba diciendo que no sabía si había hecho lo correcto contándole tu desgracia... aunque en el fondo sabía que no podía permitir que él siguiera adelante sin saber la verdad. Esperaba que Dios me perdonase por airear lo que juré no contar en toda mi vida... Ya ves, mi bondad hizo que me pidiera en matrimonio a las pocas semanas y se olvidara de ti...

Me levanté como si hubiera cumplido cien años durante el rato en que estuve sentada en aquella silla. Agotada, sin fuerzas. Mientras abría la puerta, de espaldas a Angustias, sin atreverme a mirarla a la cara, le pedí que se fuera.

—Espero que comprendas que no puedes permanecer bajo este techo ni un día más. Y también, que no tienes sólo un cadáver a tus espaldas, porque a mí también me has matado. Felicidades, Angustias. Sé que pasaré el resto de mis días tratando de olvidarme de ti, de vivir con lo que acabo de escuchar. Aunque, sinceramente, no creo que lo consiga.

Sé que nunca más volveré a verla y sólo esa idea me consuela. He convivido con un monstruo, lo he alimentado, lo he vestido, lo he querido con toda mi alma. Ojalá nunca la hubiera conocido...

Capítulo 9

Claudia leyó aquellas hojas sin respiración. Sólo cuando cerró el cuaderno pudo tomar aire profundamente. Era la revelación más increíble de la que había sido testigo en toda su vida. Pero había algo más. Significaba que todo lo que le había contado su padre no era sino una absurda mentira. Absurda y quizá premeditada. ¿Acaso Nicolás nunca supo nada de lo ocurrido? Él odiaba a América porque le envió interno, porque le metió entre cuatro paredes sin darle explicaciones, porque se negó tajantemente a que Angustias se hiciera cargo de él. ¿No sabía que su tía le había hecho un enorme favor?

A medida que los cuadernos desvelaban el misterio del caserón del Sauce, Claudia se acercaba más a América y se alejaba más de su padre. Intuyó que lo que le quedaba por descubrir no le iba a gustar. Repasó las fotografías tratando de identificar al resto de los hermanos Macera, pero no tuvo paciencia para descifrar los nombres medio borrados. Al día siguiente debía hacerse esa prueba de ADN a la que se había prestado ante el inspector Perea. Tenía poco menos de veinticuatro horas para acabar su lectura. Sin pensarlo, cogió otro de los diarios de América, del que cayó una nueva carta de su abuelo Alberto.

Querida América:

Cómo siento que no me hicieras caso. Esperasteis demasiado para tomar una decisión. Desde aquí sigo con el alma en vilo las noticias que llegan desde España. Al menos has podido refugiarte en casa de Margarita. Suerte que está en territorio nacional; la zona roja está siendo, según dicen, un infierno. Temo por la suerte de Leandro. Me escribió una nota muy breve, dice que apenas se atreve a salir de casa, pero que está bien. Por él sé de Angustias, que le mandó recado desde Oporto. Estaba de vacaciones con la prima Adelaida cuando el alzamiento y allí se han quedado. Así que, mal que bien, sé que todos estáis a salvo. Pero has sido muy tozuda, ahora podíais estar con nosotros, lejos del conflicto. En fin, habrá que darle gracias a Dios porque estáis todos vivos.

En estas circunstancias comprenderás que mi boda la celebrara sin demasiados festejos, algo que ha molestado mucho a Pola, que insiste en que lo que pase en España no tiene por qué perjudicarnos. No está siendo fácil la convivencia, aunque dicen que es lo normal, que el acoplamiento de una pareja es lento y complejo. Cuando me lo dicen, me callo, pero yo creo que lo nuestro va cada día peor, y eso que acabamos de estrenarnos como marido y mujer. Tampoco le ha gustado que no nos fuéramos de luna de miel. Yo le dije que, dado su estado, no me parecía oportuno y que además no me encuentro demasiado bien, debe de ser por el exceso de trabajo. Pero ella dice que no irnos unos días dará que hablar. Puede que tenga razón pero, sinceramente, me importa un carajo. Creo que he cometido una gran equivocación con ella, pero qué quieres, habrá que apechugar con este error aunque, eso sí, sin dejar que me gane terreno. Si por ella fuera, me pasaría las veinticuatro horas del día atendiendo a sus caprichos, adorándola como a una diosa. Y lo cierto es que nunca he sido devoto de nadie y que cada vez tengo menos deseos de estar a su lado. Lo único que me alienta es conocer a mi hijo. Sé que él justificará con creces el sacrificio que he hecho uniéndome a la mujer equivocada.

Además de estos problemas domésticos, la situación en la fábrica también me preocupa. Vencen varios créditos a la vez y no sé si seremos capaces de devolverlos en el plazo fijado… Pero perdóname, más que una carta a mi hermana, te estoy mandando una sarta de quejas para vaciar mi ánimo descontento y rabioso, y no tengo ningún derecho, sobre todo al figurarme por lo que debéis de estar pasando vosotros.

Escríbeme a vuelta de correo, porque ahora las cartas tardan una eternidad en llegar, y necesito saber cómo estáis. Saluda a Margarita y al barón, por supuesto. Un abrazo de parte de Guillermo y otro de tu hermano, que te quiere:

Alberto Macera

Claudia leyó por encima algunos cuadernos que su tía escribió durante su estancia en la finca de Margarita, en la que se refugió sólo días antes de proclamarse la guerra. Escapó junto a su vieja criada Aurelia casi de milagro, ya que América se negaba a abandonar su casa; y sólo por la insistencia de las Saravia, que también huyeron rumbo a Burgos, y de su hermano Leandro, que prometió primero acompañarlas y luego cambió inesperadamente de parecer, acabó accediendo a marchar. No había en aquellas páginas nada que diera pistas sobre el otro cuerpo enterrado en el jardín, así que Claudia las repasó deprisa, con ansiedad por descubrir las primeras anotaciones escritas a su vuelta.

América contaba las vicisitudes del viaje, largo y complicado; la vida en el campo; describía la finca y las extrañas disposiciones que en ella había realizado su hermana, que había instalado una especie de corral para acoger animales perdidos, con los que seguía ensayando dietas y otros disparatados procedimientos didáctico-culinarios. También contaba que Margarita tenía la casa llena de campanas y de cencerros, colocados en los lugares más insospechados, ya que decía que el andar de su esposo era tan pausado y silencioso que era la única manera de advertirla de su presencia y de no sobrecogerse, como le ocurría inevitablemente de recién casada, porque aparecía aquí o allá como si se tratara de un fantasma. Además, decía, de ese modo él también sabría si alguien andaba cerca.

Entre el ruido de las campanillas y de los animales que maullaban, ladraban, gorgojeaban o croaban en aquella pequeña Arca de Noé, pasaron los peores momentos de la guerra, lejos del horror vivido en otros puntos del país.

Varios capítulos de aquella época los dedicaba a la muerte de Alberto. Su viuda le había escrito comunicándole escuetamente su fallecimiento y pidiéndole dinero para su subsistencia. América se encolerizó. Qué demonios tenía en la cabeza aquella mujer; escribirle exigiéndole un dinero que no tenía, estando como estaban en plena guerra y sin mostrar la más mínima pizca de dolor por la muerte de su hermano. Guillermo también le escribió meses después, por primera vez en tantos años, una larga y cariñosa carta en la que le contaba lo sucedido. Claudia no pudo dar con aquellas hojas, pero supo, por lo que de ellas anotó América en su diario, que Guillermo le hablaba del pequeño Nicolás, que acababa de nacer, asegurando que era el vivo retrato de su padre, con los ojos negros y vivos y los puños fuertes, con la boca siempre dispuesta a la sonrisa y a la charla, aunque aún no sabía lógicamente emitir más que algún que otro sonido incomprensible. América lloró mucho aquella muerte y, desde que se produjo, dedicó a su hermano Alberto algún párrafo de sus diarios.

Por fin, al final de uno de aquellos cuadernos, Claudia encontró las primeras palabras de América tras regresar a casa. VUELTA A LA VIDA, tituló por primera vez su tía, con letras mayúsculas e inmaculadas, ese nuevo periodo, un encabezamiento que nunca antes había usado, como si supiera que su existencia, tras la guerra, habría de cambiar para siempre.

Aparte de detallar algunos pequeños desperfectos sufridos por la casa y el robo de parte del mobiliario, que temía que hubiera sido usado, simplemente, para hacer fuego durante los rigores del invierno, América encontró con evidente júbilo, a juzgar por sus palabras, que el resto del caserón estaba intacto, así como su baúl y su talla de la Dolorosa, que había dejado instalada en su gruta de niña, aquel lugar donde imaginaba que se escondía el viento. Claudia volvió a sentir rabia por haberse desecho de la virgen, ahora que sabía que había superado los saqueos, las explosiones y que era tan importante para aquella mujer por la que cada vez sentía más respeto. Pensó seriamente en llamar a Carlos, su actual propietario, y pedirle que se la devolviera. No le importaba pagarle aún más de lo que le había costado. Pero la idea de enfrentarse a él aún la incomodaba.

... Es curioso cómo, cuando voy cumpliendo años, recuerdo más los sucesos ocurridos en mi infancia que los que pasaron ayer. «El escondite del viento», ese nombre que no había vuelto a pronunciar ni en el que había pensado desde hace más de cuarenta años, se me vino a la memoria a la hora de poner a salvo mis tesoros porque, a pesar de que no valgan nada, son lo más valioso que poseo.

—América está donde se esconde el aire, mamá, para que no la encontremos.

He recordado perfectamente aquella escena: a mi hermana Margarita, entonces una mocosa de no más de seis años, chivándose a mi madre, que llevaba rato buscándome por toda la casa, sobre mi escondrijo. Me pareció que había dado con la definición perfecta para mi cueva, mi agujero de detrás del sauce, camuflado por un saliente del patio, donde, por alguna rendija o recoveco, se oía la voz del aire, un quejido que a veces llegaba de forma tenue, como si durmiera, como si se arrullara a sí mismo con un soplido quedo; y otras de manera agigantada, aterradora, como si estuviera a punto de estallar un vendaval, dando alaridos que me asustaban. Pero he de reconocer que me gustaba aquel miedo que pasaba metida en mi escondite, donde me encontraba segura. Margarita, fue ella quien lo bautizó con aquel nombre, entre poético y pragmático, y yo no lo había recordado en todo este tiempo. Qué cosas tiene la memoria al pasar los años. Cuando he regresado ha sido el primer lugar al que he acudido y, cómo no, mi escondrijo mantuvo también seguras mis escasas pertenencias.

Decidí dejarlas allí todavía un tiempo, hasta que la casa estuviera mínimamente habitable. Fue algunos días después cuando, mientras tratábamos entre la vieja Aurelia y yo de transportar todo aquello al interior de la casa, se produjo una visita inesperada. Y tanto, por más que la miraba, no era capaz de reconocer a aquella pobre anciana, con el pelo completamente blanco, recogido en su nuca de cualquier modo, vestida con harapos, que me llamaba insistentemente por mi nombre.

—¿No me conoce, señorita América?

Por más que la observaba, no me era posible saber quién era. Me quité la luz de los ojos, tapándolos con la mano; me acerqué más a ella; me di la vuelta para verla desde otro ángulo, pero sin resultado.

—Pues ya ve, yo a usted la hubiera reconocido en cualquier parte. Está usted igualita que antaño. Yo, sin embargo, estoy hecha una piltrafa, ya lo sé, ya…

Miré al muchacho que la acompañaba y me quedé sin aliento. Era la imagen misma de Guillermo, con algo extraño en su mirada y en su postura. Antes de abrir la boca y oír su voz, que sonó a instancias de la mujer, que le apremiaba para que se quitara la gorra y me saludara como era debido, lo comprendí todo.

—Eres Hermenegilda ¿verdad? Y éste es tu hijo…, el hijo de Guillermo.

—Se le parece mucho, ¿no cree? Por fuera, quiero decir, porque el pobre por dentro… no es un chico normal. Y mire que es guapetón y bueno, pero nunca se podrá valer como un

hombre. Un mal parto, eso me dijo el doctor, que el pobre chaval no quería salir ni de broma a este mundo asqueroso y se quedó alelado en mi vientre, sin que pudieran desatascarlo de entre mis piernas. Moradito salió el pobre, de tanto tiempo como pasó sin respirar…

Hermenegilda parecía agotada y me pidió permiso para sentarse. Agarrándola del brazo la conduje hasta el banco del jardín.

—Aurelia tampoco me ha reconocido. No oye bien, ¿no es verdad? Mejor así, lo que he venido a contarle prefiero contárselo a usted sola. Tú, Herme —dijo dirigiéndose al chaval—, ayuda a esa señora a subir los bultos, hijo, que tienes buenos músculos. Yo me quedo con la señorita aquí sentada.

El joven asintió con la cabeza, mientras daba, nervioso, vueltas a su gorra, que aún llevaba en la mano, tras habérsela quitado para saludarme como le había pedido su madre. Con pasos torpes fue en busca de Aurelia.

En cuanto nos quedamos solas, volví a mirar a Hermenegilda. Estaba realmente irreconocible, la vida parecía haber sido muy dura con ella. Le pregunté cómo no nos lo había contado antes, cómo no nos había dicho nada de su hijo, el hijo de mi hermano.

—Pues verá, señorita, voy a ser clara —me contestó, como si estuviera esperando desde hacía una eternidad aquella pregunta—. No me queda mucho tiempo y, ya, nada de vergüenza, ésa es la verdad, así que llamaré al pan, pan y al vino, vino. No vine, primero de todo, porque no estaba segura de que el hijo que esperaba fuera de su hermano de usted. Yo era muy joven entonces, y estaba muy alocada. Cuando me echó su madre de usted, que en gloria esté y a la que, por cierto, nunca quise mal, porque tenía más razón que un santo en botarme de esta casa después de encontrarme con su hijo, un querubín, en la cama, pues cuando me echó de aquí la señora, di muchas vueltas. Aquel diablillo de Guillermo me había

llegado al alma, no se vaya usted a creer, que yo, que le sacaba cinco o seis años, me quedé prendada de su hermano, de ese mocoso que aprendió tan bien y tan rápido cómo volver loca a una mujer y, usted me perdonará, pero era una auténtica fiera en la cama. El caso es que me fui muy caída, andaba todo el día melancólica, sin poder vivir de lo que le echaba en falta. Por eso regresé varias veces, por la noche, sin que ninguno de ustedes se enterara, para volver a encontrarle. Ustedes no supieron nada, pero aquellas escapadas nocturnas me valieron más de un despido en las casas donde entré a trabajar. Y como una cosa lleva a la otra, me di a la vida. Después de tres o cuatro despidos, y sin referencias, no volví a encontrar trabajo de criada y, ya sabe, un hombre y luego otro me fueron ayudando; bueno, eso decían ellos, que para mí que fueron mi perdición. Así que, aunque yo en el fondo siempre supuse que ese hijo que acaba de ver era de mi señorito, hasta que no creció y le vi tan igualito a su padre, no estuve segura. Y para entonces era evidente que el chico no era como los demás, y la vida me había dado tantos bandazos que me asustó encontrarme con otro. Usted me entiende.

Vi al muchacho que trasladaba entre sus brazos la talla de la virgen y sin poder evitarlo le pedí que tuviera mucho cuidado. Él se paró en seco, asustado por mis gritos, y miró a su madre, que le sonrió.

—Ten cuidado, Herme, ya sabes que hay que prestar mucha atención a lo que se está haciendo para que no haya accidentes. Buen chico.

Luego, volviéndose de nuevo a mí, Hermenegilda continuó:

—No se preocupe, lo que le falta de entendederas, le sobra de fuerza y buena disposición. Es como un niño de cinco años, con la energía de un hombre adulto. No me puedo quejar de él, ésa es la verdad, que no me ha dado más que cariño y compañía en estos tiempos tan puñeteros. —Hizo una pausa, mientras miraba el jardín, la casa—. Está todo

muy abandonado, señorita, en mal estado. Ya sé que se fue usted fuera durante la guerra, que vine a buscarla y me lo soplaron. Pero ahora necesitará mucha ayuda para sacar esto adelante. Son malos tiempos.

—Y que lo digas, Hermenegilda. Los peores.

—Verá, si he venido ahora a buscarla y a sincerarme es porque estoy a punto de morir. Estoy enferma, y además, me buscan. Yo nunca me he metido en política, a mí qué más me da eso, ni siquiera sé leer ni escribir, comprenderá que esas monsergas me traen sin cuidado… Pero mi último hombre era un cabecilla, de la CNT era. Lo mataron delante mismo de mis narices. A mí me cayó una paliza que no veas, que me rompieron varias costillas y hay ratos todavía en que me cuesta horrores respirar, pero pude escapar. En un descuido, salí a todo correr con lo puesto y con mi hijo agarrado fuerte de la mano, y desde entonces he estado escondiéndome como las ratas en la oscuridad. Se lo digo porque no quiero engaños, bastantes ha tenido ya mi vida. Así que no le pido por mí, porque le traería problemas, sino por este chico. Al fin y al cabo tiene algo de ustedes, que por fuera parece el mismísimo señorito de mis amores, y no se puede valer por sí mismo. ¿Dónde si no lo puedo llevar? Lo que le pase a una servidora, da lo mismo. Pero a él tengo que dárselo a alguien para que me lo cuide. Solo, se moriría como un perro abandonado.

En ese momento volvió el chaval, remangándose la camisa y quitándose el pelo de la cara, que sudaba debido al esfuerzo y al calor. Volví a quedarme sin resuello de verlo tan parecido a mi hermano.

—Ya-es-tá-madre, ¿nos va-mos? —preguntó.

—Espera un poco, hijo. ¿Por qué no ayudas a la señorita con el jardín? A ti siempre te han gustado las plantas. Ahí tienes un rastrillo, y una pala en esa caseta, anda, corre, enséñanos lo que sabes hacer.

El chico, obediente, se puso a quitar hierbajos donde su

madre le indicó, un poco alejado de nosotras. Yo apenas podía pronunciar una palabra.

—¿Lo ve usted? Será una ayuda. Es obediente y bueno. Y limpio, no vaya usted a creer, eso debió de heredarlo de su padre y de su madre a partes iguales, que incluso en los peores momentos yo he sido siempre muy mirada para la limpieza.

Lo miré trabajar, torpemente pero con ahínco. Esa visión era lo último que podía imaginar a mi vuelta a casa. Miré después a Hermenegilda, que respiraba con dificultad, con la cara macilenta. Me levanté del banco que compartíamos.

—De acuerdo, Hermenegilda, tu hijo se quedará con nosotras, es lo justo. No revelaremos quién es, porque a estas alturas a nadie le importa, pero siempre y cuando cumplas una condición. Te quedarás también aquí, al menos hasta que te encuentres mejor, no podría dejarte ir de esa manera.

—Señorita, que si la descubren, le van a fastidiar la vida.

—Y quién te crees que nos va a descubrir, mujer. Por aquí no viene nadie, la guerra ya ha acabado, y seremos discretas. No saldrás de casa como no sea imprescindible, te cuidaremos entre todos. Está decidido.

Sin dejarla reaccionar, llamé a Aurelia y entre las tres preparamos una de las habitaciones de las criadas, vacía desde que despedí a Manoli y Valentina; la misma habitación que ocupó Hermenegilda cuando trabajó en esta casa, la misma donde Guillermo la visitaba, la misma donde concibieron a aquel muchacho tan parecido y tan distinto a mi hermano. Aurelia no parecía muy contenta de tener una nueva inquilina al lado de su cuarto, pegada pared con pared, pero no dijo nada. El hijo de Hermenegilda dormirá con ella. Eso es lo que me ha pedido su madre, y así se hará…

Claudia volvió a quedarse dormida sin darse cuenta, sumida como estaba en un espacio ajeno al tiempo, en un recoveco remoto que había llegado a inundar su presente, sin permitirle seguir ninguna regla lógica de horarios, de comidas o momentos para el descanso. Llevaba días con el reloj parado, sólo leyendo, descubriendo un pasado que le hacía sentirse más viva de lo que hacía tiempo que se sentía en el presente. Notaba que había sido capaz de hablar con su abuelo, que había descubierto mintiendo a su padre, que había conocido a tía América como nunca conoció a nadie. Por eso no supo explicarse el porqué; al desperezarse, recordó sus largas esperas ante el teléfono. Algo ocurrido en un momento mucho más próximo que ese que ahora le obsesionaba. Las angustiosas esperas porque sonara ese aparato del demonio, esa necesidad imperiosa porque la voz de Carlos se oyera al otro lado, pidiéndole una nueva oportunidad, rogándola que volvieran. Pasó días sin que ningún otro sonido la alterara, sin que ningún otro ruido atrapara su atención y ése, que tanto deseaba, no se llegó a producir. Pasaba horas mirándolo con ansiedad; luego optó por salir de casa con la esperanza de que, a la vuelta, algún mensaje le diera la bienvenida. Fue algo parecido a una enfermedad mortal, o al menos, ese silencio se convirtió en el síntoma más reconocible de ese mal que la consumía. Carlos se había convertido a la vez en su pesadilla y en su única esperanza de vida. Como una pescadilla que se muerde la cola, sin él no había ilusiones; juntos, él se ocupaba de estrangular las pocas que quedaban.

Era un hombre complejo, por eso mismo sintió su cercanía desde el primer momento. Por mucho que se esforzase, a Claudia nunca le habían atraído los hombres simples, sencillos, sin dobleces. Quizá porque su propia vida no había sido demasiado convencional. A los pocos días de conocerse, él le había contado con detalle su vida. Lo hizo con un tono poético, a ratos trágico, pormenorizado. Sus fracasos amorosos, su miedo a la soledad, la obsesión de morirse sin que nadie se encontrase a su lado, sin que nadie se enterara, hasta días después, de que se había ido para siempre. Su pesar por la ausencia de unos hijos con los que siempre soñó, pero que nunca llegaron. Sus contradicciones entre la responsabilidad y la necesidad de sentirse libre. Los mil caminos que emprendió y abandonó a medias, su falta de constancia. Era culto, educado, encantador, y el mismo diablo cuando algo alteraba su mente. A su lado, y desde el principio, Claudia se sintió insegura; no sabía si compartían sus vidas por algo, o por matar el tiempo. Dudaba de si había sido la soledad y el tedio lo que les había unido, o si algo más fuerte que una pura casualidad de la vida se había encargado de ponerlos en contacto. Nunca pudo desentrañar la verdad. Lo cierto es que durante mucho tiempo se dejó llevar preguntándose, sólo a hurtadillas, si aquella historia la guiaba hacia alguna parte. Con él no era fácil plantear preguntas; no es que no fuera comunicativo, es que siempre acababa saliendo por donde menos cabía esperar. A una pregunta respondía con otra. A una incertidumbre, era capaz de sumar todo un galimatías. Y presionarlo, era lo último que quería. Por eso, cuando las sospechas de que había otra mujer se hicieron más evidentes, simplemente desapareció. Él trató, sin mucho interés, de explicarse, sin llegar en ningún momento a desmentirlo. Ni tampoco a confirmarlo. La monogamia era un absurdo contra natura, una aventura no significaría que lo nuestro no pudiera seguir, y de producirse, no tendría la menor importancia... Claudia se sintió incapaz de rebatirlo, de defenderse, de explicarle que estaba hundida, muerta de miedo, que necesitaba volver a remodelar una figura que él había pisoteado, restaurado, vuelto a pisotear... Nunca supo de dónde sacó las fuerzas, pero desapareció. Le dejó el camino libre. Como si temiera molestarle, sintiéndose la más insignificante y grotesca de las criaturas que pueblan la tierra. Se fue sin decirle muchas cosas que había tratado de hacerle entender durante tiempo. Como que, muchas veces, mirarle a los ojos era mirar de frente la desolación, que todas sus experiencias le habían dejado vacío, aunque él creyera lo contrario. También se quedó con ganas de contarle que, a ratos, sólo a ratos, su presencia le había dado la certidumbre de que Dios existía, cuando se produjeron sus primeros encuentros, cuando sus miradas la hacían derretirse, cuando sus caricias le hacían temer que el corazón iba a salirse definitivamente de su lugar para ir a palpitar en sus dedos.

Cómo entendía las palabras de Angustias cuando estaba preparando su golpe mortal contra América, cuando estuvo a punto de dejarla con la duda, que cansa, agota, que en realidad es lo peor que puede ocurrirle a nadie. Qué acertada su línea de tiro, qué certero su descabello. En ese mismo momento, Claudia supo que llamaría a Carlos al día siguiente; ya no le tenía miedo. Sólo quería recuperar la talla. Se sintió a años luz de la pesadilla en la que él había sido el principal protagonista, la que le interesaba ahora era mucho más importante.

En su absoluta falta de orientación, acudió hasta la cocina para certificar, ante el reloj, que eran sólo las cuatro de la tarde. Aún le quedaban muchas horas por delante para seguir leyendo.

… La esposa de Alberto ha muerto. Esa mujer que le dio un hijo, al que pronto conoceré, ha dejado de existir. No es que lo sienta especialmente por ella, a la que no conocía, es más, lo único que supe por sus cartas, y por las de mi adorado hermano, no me gustó nada, pero lo siento profundamente por su hijo. Nicolás, le llaman. Por poco maternal que fuera esa tal Pola, una madre es siempre mejor que la soledad que le espera a ese pobre crío, que no debe de haber cumplido los seis años. Además, es injusto que muera gente tan joven. Primero mi hermano y luego ella. Dos personas en lo mejor de sus vidas, no puedo entenderlo…

Guillermo me lo ha explicado, recibí su carta anoche; me dice que es un niño realmente encantador y que piensa traérmelo a mí. Dice que él tiene muchos problemas con la fábrica, que ha comprobado que solo no puede sacarla adelante y que lo único que piensa es en venderla sin perder mucho dinero en la transacción, pues ya antes de morir Alberto las cosas no iban bien, no pudieron hacer frente a muchos pagos y, después de su muerte, no pueden ir peor. En resumen, que no puede hacerse cargo de un chiquillo. En eso le doy la razón aunque, quién sabe, si se responsabilizara de un crío quizá cambiara su caótica vida. No quiero ni pensar, ahora que se ha quedado solo, qué régimen de vida llevará, todo el día de acá para allá bebiendo sin control… El caso es que me lo envía, no sé si lo traerá él personalmente o lo dejará al cuidado de algún conocido. Iré a buscarlo a Santander, donde llega su barco dentro de mes y medio. No quiero que se encuentre perdido a su llegada, pobre niño; me imagino su extrañeza ante todo lo que vea, todo desconocido, me imagino su dolor. Me haré cargo de él, cómo no, pero no creo que sea buena idea que viva en esta casa. No es la mejor atmósfera para que se eduque un niño pequeño. Hay demasiada tristeza, demasiados secretos que no le conviene descubrir. Estamos demasiado muertos los que habitamos este caserón. La compañía de tres viejas y un pobre retrasado no es, a todas luces, la mejor para formarle. Esta misma tarde iré a la parroquia para informarme de algún buen colegio para internarlo. Será lo mejor para él. En cuanto a Herme, no me parece buena idea que se conozcan todavía. Es mejor que Nicolás no lo vea de momento, los niños son muy crueles con los que son diferentes, daremos tiempo al tiempo. Los presentaré como lo que son, primos carnales, cuando el hijo de Alberto sea algo mayor…

Y

Así que hasta en eso su padre la había mentido. La malvada América fue a buscar a Nicolás hasta Santander, donde llegaba su barco, recorrió cientos de kilómetros para que ese niño al que no conocía, pero al que aún así odiaba secretamente, no anduviera solo, para que no extrañara tanto el mundo desconocido al que el destino le había arrojado. Su padre jamás se lo contó, nunca le dijo que su tía América se tomara tantas molestias. Es más, su primera visión, aseguró siempre, fue la de su tía girándose ante un odiado secreter, donde escribió su sentencia a cadena perpetua. Como temía, a medida que iba descubriendo su historia, Claudia comprobaba que Nicolás le había contado sólo patrañas, una versión bien diferente a la real, trampeando la verdad para que prevaleciera su propia versión de los hechos. Había decidido, quizá influido aún por los recuerdos de su madre, la buena de Pola, que América fuera la responsable de todas sus desdichas, la culpable de todos sus errores. Claudia no supo en qué momento fue consciente de que destruir las mentiras de su padre podría ayudarla a destruir las suyas propias. Fue sólo un pensamiento, pero supo que debía meditar sobre ello. En los últimos días, sin saber por qué, se había tenido que encarar a sus propios fantasmas, había tenido que mirar, sin querer, el fondo de ese cajón de sastre en el que había ido ocultando muchas cosas a las que nunca pudo enfrentarse. Decidió, de inmediato, que tras hacerse la prueba en la policía, aprovecharía el resto de sus días libres para irse fuera. Al menos desaparecería un largo fin de semana, quizá algo más. Necesitaba salir, tomar el aire, ver el mar. Luego tendría más fuerza para volver a enfrentarse a Carlos.

... Los acontecimientos se suceden a una velocidad a la que, a mis años, ya no estoy acostumbrada. Ha muerto Hermenegilda, sólo unos días antes de que llegue a casa mi

pequeño Nicolás. Estaba preparando mi viaje para ir a buscarlo, cuando la pobre sufrió una recaída. Lo cierto es que ha sido casi milagroso que durara tanto en este mundo. Cuando llegó a pedirme ayuda, creí que no duraría más de unas semanas. Pero quizá el verse por fin a salvo, durmiendo entre sábanas limpias y con su hijo a buen recaudo, rebajó la tensión de su maltrecho corazón y la mantuvo a flote. Sin embargo, la mayor parte del tiempo que pasó a nuestro lado apenas si pudo moverse de la cama. Yo quise avisar a un médico en varias ocasiones, sobre todo una noche en que la oía aullar del dolor, pero ella se incorporó y amenazó con irse a morir a la calle si se me ocurría llamar a nadie y ponernos en peligro. Así que ha acabado muriendo sin ayuda, como vivió, buscando por su cuenta el camino más recto hacia el final. En los últimos días su hijo no se separó ni un momento de su lado, no sé si entendía del todo lo que ocurría pero se comportó como un animalillo, acurrucado a los pies de su cama, atento a cada ruido, a cada movimiento de su madre. Ella nos pidió que la enterráramos en cualquier parte, pero que no se nos ocurriera avisar a ninguna autoridad. No necesitaba ceremonias, actas, ni misas que en vida de nada le habían servido. Temía que alguien pudiera tomar represalias contra nosotros, sobre todo contra su hijo. Estaba más lúcida que nunca en sus últimas horas, no era cuestión de engañarla con falsas promesas. Le aseguré que haría lo que me pedía. Así que cuando por fin expiró, yo ya había decidido darle sepultura en el jardín, junto al cuerpo de Ramón. Qué broma macabra. En el jardín de los Macera ya casi no crecen flores, sólo las malas hierbas y los cadáveres que entre unos y otros hemos ido dejando en el camino.

Aurelia y yo preparamos el cadáver, lo amortajamos y lo cubrimos con una sábana blanca. Su hijo cavó un hoyo profundo y allí depositamos el cuerpo de Hermenegilda. Yo recé una oración por su alma, y su hijo farfulló por lo bajo, como si también rezara. No sé qué es lo que pasaba por su cabeza, pero no vertió ni una sola lágrima. Cuando terminamos, lo vi desaparecer en el jardín y hasta bien entrada la noche no dio señales de vida. Antes de irme a Santander, lo dejé instalado con Leandro. No consideré oportuno que Nicolás y él se conocieran por el momento.

Llena de pesar emprendí mi viaje. Y allí me encontré con un pequeño que es realmente encantador. Un niño extremadamente guapo. Y saludable. Pero muy retraído, aunque Dios me libre de culparlo; durante su corta existencia ha conocido ya demasiados cambios, demasiados finales. Por eso, tras recibirlo en Santander, donde pensaba pasar con él unos días, cambié de planes y me lo traje directamente a casa. Cuanto antes se amolde a su nueva vida, tanto mejor. Tiene que ordenarse, organizarse, seguir unas normas, ahora que su mundo ha hecho aguas. Guillermo lo mandó con una pareja de españoles, a los que conocía vagamente, y que regresaban a casa. Al parecer, ambos se marearon nada más subir al barco y han pasado toda la travesía recluidos en su camarote, por lo que el pobre Nicolás ha viajado más solo que acompañado. Daba ternura verlo bajar por las escalerillas, asustado, mirando al suelo para no tropezar y, seguramente, por temor a mirar de frente su futuro. Me traía una carta de Guillermo, en contestación a la mía. En ella mi hermano me dice que no le gusta la idea de meter al niño en un internado y sugiere que, si yo no puedo cuidar de él, quizá pueda hacerlo Angustias. Por supuesto que me negué.

Cuando llegamos a casa, me felicité por haber decidido llevarlo a un internado. Nicolás está perdido, es un niño asustadizo, que se estremece ante el más mínimo ruido, ante el más leve movimiento de una cortina por la fuerza del aire, que se vuelve para mirar si es su sombra la que le acompaña en sus paseos por el caserón. También me he felicitado por mandar a Herme fuera unos días.

Aunque no quiero dramatizar, Nicolás me preocupa, pero no sólo porque no ha conectado conmigo, lo cual es hasta cierto punto lógico, qué tiene que ver un niñito con una anciana a la que no ha visto en su vida, que no es capaz de jugar a ningún juego, que no sabe cómo hablarle, él que habla una lengua tan hermosa como extraña, llena de palabras que desconozco, sino también porque noto como si me rehuyera. Lo mejor será que crezca con niños de su edad, sanos, vitales, todo lo contrario de lo que se esconde en este caserón. Intuyo que me lo recriminará en el futuro, pero sé que es lo mejor que puedo hacer por él…

En su primera visita a casa de América, tras su vuelta a España, Nicolás se sorprendió, y mucho, del recibimiento que le dispensó su tía. Aunque la sorpresa duró poco. A los pocos minutos, y como si ninguna fuerza humana pudiera evitarlo, comenzaron los roces. América, que le hizo pasar a la biblioteca, tomándole amigablemente por los hombros, enseguida cambió de actitud y le recriminó su falta de noticias, el no haber sabido durante años qué era de su vida.

—Al fin y al cabo, era tu tutora —le dijo—. Y me debías alguna explicación, vamos, digo yo…

—No creí que le interesara mi vida, la verdad.

Nicolás contó, al menos en dos ocasiones, aquella conversación a su hija Claudia, que recordaba perfectamente los diálogos. Le dijo que tras su cruda respuesta notó que América, que iba a decir algo, cambió súbitamente de parecer. Recostándose en el sillón, la mujer meditó sus palabras antes de responderle.

—Puede que tengas razón, Nicolás, desde tu punto de vista, claro. Mandarte tantos años a un internado, lo debiste tomar mal, muy mal. Pero no esperes que te pida disculpas por ello. Hice lo que creí mejor, para ti y para mí. Siempre he actuado en conciencia, aunque a veces me hayan malinterpretado. De cualquier modo, qué demonios, somos casi los únicos supervivientes de la familia. Por lo menos debíamos haber mantenido el contacto. Y de ti en tantos años no recibí más que una foto, tras tu boda, que agradecí mucho, muchacho, pero que no tenía ni remite ni dirección.

La mirada de América se había vuelto distante, era más parecida a aquella que Nicolás recordaba. Su tía erguida, sentada en el secreter que ahora tenía a sus espaldas, mirándole sólo de pasada, escribiendo con su perfecta caligrafía su confinamiento, su reclusión de doce años, doce largos años, entre los muros de un colegio en mitad de la nada. Revivió el frío, el miedo, la soledad, sólo con mirarla de nuevo a los ojos. Que no esperara ninguna disculpa, claro que no. Ninguna disculpa le valdría para olvidar que aquella mujer había convertido los primeros años de su vida en una pesadilla.

—Bien, al menos has venido antes de que me haya muerto. No creo que me quede mucho, así que no puedo dejar de alegrarme de que tus problemas, porque seguro que te trae algún problema hasta esta casa, te hayan dirigido al final hasta mí.

Unos golpes en la puerta interrumpieron la conversación. El hombretón abrió una de las hojas correderas y asomó su cara, extrañamente inexpresiva, por el hueco.

—Di-ce Aure-lia que-a ce-na está lis-ta.

América se levantó.

—Dile, por favor, a Aurelia, que coloque otro cubierto. Tenemos un invitado.

Nicolás no tuvo tiempo de rechazar la invitación. Su tía le hizo un gesto con la mano para que le siguiera y, tras ella, entró en el comedor. Aurelia apareció al poco con una bandeja en la que traía un nuevo servicio. Nicolás trató de saludarla pero ella, en ningún momento, le dirigió una mirada.

—No me reconoció al venir, me tomó por un vendedor ambulante.

—No te extrañe, han pasado muchos años desde la última vez que viniste, Aurelia está muy sorda y muy vieja… Ya ves, aquí no quedan más que antigüedades en mal estado de conservación.

Nicolás pensó que debía repetir el cumplido que le había hecho a su tía al llegar a casa sobre su buen aspecto; era lo que ella seguramente esperaba, pero, picado como estaba desde el principio por la curiosidad sobre la identidad de ese pobre perturbado, que parecía vivir con las dos mujeres, tomó al vuelo aquel comentario para saber algo de él.

—Y ese… hombre. No parece una pieza de anticuario, la verdad, desentona; aunque, bien pensado, puede que no tanto, resulta lo suficientemente extraño para sintonizar con el ambiente de esta casa…

Su tía rió con ganas ante su comentario, y eso que a él, mientras iba haciéndolo, le daban ganas de comerse sus palabras. Había ido a pedir ayuda, no a ponerse sarcástico.

—Nunca lo había pensado, pero tienes razón. Es el personaje ideal para rematar la trama de esta vieja casa: dos ancianas a las que no les quedan más que recuerdos y un pobre infeliz que no es capaz de recordar más que su propio nombre.

Aurelia entró con una sopera humeante y América sirvió los platos. Bebió un sorbo de vino y, tras secarse la boca, continuó:

—Nunca le he tenido que contar a nadie quién es ese hombre. Y eso que inventé un montón de historias sobre su procedencia, por si llegaba el caso, pero, ya ves, recibimos pocas, muy pocas visitas y él apenas sale. Así que nadie le conoce y los pocos que le han visto han obviado sus preguntas. Sólo María Pilar Saravia me lo preguntó un día, y a pesar de que tenemos confianza de sobras, le dije, simplemente, que era el jardinero.

—¿Y eso es lo que es?

—Bueno, en cierto sentido, aunque no es muy bueno. No tienes más que echar una mirada al jardín para comprobarlo. El pobre lo intenta pero no es muy hábil con las plantas. En realidad, no es hábil en ninguna disciplina que requiera la más mínima precisión. Es un pobre retrasado y también una bellísima persona, tan leal a nosotras como un perro fiel.

—Entonces, si no sabe hacer nada, sigo sin entender por qué lo acogiste en tu casa.

—Ya veo, ya, en el fondo te sigue saliendo la amargura del pequeño, del pobre huérfano llegado desde el otro rincón del mundo al que su odiosa tía manda interno, lejos de su lado. Resulta que no te dejé quedarte a ti y, sin embargo, a ese pobre desgraciado le doy cobijo... Sólo te diré una cosa, él no podía empeorar en esta casa, este ambiente no podía calarle en los huesos. Pero a ti sí. No intento convencerte de que te hice un favor, sólo expongo los hechos tal y como los pienso.

Nicolás se quedó callado, sopló pensativo su sopa y esperó en silencio a que su tía continuara.

—Ese pobre hombre que has visto a la entrada me llegó como una penitencia, una de las muchas que he tenido que pagar en mi vida, aunque se acabó convirtiendo en una bendición. ¿No te ha resultado familiar? Quizá eras demasiado pequeño cuando conociste a su padre de joven, a la edad que tiene él ahora, y ya no le recuerdas. Pero a mí, muchos días, y mira que lleva aquí años, se me sigue helando la sangre cuando, despistado, se quita un mechón de pelo de la frente o se sube las mangas de la camisa, doblando cuidadosamente los puños, con sus manos enormes, con la mirada entre tímida y perdida, puede que asustada... Entonces pienso que ha regresado mi hermano.

A Nicolás se le aclararon inmediatamente las dudas. Desde que llegó le había recordado a alguien y no era otro que su tío Guillermo. Su tía asintió en silencio:

—Sí, es hijo de Guillermo. Sé que estuviste en su entierro. No por Angustias, con la que no hablo desde hace… no sé cuántos años. Lo sé por Leandro, al que mi hermana sí escribió notificándole su muerte. Pobre hermano… Guillermo me escribió semanas antes de morir. Quizá algún día puedas leer esa carta.

—Pero ese hombre, su hijo, ¿cómo llegó hasta aquí?

—Es una larga historia… Algún día te la contaré. Ahora se está haciendo tarde y es mejor que me digas el motivo de tu visita. Debe ser algo urgente para hacerte regresar a la cueva de los horrores…

Nicolás salió de madrugada del caserón con el dinero justo para hacer frente a sus deudas más apremiantes, pero con muchas preguntas sin respuesta. Y con un sentimiento que mezclaba a partes iguales la sorpresa y la rabia. Regresaría a la colonia del Sauce mucho antes de lo que había imaginado.

… He evitado expresamente hablar en estas páginas de Nicolás, porque hacerlo me desgarra el alma, es ratificar por escrito su absoluta falta de cariño; es más, su odio hacia mí. Seguramente tendré parte de culpa, pero he tratado por mil medios de arreglarlo sin resultado. Desde el principio dejó claro que no quería verme, ni venir a esta casa en las vacaciones del colegio, siempre pretextaba alguna excusa, algún compromiso en casa de sus amigos, la necesidad de quedarse para preparar sus exámenes, lo que fuera. No soy tonta, y hacía que lo entendía, fingía creerme todos sus embustes aunque por dentro me desgarraba un poquito más el corazón. Llegué a mentalizarme de que quizá fuera mejor así. Siempre le asustó el ambiente de esta casa. Pero me resistía a dejar de verlo; no se lo creerá, pero quiero a ese ni-

ño como lo que es, parte de mi propia sangre. Así que ya que él no venía, empecé a ir personalmente a visitarlo cada fin de curso, cada día de reyes, cada cumpleaños. Aunque ya no volveré. En esta última visita me lo ha pedido formalmente. Ya no es tan niño, ya no busca subterfugios, va directo al grano, diría que ha aprendido a ser cruel. No es que me pillara totalmente de improviso. En todas las ocasiones se había esforzado por hacer evidente que no agradecía lo más mínimo mis apariciones por el internado. Pero en esta última visita me ha dicho, simplemente, que mi presencia le había amargado el día. No añadió ni una palabra más, se dio la vuelta y ya no pude verle.

A pesar de que uno crea que el alma se endurece, que los golpes crean algo así como un escudo protector que nos hace menos vulnerables al pasar los años, lo cierto es que sus palabras me han roto algún entresijo por dentro que yo no conocía, me han desgarrado el ánimo y he vuelto envejecida, triste y más sola que nunca a esta casa que será algún día suya. ¿Será que siempre me equivoco? ¿Que no sé vivir? ¿Que nunca he podido romper esa barrera que nos separa a unos de otros, que no he aprendido a amar? Porque juro ante Dios que a este niño lo quiero, que he querido a lo largo de mi vida a gente que nunca me entendió, como quise a Angustias, desde pequeña, tratando de hacerle la vida más fácil, protegiéndola de los demás, anticipándome a sus limitaciones. No puedo olvidar el odio con que me culpó de que le hice la vida imposible, de que no perdía ocasión de ridiculizarla. Qué lejos de la verdad, Dios mío, sólo quería que los demás no se mofaran de su torpeza, de su extremada timidez, de sus complejos; esos que la hacían llorar de noche, cuando me creía dormida, en la cama de al lado, que la llevaban a pasar días sin probar alimento, escondiendo o vomitando lo que mamá le hacía comer a la fuerza, para perder peso, esos que le hacían cruzarse de acera, para no verse obligada a saludar a algún conocido, ante el temor de que no le respondieran o, peor aún, que le preguntaran algo que precisara más de un monosílabo como contestación.

Pero ella y Nicolás han dado la vuelta a mis intenciones. He querido ayudarlos, a los dos, a cada uno a su manera; a mi hermana evitándole las heridas ajenas, las mofas que la enfermaban; a Nicolás, ahorrándole tener que respirar el aire triste y putrefacto que entre unos y otros hemos dejado que se instalara en esta casa. Sólo pretendía que creciera más libre, más sano, más feliz. Pero qué mal he debido hacerlo, que los dos me han empujado con fuerza y sin dudas hacia el infierno. El peor de todos.

Quizá al único al que he pretendido ayudar y al que no he herido es a Herme, pobre muchacho. Hace tiempo que lo había decidido, pero mañana mismo lo llevaré a cabo. Esta casa deberán repartírsela entre mis dos sobrinos a partes iguales cuando yo me haya ido. Lo mejor sería que la vendieran. Pero no me gustaría que ni siquiera el notario fuera partícipe, hasta que yo me muera, de la identidad del hijo de Guillermo. Así se lo prometí a su madre y así lo quiero cumplir. De modo que esta noche pensaré, con calma, cómo redactar mi propio testamento. Me he informado de que incluso sin testigos mi palabra, firmada y fechada, tendrá a mi muerte la misma validez que un documento oficial. Testamento ológrafo, así lo llaman, lo he leído en una de las enciclopedias de la biblioteca. Parecerá una tontería, pero haberlo decidido hace que me encuentre un poco más reconciliada con la vida…

Capítulo 10

El ánimo de Claudia, cuando acudió a primera hora de la mañana a la policía para hacerse la prueba que le había solicitado el inspector Perea, era de tristeza. Las últimas páginas del diario de su tía no la habían dejado dormir hasta bien entrada la madrugada. Había sentido su dolor casi como propio. Nicolás no le dio ninguna oportunidad. Su padre no era el ser fantasioso pero inofensivo que siempre creyó. Y sabía que aún le faltaban por descubrir más cosas de las que quisiera. Su padre siempre insistió en que no se encontró ningún testamento. Pero su tía, sin duda, lo había dejado escrito. Temía encontrar las respuestas, pero no dejaría de buscarlas.

Ya sabía la identidad de los dos cuerpos enterrados en el jardín, ninguno de ellos de su familia, por lo que el resultado de aquella prueba de ADN en nada le interesaba. Lo que ahora necesitaba saber, con urgencia, era con qué otras mentiras adornó su padre el pasado familiar.

El trámite para realizarse la prueba fue rápido. Dio una muestra de saliva y luego acompañó al inspector hasta su despacho, para facilitarle la prometida lista de sus familiares. Dudó hasta el último momento si incluir en ella o no a Herme, su extraño pariente, pero al final decidió dejarlo excluido. Si América nunca había querido explicar su origen, quién era ella para revelarlo después de tantos años.

Así pues, la lista se ciñó a doña Alejandra y don Jacinto, sus bisabuelos; a América, Guillermo, Leandro, Alberto, Angustias y Margarita Macera, siguiendo un orden cronológico; y a su padre, Nicolás, único descendiente de la familia, aparte de ella misma. Con ella, pensó, acababa aquella extraña saga familiar, porque daba por supuesto que Hermenegildo habría muerto sin descendientes.

El inspector le agradeció su colaboración y Claudia, que en ningún momento le informó de que había resuelto el misterio de los cuerpos del jardín, regresó a su casa dispuesta a hacer una bolsa de viaje y desaparecer durante unos días para seguir desvelando, lejos de su casa, los misterios entretejidos por las mentiras de su padre. Cuanto más lo pensaba, más le gustaba la idea. Irse, tomar el sol, respirar al aire libre, en algún lugar apartado, y recomponer las piezas que faltaban de aquel puzzle.

Querida América:

Voy a ser breve en ésta, la última carta que recibirás de mí. Me queda poco tiempo y es muy grave lo que tengo que contarte. Así que iré directo al grano, sin preámbulos. Me estoy muriendo. No creo que aguante más de unos días. Estoy arruinado y eso me importa poco, te lo aseguro, pero sobre todo, estoy solo. No dejo fortuna, ni hijos, ni una esposa que me llore, no dejo a nadie por quién preocuparme ni nadie, salvo quizá tú, que se preocupe de que me fui. Por eso quiero que seas tú la confidente de una confesión que llevo años callando. Angustias me escribió hace poco y se mostró dispuesta a venir a cuidar de mí. No se lo pedí, no lo deseo, temo como nadie ese encuentro, pero si viene antes de que me haya ido, escuchará de mis labios lo que ahora te escribo. Si no llegara a tiempo, te pido por Dios que se lo cuentes algún día, si es lo que te parece justo. Si prefieres callarlo, hazlo en conciencia.

Lo que te voy a contar ocurrió hace ya muchos años. La víspera de la boda de nuestra hermana con Braulio. Invité, como sin duda sabrás, a Ramón Saravia. Ya sé que no era santo de tu devoción, pero era mi amigo. Bebimos mucho, más de la cuenta, demasiado incluso para nosotros, acostumbrados a beber sin control. Fuimos a un par de pueblos cercanos a Baeza. Y a la vuelta, completamente embriagados, sufrimos un accidente. Nos cruzamos con la diligencia que hacía la ruta desde Madrid y, sin poder evitarlo, la sacamos de la carretera. Nunca olvidaré el chirrido de las ruedas, cuando el vehículo se precipitaba hacia el abismo. Se me quitó la borrachera como por arte de magia, salté del coche y miré aquel vehículo destrozado contra unas rocas. Ramón dijo que debíamos ir a ver si había supervivientes, pero a mí me entró el pánico y, agarrándolo de las solapas, lo saqué precipitadamente de allí. Alguien debió de vernos, pero no nos reconoció, no le dimos tiempo. Al día siguiente se conoció la tragedia. Yo iba al frente del coche, yo fui el único responsable, yo maté a Braulio, mi amigo, sin saberlo, y a otras tres personas más. Pero me temo que Ramón pagó por ello. Nunca se lo dije a nadie, pero creo que su desaparición no fue casual. Era un buen hombre y pienso que su sentimiento de culpa, el miedo, la impotencia de no poder contar a nadie lo sucedido, lo llevó a tomar una decisión que debí tomar yo por él hace mucho tiempo: quitarse la vida. Estoy casi seguro de su suicidio. Yo, más cobarde, de algún modo también me he ido suicidando, lentamente, dejándome llevar, pero sin el valor de apretar un gatillo o ponerme una soga al cuello. Y eso que ha sido mi único pensamiento desde entonces.

Haz con esta confesión lo que consideres oportuno. Y perdóname por haberte dado la espalda toda la vida, por provocaros a todos aquel sufrimiento, por hacerte partícipe de mi locura ahora, cuando estoy a punto de abandonar este mundo de los vivos, por no tener más coraje. Perdóname por esta carta, que sin duda te perturbará. Y dame tu bendición, hermana. Reza porque allá arriba también se apiaden de mí.

Tu hermano:

Guillermo Macera

Y

... He recibido, con sólo unos meses de diferencia, dos cartas desde México. Una era desgarradora, la otra agradable. Empezaré por esta última, que acaba de llegarme. Nicolás se ha casado. Ese pequeño que siempre me odió me ha mandado, inesperadamente, una foto suya con su esposa. Parece mentira cómo han pasado los años, ya es todo un hombre. Es la primera noticia que tengo de Nicolás desde que dejó el colegio, desde aquella triste noche en que vino a verme, muy tarde, amenazándome y exigiéndome parte de la herencia. Qué me pasará con este chico que no me atrevo ni a anotar sus acciones por el dolor que me causan, para no dejar huella en ningún lugar del daño que me ha provocado a lo largo de su vida. Ahora que sé que está bien, que ha tenido el detalle de comunicarme su matrimonio, me siento más capaz de hacerlo. Al fin y al cabo, estas hojas relatan mi vida, y sin duda su visita de aquella noche fue uno de los momentos más duros por los que he pasado.

Se presentó muy tarde, debían de ser más de las doce. Al parecer, había acudido a ver a su tío Leandro antes de atreverse a venir. Pero el pobre Leandro le sirvió de bien poco para sus propósitos. Llamó dando fuertes golpes en la puerta. Yo ya estaba en la cama, y Aurelia y Herme también. Bajé asustada y abrí yo misma. Cuando lo vi, les dije que se fueran de nuevo a dormir, no pasaba nada. Nicolás entró como una furia. Se metió en la biblioteca y me dijo que sería breve. Se iba a «su casa», me soltó, remarcando bien las dos palabras, «su casa», la única que había tenido gracias a mí. No estaba dispuesto a discutirlo. Aunque no había cumplido los veintiuno, sí había pagado, y con creces, su parte del trato. Había acabado sus estudios y no iba a permitir que me inmiscuyera ni una sola vez más en su vida. Sin de-

jarme hablar, me señaló con el dedo a la cara, amenazador: «Ni se te ocurra intentar impedirlo», me dijo.

—No tolero que nadie me hable de ese modo, y menos tú —le contesté—. Además —añadí—, si lo tienes tan claro, no sé a qué has venido. Desde luego, no a pedir mi autorización.

Pareció que bajaba la guardia, pero enseguida se puso aun más violento.

—No tu autorización moral, que no me la puedes dar, no tienes ni idea de lo que significa en realidad esa palabra, pero sí la oficial —me respondió—. Ya me has causado muchos problemas, espero que no quieras seguir dándomelos en el futuro. Seguramente me pedirán algún papel que me autorice a salir del país, soy menor de edad. Me lo vas a escribir y además me darás mi dinero. No creerás que soy tan tonto como para no saber que me corresponde parte de la herencia. Te quedaste con la de mi padre, dejaste a mi madre en la ruina, en la calle, pero a mí me vas a pagar lo que me debes.

Me quedé de piedra. Qué le habría contado Pola a su hijo. Yo no le debía nada a nadie, su padre se llevó su parte, a su madre no la pude ayudar: primero porque no tenía un céntimo que mandarle, y segundo porque todo ocurrió en plena guerra. Volví a ver reflejado en los ojos de Nicolás el mismo odio de Angustias antes de marcharse. Y si hay algo que me aterre recordar es eso. El odio, la locura de mi hermana el día que me contó cómo me había arruinado la vida. No tenía por qué obedecerle, pero sin contestar, sin darle explicaciones, hice lo que Nicolás me pedía. Escribí en un papel una autorización como su tutora legal, y subí al cuarto a buscar la única joya de mamá que aún no había vendido. Su sortija de compromiso. Del resto hacía tiempo que tuve que desprenderme. Le di ambas cosas, abrí la puerta y lo vi marchar.

Verlo ahora, en esta foto, sonriente, me sosiega. Espero

que sea feliz. Es lo único agradable que me ha dado en su vida, una foto dedicada junto a su esposa. Un gesto que me ha hecho llorar. Y que le agradezco en lo que vale.

La otra carta es muy distinta. Es el testamento atormentado de Guillermo. Su confesión antes de morir. Sé por Leandro que Angustias estuvo a su lado en ese momento, por tanto me exime de tener que contarle su contenido. Se declara culpable del accidente que acabó con la vida de Braulio. Ramón Saravia sólo le acompañaba, él conducía. Dios mío, cómo debe de sentirse Angustias. Mató a un inocente y eso, incluso para un alma enferma como la suya, será un peso que tendrá que llevar en su conciencia toda la vida. Mi pobre hermano creía que Ramón se suicidó por el remordimiento. Espero que Angustias no le sacara de su error, porque Guillermo se habría sentido culpable también de esa muerte absurda.

Por mucho tiempo que pase, las cosas tristes, amargas, terribles, siguen flotando por encima de los recuerdos, de nuestras vidas. No se sumergen aunque uno se empeñe en echarles lastre para hundirlas, aunque uno dé la propia vida por tratar de anegarlas. En cuanto te sientes mínimamente a salvo, alguna corriente extraña las remueve y acaban saliendo a flote…

No le sorprendió en absoluto que, al llegar al hotel, su primer pensamiento fuera para América Macera. Mientras conducía, Claudia había pensado sobre todo en su padre, en sus medias verdades, también en encontrar un lugar con buenas vistas. Pensó en Carlos, en la oficina, en comprar crema protectora para el sol, en avisar desde el principio en recepción para que no la molestaran temprano, porque pensaba leer hasta muy tarde; toda una sucesión interminable de ideas prácticas y de pinchos clavados en su memoria. Pero al cerrar la puerta y verse en su habitación, la imagen de América, encerrada en otro cuarto similar decenas de años atrás, tras el compromiso entre Braulio y su hermana Angustias, cayó como una losa sobre ella. Recordó su sensación de soledad, y no pudo sino compartirla. Dejó la bolsa en el suelo. No tenía ninguna gana de deshacer su equipaje. Ya era tarde, casi había anochecido. Se tiró sobre la cama, que también, como había descrito América, daba frente a una ventana desde donde se podía contemplar una vista escorada del mar. Mañana recorrería el lugar, ahora estaba cansada y necesitada de descanso.

Cerró los ojos y trató de visualizar a su tía sentada en una habitación como ésa, mirando tristemente el mar y pensando que sus deseos y sus intuiciones nunca se cumplían con ella misma, sólo con los demás. Aún no sabía que Angustias se había encargado personalmente de que ninguno de sus sueños se materializaran. Intentó imaginar la rabia y la pena que sentiría al saber que su hermana había entorpecido su camino; que, sencillamente, en un momento dado, había decidido arruinarle la vida. Por un instante creyó ver el rostro de América, sola y amargada, triste, envejeciendo sin tener a su lado a ninguno de sus seres queridos…

Antes de salir de viaje Claudia había devorado con urgencia nuevos cuadernos de su tía. Por eso había salido tan tarde y había perdido todo un día de playa. Pero no le importaba. Aunque los quería repasar por encima, tratando de ir a lo que en realidad más le interesaba —descubrir lo antes posible todos los embustes de su padre—, era de madrugada cuando acabó de releer las páginas que cayeron en sus manos, unas páginas especialmente duras, llenas de sufrimiento, en las que América hablaba sobre la muerte de sus hermanos, Margarita y Leandro, con apenas unas pocas semanas de diferencia. Aquellas muertes la sumieron durante una larga temporada en una profunda tristeza. Muchos de sus párrafos eran pormenorizadas revisiones de lo que habían sido sus vidas, pequeños detalles de su niñez, diálogos recordados a fuerza de añoranza y de soledad.

También explicaba los pocos acontecimientos que ocurrían en su vida cotidiana; los progresos de Herme con el jardín, su compañía diaria y cada vez más necesaria para paliar su confinamiento; la enfermedad de Aurelia, que un día no se levantó de la cama, convertida, según América, en un pergamino que se consumía como el papel reseco, a gran velocidad.

La vieja Aurelia. América no sabía cuántos años llegó a cumplir, quizá ni ella misma lo supiera nunca, tan silenciosa, tan solitaria, tan apegada a ese viejo caserón como sus propios muros, su muerte fue también como si derrumbaran parte de su propia existencia. Así pues, al final de su vida, Herme se convirtió en su único vínculo con el mundo exterior.

Poco a poco se hizo noche cerrada. Claudia encendió la lámpara de la mesilla de noche y comprobó que era hora de cenar. No es que tuviera mucha hambre, pero necesitaba comer algo y en el hotel servían la cena sólo hasta las once. Y ya casi era esa hora. Pero, aunque iba con prisa, tuvo que parase un momento al cerrar la puerta de su habitación. Cuando salió de su cuarto notó una presencia extraña pegada a su espalda. Casi se asustó. No había nadie, era sólo su sombra, pero por un momento dudó si era en realidad la suya o la de América Macera la que le seguía los pasos escaleras abajo.

El inspector Perea se levantó con mal pie esa mañana. Había olvidado que había sido el cumpleaños de su mujer el día anterior, y ella no le dirigía aún la palabra; no conseguía que agilizaran los trámites de un caso de robo que llevaba abierto meses y el constructor de la calle del Almendro, donde se descubrieron unos restos humanos, no dejaba de importunarle para reanudar las obras. Le dolía extraordinariamente el estómago y estaba de un humor de perros. Cuando regresó de desayunar, notó que el café le había acabado de dar una puñalada en el duodeno. Nada podía empeorar las cosas, pensó, así que a pesar de su franca antipatía por la jueza que llevaba varios de sus casos, la llamó para agilizar al menos el del caserón del Sauce. Consiguió que las pruebas de ADN que se había realizado la única descendiente de los Macera hacía unos días llevaran prioridad absoluta. Al menos podría dar carpetazo a aquel asunto rápidamente.

Durante los siguientes días, Claudia dejó de parecer un fantasma, al menos su aspecto cambió radicalmente. Aunque seguía leyendo sin descanso, el sol y los baños en el mar la relajaron, daba largos paseos por la playa, y empezó a ver las cosas con más claridad y con más ánimo. Se sentaba en la orilla durante horas dejando que su respiración se acompasara con el movimiento de las olas, aquietándole el pulso y borrando poco a poco la sensación de caos en la que había vivido las últimas semanas. Se empezó a ver a ella misma desde fuera, al menos lo suficientemente ajena a lo ocurrido, como para analizarlo sin tanto dolor. Pensó que era como quitarse un velo de la memoria, descorrer una cortina que tapaba detalles de los que ni siquiera se acordaba. Fue capaz de recordar momentos de su primera niñez; por ejemplo, lo que su madre, Ada, le había contado sobre sus propias visitas y las de su padre al caserón.

Fue cosiendo con cuidado sus recuerdos y así acabó por reescribir la parte más desconocida del pasado de los Macera, la que les atañía a ellos como familia, a Claudia, a Ada y sobre todo a su padre, Nicolás. Recordó, por ejemplo, que Ada le dijo que aunque la primera vez le costó mucho llamar a su puerta, lo cierto es que Nicolás fue perdiéndole, poco a poco, el respeto a aquella casa y a aquella anciana que protagonizaron sus pesadillas infantiles. Siempre salió, además, con algo de efectivo para pagar sus deudas más apremiantes. En ese nuevo acercamiento, cimentado en la necesidad y en la curiosidad, a partes iguales, Nicolás entregó a América fotografías de su esposa y de su hija, la pequeña Claudia, asegurando que pronto las llevaría personalmente para que las conociera.

—Si es que a usted, tía, le apetece.

—Cómo no me va a apetecer. Deberías haberlas traído hace tiempo. Estoy deseando verlas.

Pero, por lo que Claudia recordaba, Ada le insinuó que Nicolás prefirió, de momento, un acercamiento personal. Tenía muchas cosas que preguntar y aunque no podía someter a su tía a un interrogatorio en toda regla, no quería tampoco perder tiempo en presentaciones ni en manidas y absurdas fórmulas de cortesía. Estaba determinado a descubrir cómo y por qué había llegado ese hombretón al caserón del Sauce; porque, aunque le costara reconocerlo, incluso ante sí mismo, en su interior habían saltado las alarmas. No era ya el único descendiente que podía reclamar la herencia Macera. Aunque lo único que quedara a la muerte de América fuera la casa, ésta supondría un buen dinero si no había que repartirlo con nadie.

Por más que insistió en sus reiteradas visitas, Nicolás sacó poco en claro sobre aquel hombre. América sólo le repetía lo fundamental: era el hijo de Guillermo. Y aunque siempre creyó a pies juntillas lo que le aseguró su madre al llevarlo a su casa, de haber albergado dudas sobre su identidad éstas se hubieran esfumado sólo de verlo tan parecido a su padre.

—Tú, sin embargo, no eres tan igual al tuyo, tienes algún rasgo, pero en lo fundamental… Tu hijita se le parece más. Por las fotos que me has enseñado veo que tiene los ojos de su abuelo. Sonríe con la mirada, como si le tentara al destino. «Ven a por mí», eso parece decir con los ojos. Será lista, no lo dudo, tanto como lo fue tu padre, mi querido Alberto... ¿Sabes? Alberto y yo nos entendimos sólo cuando nos hallábamos a miles de kilómetros de distancia. Es extraño cómo juega la vida con nosotros. Vivimos juntos media vida, sin apenas hablarnos, sin confianza, sin compartir confidencias y, luego, acabamos conociéndonos y respetándonos cuando el espacio era infranqueable entre los dos.

Pero lo que más esfuerzo le costó a Claudia fue tratar de reconstruir sus propias visitas a la casa. Ella debía ser muy pequeña cuando Nicolás, sin duda tratando de ganar el terreno perdido, decidió acudir, por fin, con su hijita y su esposa para presentárselas a su tía. Trató de recordar con exactitud las palabras de su madre relativas a aquel encuentro, pero lo único que le vino a la mente, de forma clara, fue una discusión causada por algún comentario de Ada al abandonar el caserón.

—Creo que exageraste con ella, Nicolás, pintabas a tu tía América como una bruja y no parece mala persona. Ha sido realmente encantadora con nosotras.

Nicolás se enfureció ante aquel comentario. Respondió que era fácil quedar bien en una visita de compromiso, pero que aquella mujer era el mismo demonio. Claudia pudo acordarse, vagamente, de que tras la discusión cambiaron sus planes, y el proyecto de una tarde en el parque, puede que incluso en el cine, se acabó convirtiendo en un largo y aburrido encierro en su cuarto, mientras oía, cada vez más apagadas, las voces de su padre, enfadado como nunca le había visto antes.

Ada, poco dada a los gritos y enemiga de las broncas, seguramente prefirió no volverle a replicar, pero de haber podido le habría dicho que su tía no hizo sino mandarle a un buen colegio, pagar su educación, darle un porvenir. Nada por lo que tuviera que odiarla como la odiaba.

De repente, como un rayo en medio de la noche, Claudia recordó una escena que se había producido hacía muchos, muchísimos años. Seguramente su madre se la relatara en alguna ocasión, quizá por eso no podía discernir si lo que su mente trataba de agarrar al vuelo, como una nube que pasara a toda prisa sobre su cabeza, lo recordaba en primera persona o a través de las palabras de Ada.

Su padre y su madre charlaban con su tía, estaban en un salón, quizá en la biblioteca, una habitación sombría y evidentemente aburrida para una niña pequeña. Así que Claudia salió en un momento dado, sin que ninguno de ellos se diera cuenta, hacia el jardín. Le pareció enorme, casi un bosque, aunque la última vez que estuvo allí comprobó que el terreno era más bien reducido. Pero a la pequeña Claudia le pareció encontrarse en la inmensidad; comenzó a correr de un lado a otro, descubriendo un banco, luego un camino, un pequeño cobertizo, y en un rincón, recortando unos arbustos, a un hombre muy alto que bajó hasta su altura poniéndose de rodillas a su lado. No podía verle la cara, sólo su sonrisa. Claudia, como sólo los niños pueden saberlo, reconoció en él a un amigo y no le dio miedo ni siquiera cuando aquel gigante la subió a sus hombros altísimos, haciéndola volar, y luego la acompañó, corriendo de nuevo, de un lado a otro. Al rato, el hombre volvió a su trabajo, recortando los setos, y enseñó a Claudia cómo subir con cuidado, para no caerse, a la escalera. Claudia pasó un buen rato mirando cómo las tijeras alineaban las ramas, haciéndolas rectas como una raya infinita. Por eso no entendió por qué su padre llegó hasta ellos hecho una furia, saltó sobre Claudia y la separó de su acompañante agarrándola con tanta fuerza que la niña se echó a llorar y el pobre infeliz, más asustado aún que ella, se puso a correr a toda prisa hacia el otro lado del jardín, perdiéndose de vista. Ese día Ada no temió la reacción airada de su marido y lo reprendió, al salir, con la misma dureza con que lo hizo la vieja América, sermoneándole como si fuera un muchacho.

—No tienes ningún derecho a tratarlo así, Nicolás, Herme es tu primo, además de una buenísima persona, y sólo quería jugar con la niña. Espero que le pidas disculpas, si no, te agradecería que abandonaras en este momento esta casa.

Por supuesto que Nicolás acortó ese día su estancia en el caserón. No estaba dispuesto a pedir excusas. Y ante las críticas de su esposa, calló sin replicar, cosa poco o nada frecuente. A cambio, nunca más volvió a hablarse en casa del pobre Herme, ni su madre volvió a pronunciar ese nombre en su presencia. Por eso, sin duda, Claudia casi lo había olvidado. Aun así Ada supo, sin necesidad de consultar a ningún oráculo, que Nicolás vería a su primo en otras varias ocasiones. Era un cazador que debía cercar a su presa, ese pobre retrasado con el que intuía que debería repartir su futura herencia Macera.

... Hoy, por primera vez en mi vida, he visto de frente a la muerte, con su sucia guadaña esperándome a la cabecera de mi cama. Y lo que me resulta insólito es que no me ha dado ningún miedo. A través de ese instrumento macabro y de esa mujer espectral, he vislumbrado la paz, el descanso. Todos los que he querido se han ido yendo. Mis hermanos han muerto. Alberto, el primero, tan joven; Guillermo, sin conocer la tranquilidad en su atormentado corazón; Margarita se dejó consumir por la tristeza tras la muerte del barón, su marido, incapaz de servir de lazarillo a ningún nuevo sueño, sin ganas de vivir. Leandro se fue como vivió, tras un decisivo y magistral golpe de magia, desapareciendo de mi lado sin dejar rastros, sin ningún mensaje... Braulio murió sin causa, sin razón, en un accidente urdido por la fa-

talidad y la mentira. De Angustias no sé el paradero, no sé si sigue en este mundo, si vaga en la eternidad de su propio infierno o está pagando sus culpas ante Dios.

Estoy sola y no tengo ninguna gana de seguir luchando. Ante la cercanía de la muerte me he encontrado en uno de esos extraños momentos de lucidez en el que uno sabe qué camino debe tomar, y el mío es el de coger en marcha un tren sin retorno, que nunca me devolverá a ninguna estación, a ningún destino. Sin embargo, en el último momento algo ha ralentizado mi marcha. Aún debo de tener cosas que hacer aquí y la verdad es que sé perfectamente de qué se trata. Debo hablar con Nicolás, darle instrucciones antes de partir. No será fácil. Se fue como un trueno en medio de la tormenta cuando, hace unos días, le recriminé su comportamiento con Herme. Salió atropelladamente llevando de la mano a su hija y tomando del hombro a su mujer, que hizo evidente que estaba tan disgustada como yo por su actitud, por su falta de sentimientos. Asustó a su hija y a su primo, a partes iguales, cuando paseaban juntos por el jardín. Hacía tiempo que no veía a Herme tan animado como al lado de esa preciosa niña, Claudia, a la que adora, aunque sea a hurtadillas, porque hasta ese día no se había atrevido a acercarse a ella.

No sé si sus problemas económicos le hubieran obligado a comerse su orgullo y regresar a esta casa pero, aunque estaba decidida a esperar, me he dado cuenta de que ya no tengo demasiado tiempo que perder. Por eso mandé llamar a Nicolás.

Cuando llegó, se llevó un buen susto al verme, de eso no me cabe duda. Cuando entró en mi dormitorio, en penumbra, casi se tropieza, pero al encender yo la lámpara de mi mesilla seguía sin poder dar crédito a lo que veía. Encontrarse a su tía, siempre arreglada, peinada y dispuesta, tumbada sobre la cama, despeinada, arrugada, a punto de morir.

—¿Se encuentra mal? —me preguntó.

—Tú qué crees —me reí tristemente—. Peor que mal; esto se acaba, hijo. Ven aquí, siéntate a mi lado. Yo siempre he odiado las despedidas, pero en esta ocasión no me ha quedado más remedio que llamarte para decirte adiós y, además, dejar claras algunas cosas que necesitas saber antes de mi muerte.

A Nicolás le costaba mirarme, no me quería recordar rendida, vencida por la vida. No es cariño, y menos amor, no me hago ese tipo de ilusiones; creo que es simplemente miedo a enfrentarse con el final. Seguro que ha soñado muchas veces con verme sufrir, pero mi imagen le trastornaba. Me quedé callada unos momentos, estaba cansada; desde hace unos días necesito intervalos de silencio, en los que cierro los ojos y tomo la poca fuerza que me queda. Pero él debió de interpretarlo como mi despedida definitiva, porque se levantó como impelido por un resorte y fue en busca del bueno de Herme. Era la primera vez que acudía a su pobre primo y le llamaba por su nombre.

—Tenemos que buscar a un médico, Herme, ¿tú sabes quién visita a tía América?

El bueno de Herme le dio un papel con el nombre y la dirección del doctor, don Andrés; yo misma se lo escribí para que fuera a buscarlo en caso de urgencia. No para que trate de prolongarme la agonía, sino para que me ayude si no puedo resistir el dolor. Traté de hablar, de llamar a Nicolás; no era necesario molestar a nadie, aún no había llegado mi momento, era sólo el cansancio, pero él había salido ya corriendo escaleras abajo mientras Herme me arreglaba las almohadas y me tomaba la mano…

Al día siguiente de leer estas páginas, el tiempo cambió de pronto. Comenzaron las tormentas, bajó la temperatura y

Claudia decidió regresar inmediatamente a Madrid. La playa, en días nublados y más aún lluviosos, la deprimía; el mar gris, agitado, le daba miedo y aunque estaba a punto de acabar los diarios, decidió que el final debía descubrirlo en su propia casa. Llegó a última hora de la tarde y tras dejar el equipaje en el dormitorio y comer un bocadillo, siguió fiel a la tarea. Ya era tarde cuando de nuevo el sonido del teléfono la distrajo de su lectura. Al otro lado de la línea sonó la voz de Juan José. A pesar de la interrupción, Claudia reconoció que se alegraba, y mucho, de oírle.

—Llevo llamándote todo el día. Espero no haberte despertado otra vez.

—Acabo de llegar y estoy bien despierta, no te preocupes.

—Tengo muy buenas noticias. Me llamaron esta mañana para autorizar la reapertura de las obras. Ya están los resultados de tu prueba de ADN, en tiempo récord, parece que el amigo Perea les dio por fin prioridad, y ninguno de los restos pertenece a tu familia. Dado que no han aparecido más huesos, y esperemos que no aparezcan, les darán sepultura en alguna fosa común y asunto enterrado. No pretendía hacer una broma, ¿estás ahí?

Claudia tragó saliva. Se sentía culpable por no decirle que sabía todo eso y mucho más; por ejemplo, que uno de esos cadáveres no era sino el de su tío abuelo Ramón Saravia. Pero sólo contestó que se alegraba mucho por él.

—Gracias, pero lo prometido es deuda, así que tenemos que quedar para celebrarlo. ¿Puedes mañana por la noche?

Claudia tardó unos segundos en contestar. De repente se le ocurrió la idea de que si iba con Juan José a buscar la talla de la virgen, le sería mucho más fácil enfrentarse con su actual propietario, Carlos. Y si tenía algo claro, era que quería recuperar aquella Dolorosa por encima de todo.

—¿Puedes acompañarme antes a recoger algo?

—Sin problemas. Dime a qué hora voy a buscarte.

Claudia quedó en llamarle para fijar una hora. Antes debía hablar con Carlos.

Pensó que quizá era demasiado tarde pero decidió no dejar pasar ni un minuto más. No necesitó buscar el número. Aún se lo sabía de memoria. Cuando marcó su teléfono temió que no fuera a salirle la voz; pero ésta sonó fuerte, incluso tranquila. No así la de Carlos cuando supo el motivo de su llamada.

—¿Que quieres qué…?

—La talla que te vendí. Es importante, Carlos, si no, no te hubiera molestado, te pagaré por ella lo que me pidas.

—Pero si te horrorizaba, decías que te daba miedo incluso mirarla a los ojos, ¿qué demonios te ha hecho cambiar de opinión?

—Es una larga historia, pero para resumir te diré que la necesito para zanjar un asunto familiar.

—Ah, ya, te la ha reclamado algún pariente. Te dije que era muy valiosa, acuérdate, es una talla muy rara.

—Sí, lo recuerdo perfectamente.

—Si no hay más remedio, está bien, llévatela, aún la conservo. Devuélveme lo que te di por ella y tan amigos.

Colgó con la sensación de haber hablado con un extraño.

Claudia recordaba a su madre contándole, muy despacio, como si mientras le hablara tratara de analizar sus palabras, que una noche Nicolás llegó a casa tarde, apesadumbrado y lloroso. Le explicó que el motivo era que América había muerto mientras él corría en busca de un médico. Le dijo que en el último momento se arrepintió de verdad de no haber hecho las paces con esa mujer, la última de los Macera que quedaba con vida, y que por eso mismo avanzó como una centella por las calles, tratando de que el doctor pudiera salvarla. América había esperado demasiado para hablar con él, su gastado corazón ya no podía entablarle batalla a la muerte, no había nada que hacer. También le contó, compungido, que el doctor sólo pudo ratificar su fallecimiento cuando por fin llegaron a la casa y que se quedó, por tanto, sin poder terminar aquella conversación que su tía quería tener con él, sin duda para disculparse después de una vida de desentendimientos. Pero la india sin reconvertir, como la definía su esposo, supo, desde el primer momento, que su marido no le decía toda la verdad.

Ada era una mujer sin estudios, que pasó de puntillas por la escuela, donde aprendió a leer, a escribir y a manejar las cuatro reglas.

No obstante, nunca tuvo motivos para echar de menos otro tipo de educación más exquisita. Poseía un sentido común excepcional que unía a su extraordinaria intuición; una mezcla explosiva que le permitía razonar, predecir y planificar como una estratega, convirtiéndola en una mujer de una inteligencia superior a la media. Casi nunca erraba en sus cálculos. Su propia inteligencia la enseñó, no obstante, a ser prudente, sobre todo con su esposo, al que no solía desdecir en sus disparatados planes. Sabía, siempre lo supo, que Nicolás era un joven fantasioso, temperamental y atropellado, al que no le gustaba nada dar explicaciones, ni menos aún que le marcaran el camino. Con una infancia sometida a las rígidas reglas de un internado había sido suficiente. Así que ella se amoldaba, callaba y asentía. Le quería lo suficiente como para perdonarle sus múltiples errores, y para no remarcar con el consabido «ya te lo advertí, Nico» —una frase que estuvo a punto de echar por tierra su matrimonio durante los primeros años—, los nefastos resultados cosechados a lo largo de su vida en todos los ruinosos negocios que emprendió.

Claudia siempre asoció a su madre con el silencio. La recordaba sentada, erguida sobre una silla, en trance, como si orara o estuviera meditando. Aunque nunca supo distinguir si su madre reflexionaba o simplemente soñaba, ni cuando su mente seguía las normas lógicas de la razón o escuchaba despierta los consejos del «otro lado», ése al que nunca cerró del todo la puerta.

Su padre, el viejo Melquiades, fue su maestro. Buen católico, cumplidor de los siete mandamientos, devoto oficiante en las misas, conocedor de cada uno de los versículos del Viejo y el Nuevo Testamento, no zanjó nunca del todo sus buenas, excelentes relaciones, con la magia, con lo oculto. Tras rezar el padrenuestro, Ada, desde muy pequeña, se acostumbró a interpretar el humo de las velas; antes de irse a la cama, el graznido de las aves en los días de tormenta; el misterio de los naipes que su padre guardaba con la misma devoción que veneraba y atesoraba su vieja Biblia, en el cajón de su mesilla de noche.

Unas cartas que el viejo le dio en herencia, que habían viajado con ella cruzando el mundo, que la unían con finísimas raíces a su casa, a ese rincón húmedo y ardiente que añoró durante todo el tiempo que vivió al otro lado del mar. Nunca las consultaba delante de los suyos, nunca le enseñó a su hija el difícil arte de interpretar aquellos naipes desgastados por el uso, pintados de colores chillones y repletos de extraños signos esotéricos, quizá para que a Claudia no le fuera tan difícil como a ella romper con el pasado. Quería para su hija una vida completamente normal, integrada al país en que le había tocado en suerte vivir. Su último deseo era que Claudia sobresaliese por rasgos que pudieran considerarse extraños, que la hicieran diferente. Pero, hasta sus últimos momentos, ella aprovechó cualquier minuto de soledad para consultar en secreto su porvenir. Gracias a sus cartas, supo que iba a morir antes de que los primeros síntomas de su enfermedad hicieran a su marido tomar la disparatada idea de llevarla a Alemania para que la curasen.

Como supo, desde el primer momento, que lo vio, que aquel joven que le sonreía y la miraba profundamente a los ojos sería el hombre de su vida. Un hombre que la haría feliz, pero que nunca dejaría de vivir en su propio mundo, un mundo construido a base de fantasías, de algunas mentiras y un poco, sólo un poco, de realidad.

Así que sabía de los movimientos de Nicolás antes incluso de que éste los llevara a cabo. Aprendió a leer entre líneas sus explicaciones y descubrió, entre sus medias verdades, la verdad. Y la verdad, supuso Ada con mucha razón, era que Nicolás y su tía América sí mantuvieron una última conversación que él, ante los demás, incluida ella misma, negaba. Su hija Claudia también acababa de descubrirlo, pues tras la marcha de Nicolás en busca del doctor, no acababan los diarios de su tía. Ella vivió y transcribió en varias páginas lo que ocurrió de verdad.

En la colonia del Sauce, los obreros volvieron a reabrir las telas metálicas que durante días habían clausurado la entrada al caserón Macera. Su ánimo era una mezcla de alivio, por volver al trabajo, asegurando así sus sueldos, y de temor ante el posible descubrimiento de nuevos restos. A ninguno de ellos se les olvidó fácilmente el hallazgo. Quien más, quien menos, todos habían soñado alguna noche con el desenterramiento de aquellos cadáveres, de los que habían hablado con amigos, familiares y conocidos, sin darles tregua; exagerando, en algunos casos, la forma en que aparecieron: colgando del interior de un muro, como fantasmas de lapidados que esperaran que alguien los descubriese después de una muerte cruel e injusta, o en el interior de una cueva subterránea que los propietarios del caserón tenían preparada para deshacerse de sus enemigos.

También había habido quien, dejándose llevar por la imaginación más calenturienta, llegó a multiplicar por tres el número de osamentas allí enterradas, sin duda durante alguna noche de borrachera, y ante la cara de estupefacción de sus oyentes.

El caso es que su vuelta a la casa de la calle Almendro no les fue, de ningún modo, indiferente. Más callados de lo habitual, reanudaron sus tareas. Paco, el conductor de la grúa, no puso, ni siquiera, su radio en marcha, seguramente como un signo de luto o de respeto. Pero los golpes de las piquetas, las máquinas y la excavadora acabaron por llenar con sus ruidos habituales el silencio sepulcral que encontraron a su llegada, haciéndoles poco a poco encontrarse más tranquilos, hasta ir olvidándose, al final de la jornada, de lo ocurrido días atrás.

A lo largo de esa mañana demolieron lo poco que quedaba aún en pie. Las tejas que se aferraban todavía a parte de la techumbre cayeron al suelo convertidas en polvo; las ventanas, con sus marcos de madera casi intactos, desaparecieron para siempre, sin permitir que nadie más pudiera asomarse a sus cristales para ver pasar la vida. No había, al final de la tarde, ni un solo resquicio de la edificación, ni un solo pedazo de una casa levantada, hacía más de un siglo, por don Jacinto Macera, que la diseñó disparatada y única, en la distancia.

Sólo escombros y tierra removida. Poco tardarían en allanar el terreno y en remover los dos o tres árboles que aún se levantaban en el jardín.

Cuando Carlos les abrió, a Claudia se le aceleró el pulso. No por volver a verle, más bien por haberse atrevido a llamar a las puertas del pasado. Pero la reacción de Carlos, que sin duda esperaba verla llegar sola, fue de tanta sorpresa que Claudia comenzó a respirar más tranquila. Era él quien comenzaba a perder el control, aunque, si realmente llegó a perderlo —se dijo Claudia con una media sonrisa—, la verdad es que no le costó mucho recuperarlo de inmediato. Les hizo pasar al interior, se presentó amablemente a Juan José y los introdujo en la sala. Claudia comprobó que había cambiado casi todos los muebles de la casa y los que aún existían habían mudado al menos su ubicación. La mesa era nueva, había varios cuadros que no conocía, se había comprado, por fin, el butacón con el que desde hacía años soñaba, pues era realmente caro, una pieza única de principios de siglo. Estaba inspeccionando sin quererlo todas las novedades cuando oyó a su espalda la voz de una mujer. Cómo no, era Ana, su segunda esposa. Siempre supuso que había vuelto con ella. Ahora lo ratificaba. Ana se presentó como si no supieran nada la una de la otra, aunque puede, pensó Claudia, que en su caso fuera verdad. Quizá Carlos no hubiera llegado nunca a hablarle de ella. A Claudia aquel pensamiento le hizo tener de pronto mucha prisa.

—Perdonad, pero no tenemos mucho tiempo ¿hay que embalar la talla?

—No, ya está preparada.

—Perfecto. Entonces sólo queda que te entregue esto. Si no te importa, te pagaré con un cheque. Es demasiado dinero para llevarlo en efectivo, pero te prometo que tiene fondos. Aunque, si quieres, puedo conformarlo.

Carlos se rió al contestarla.

—Nunca dudé de tu palabra. Ya lo sabes.

—Es una pena que no pueda decir lo mismo.

Claudia se arrepintió de inmediato de aquella contestación, pero ya era demasiado tarde. En realidad se arrepintió, más que de decirla, de que diera la impresión de que estaba aún dolida con él. Cuando lo cierto es que ni la visión de Ana le había molestado. Ver a Carlos ya no la impresionaba; es más, tuvo lástima de aquella mujer que le miraba medio hipnotizada, sometida de nuevo a sus cambios de humor, enamorada una vez más de aquel hombre que jamás la haría feliz, porque nunca se lo permitió a sí mismo.

Tras salir de allí, Claudia respiró un poco más tranquila, cenó con Juan José, tomaron unas copas y no se refirieron ni en un solo momento al misterio de los cadáveres del jardín Macera. Pero a pesar de que Claudia lo pasó bien, estaba deseando volver a casa, estar sola, redescubrir la talla que acababa de recuperar y que la esperaba, a buen recaudo, en el salón de su casa.

Capítulo 11

Lo primero que hizo Claudia al cerrar la puerta de su casa, tras despedirse de Juan José, fue buscar en su dormitorio una foto que aún guardaba de Carlos. Había bebido más de la cuenta y se sintió eufórica al encontrarla y mirarla sin miedo. No se había atrevido a sacarla del cajón en dos largos años. Pero tampoco, en ese tiempo, se había atrevido a deshacerse de ella. Ahora la contempló tranquila, desapasionadamente, y comenzó a romperla, con determinación, primero los bordes, el pelo, la barba; luego, la boca, la nariz, los ojos, todo en docenas de pequeños pedazos. Cuanto más la troceaba, mejor se sentía, estaba rompiendo de una vez por todas con ese fantasma que ya no la despertaría por las noches, ni siquiera en sus peores pesadillas. Aquel hombre ya no significaba nada.

Pensó en su madre, le hubiera gustado que la instruyera en algún conjuro, que le diera algún consejo oculto que le asegurara que aquel rostro nunca la volvería a mirar ni a hacer daño. Aunque quizá lo que estaba haciendo, con aquellos trozos de fotografía tirados al váter, sumergiéndose lentamente en el agua, fuera su propio método de iniciación.

Cuando sólo quedaban algunos pedazos del retrato de Carlos flotando aún en el fondo del retrete, Claudia decidió que era suficiente; era el momento de volver a lo que en realidad le interesaba. Desembalar la talla de América que acababa de recuperar.

Quitó el papel con prisa pero con sumo cuidado, aunque acabó necesitando ir a buscar unas tijeras para cortar la cinta adhesiva. Este Carlos sigue haciendo algunas cosas a conciencia, fastidiar la vida de los demás, empaquetar de tal modo lo que está a su alrededor que hace imposible el desembalaje. «Casi ni yo misma pude soltarme de sus amarras. Pero al final lo hice, ¿o no? Allá él», pensó sonriendo. Por fin, tuvo ante sí la imagen y, a pesar del interés que había tenido por recuperarla, tuvo que admitir que le seguía pareciendo terrible; aquella cara de dolor, aquellos ojos vidriosos mirándola implorantes, casi vivos, desde cualquier posición. Se puso a tentar la talla, la dio la vuelta, la acarició sin saber exactamente qué buscaba, pero sin parar en su empeño. No obtuvo ningún resultado, así que, al rato, acabó dejandola sobre la mesa, mientras iba a recuperar el último cuaderno de América Macera. Estaba segura de que ella le indicaría perfectamente el camino a seguir.

... Nicolás se fue, demudado y blanco como los cirios, al creer que me moría. Repito que no vi pena, ni cariño en su expresión, sólo miedo. Miedo a encararse con la cruel realidad que a todos nos llega tarde o temprano. Miedo a que una de las obsesiones de su vida, mi propia desgracia, se cumpliera. Cuando regresó con el doctor, no se atrevió ni siquiera a cruzar el umbral de mi puerta, mirando desde fuera, entre distraído e incómodo, los movimientos de don Andrés y los cuidados del pobre Herme, que no se ha movido ni un instante de mi lado. Sólo cuando comprobó que me encontraba de nuevo lúcida y que le requería, se decidió apesadumbrado a entrar y a sentarse otra vez sobre mi cama. Yo volví a retomar la conversación en el mismo punto en que la interrumpí, lo que no dejó de sobresaltarle ya que me creyó durante un rato instalada en el otro mundo.

—Nicolás, hijo, te decía que nunca me gustaron las despedidas, así que trataré de ser breve, aunque tengo mucho que contarte. Hay infinidad de cosas que quizá debería haberte explicado, pero si no lo hice, por una razón o por otra, a su debido tiempo, ahora ya no me queda más que pedirte que las descubras por ti mismo. Nunca pensé que nadie llegaría a leer mis diarios, pero aquí, todos estos días que llevo tumbada, le he estado dando vueltas a la cabeza y creo que tienen un propósito. Quizá sean sólo ilusiones de una moribunda que pretende que su vida haya servido para algo, pero me ha dado por pensar que quizá los he escrito concienzudamente, a veces con mucho esfuerzo, durante toda mi vida, para que algún día tú los leyeras.

De nuevo un ataque de tos me impidió proseguir. A Herme le había suplicado que nos dejara solos, así que Nicolás, con cara de auténtico miedo por encontrarse a solas conmigo en el momento de mi muerte, si es que decidía hacerle el feo de irme ante su presencia, me pasó, como le pedí, mi vaso de agua, con evidente angustia, mientras trataba de cerciorarse del origen de cualquier ruido o sombra que se produjeran en mi habitación. No sé por qué pensé que tenía en su rostro el mismo temor que se dibuja en la cara de los niños en Navidad, ante la posibilidad de descubrir la silueta de los reyes magos, visión prohibida para los que quieren que les dejen sus regalos. Nicolás trataba de ocultarse ante la inminente y macabra llegada de la muerte, incapaz de enfrentarse con ella. Me produjo ternura verlo tan vulnerable.

—Ya sé que no es la herencia que uno espera que le leguen. Los diarios de una triste y gris solterona a la que, para más inri, odias con toda tu alma. Sí, sí —proseguí ante su tentativa de interrumpirme—. Siempre me has temido o me has odiado, lo que a fin de cuentas es lo mismo, ¿no crees? El temor y el odio, el miedo y la soledad, la muerte y el olvido… son sinónimos de una misma cosa. Son lo mismo.

Es la ausencia de felicidad, la muerte en vida. Pero, para tu tranquilidad, te diré que no son sólo mis recuerdos los que garabateé en esas hojas a lo largo de los años. Ésos puedes ahorrártelos si quieres. En muchas páginas encontrarás la historia de tu familia, tu propia historia, la que, perdóname, no te conté. Hay algunos secretos que han estado guardados bajo llave. Prométeme que los guardarás mientras vivas. Mis diarios y esa talla que está en el rincón, ¿la ves?

—Sí, la veo.

—Deshazte de todo lo que quieras, pero no de esto. Quizá si a ti no te interesan, le sirvan algún día a tu hija, o a la hija de tu hija, o a alguien. Estoy cansada. Pero no huyas otra vez, sólo me callaré un momento. Espera.

Nicolás esperó con paciencia, mirándose las manos, los zapatos, el suelo, cualquier cosa que no le obligara a mirarme de frente.

—Por cierto —le dije, con los ojos cerrados—, me hubiera gustado mucho volver a ver a tu hija, mi pequeña Claudia, y a tu mujer, siempre me pareció muy agradable, pero está claro que tú no deseabas que entre nosotras surgiera ningún entendimiento.

Nicolás iba a tratar de nuevo de intervenir pero, una vez más, se lo impedí.

—No me interrumpas, hazme el favor. No sé si aguantaré lo suficiente como para decirte todo lo que necesito que oigas, así que déjame hablar, te lo ruego. Lo que tú me digas no me va a hacer cambiar ya de idea.

Volví a pedirle el vaso de agua y le indiqué que me echara unas gotas.

—Me lo ha mandado el médico. Me ha dicho que no abuse, pero ahora lo necesito. Es morfina, para el dolor.

Lo bebí de un sorbo y volví a amodorrarme durante unos segundos. Debí de parecerle dormida, pero al poco rato pude abrir los ojos y seguir con la conversación:

—Tus diferencias conmigo no van a cerrarse te diga lo que te diga, así que me evito el esfuerzo. Sólo te repetiré lo que te dije una vez: que lo que hice, equivocado o no, fue por tu bien. Dios lo sabe. Y eso me basta. Más que nunca ahora, cuando estoy a punto de verlo de frente. —Creo que me reí—. ¿Crees que me atrevería a mentir en estos momentos? No soy tan loca, Nicolás, no soy tan imprudente. Pero cree lo que quieras.

Volví a hacer una pausa, aún más breve, sólo para tomar aliento y para imaginarme cómo será eso de encararse con Dios, aunque me queda poco para despejar esa duda, la mayor de la vida. Sentí una especie de estremecimiento y luego continué:

—Bueno, ahora a lo que interesa. La herencia de verdad. No creerás que soy tan tonta como para no saber que es lo único que te ha hecho venir de un tiempo a esta parte por mi casa. El heredarla algún día y, de paso, llevarte algo de dinero para trampear tus deudas. Pero nunca me importó. Prefería que vinieras por interés a que no vinieras, te lo aseguro. Aunque sólo fuera porque eres el hijo de Alberto y yo quise mucho a mi hermano. Aunque te dijera que también te quise a ti, no me lo ibas a aceptar.

Nicolás creyó oír que se abría la puerta, así que se levantó en un nuevo descanso que me vi obligada a hacer, para asegurarse de que no era un fantasma, ni la misma parca, agazapada tras de mi puerta, para cerciorarse de que no había nadie escuchándonos. Se oyeron unos pasos escapando precipitadamente por el rellano de la escalera. Supe, sin abrir los ojos, que era el pobre Herme el que nos espiaba, no para enterarse de la conversación, no hubiera entendido el contenido, sino para asegurarse de que yo seguía viva. Sé que Dios me concederá aún unos minutos para despedirme a solas de él.

—Pobre Herme, está como un alma en pena. Igual que

cuando murió su pobre madre, parece un perro sin dueño —dije aún con los ojos cerrados, demostrándole a Nicolás que era consciente aún de todo lo que ocurría a mi alrededor—. Vuelve aquí, hijo, a mi lado, no puedo levantar la voz y quiero que me escuches claramente.

Nicolás volvió a aproximarse hasta mi cama y a sentarse a mi lado. Tenía su mano tan cerca de la mía que estuve tentada de tomársela, pero no me atreví. No podía estar segura de que no la retirara, y no estaba preparada para un nuevo revés de este muchacho.

—Sabes de sobra que Herme es hijo de Guillermo. Lo que a mis ojos lo convierte en heredero con los mismos derechos que tú respecto de esta casa, en la que me ha acompañado y me ha dado todo su cariño desde hace años. Poco más os puedo dejar, unas pesetas en el banco, que servirán para pagar deudas, y mi entierro, que espero que sea el más modesto que encuentres. El resto se repartió religiosamente entre mis hermanos, aunque tú tuvieras otras informaciones, que no sé ni quiero saber de dónde sacaste. Yo me quedé con la casa, sí, pero te aseguro que fui la más perjudicada, porque no he dejado de meter dinero para arreglar goteras, tejados y los mil agujeros, recovecos y disparates que mi padre ideó cuando la diseñó, hace una eternidad. El resto se lo llevaron, cada uno su parte. De las joyas que me correspondieron de tu abuela, no queda ni el recuerdo. La última fue para ti. Pero olvidemos eso. Lo que quiero que sepas es que en el testamento recojo mi voluntad. Que Herme y tú os repartáis lo que quede a partes iguales. Tu primo debe ingresar en algún centro especial, y no quiero que sea de caridad, donde tratan a los pobres locos como perros, a pan y agua. Además él no está loco, es la persona más cuerda y más dulce que he conocido en mi vida. Sólo que es diferente. Así que he elegido para él una casa de reposo que costará dinero. Lo he dejado todo anotado. Debes

vender la propiedad y todo lo que contiene, a no ser que haya algún objeto en ella que no te cause rabia, o que quieras conservar; hazlo si quieres. El resto deben tasarlo y trata de ser juicioso. Lo que te den, lo repartes con tu primo. Lo tengo todo detallado en mi testamento. Lo guardo bajo el sayón de la virgen. Hay una pequeña hendidura, allí lo encontrarás.

El dolor me hizo revolcarme en la cama. Nicolás, que miraba en ese momento la talla, se volvió a observarme.

—La vida me echa el último pulso —le dije sonriendo—. Y ya no tengo ninguna gana de ganar. Sólo una cosa más. Nicolás. Aunque esto que te voy a pedir no puedo exigírtelo. Es una súplica. Te ruego que vayas de vez en cuando a visitar a Herme, para comprobar que le tratan bien, que no le falta de nada. Es como un niño, te lo aseguro: bueno, inocente, cariñoso. Y ya, puestos a pedir, te rogaría también que en alguna ocasión lleves contigo a tu hija, Claudia, no sabes el cariño que la ha tomado de las pocas veces que la has traído hasta esta casa.

Estaba agotada, un sudor frío me hizo llevarme una mano a la frente, el esfuerzo me impedía casi respirar. Con la otra, tomé la mano de Nicolás y la besé, pero él se levantó de inmediato para buscar de nuevo a Herme. Éste llegó sin necesidad de que le llamaran, debía de haberse escondido de nuevo tras la puerta. Me cobijó mis manos, vacías, entre las suyas, me enjugó el sudor y me veló hasta el amanecer. Nicolás desapareció de mi vista. Sé que nunca más le volveré a ver. No le podré ya decir cuánto le he querido, ni cuánto hemos sufrido, cada uno de nosotros, sin razón alguna.

Afortunadamente tuve un sueño profundo y reparador. Me desperté más serena y le pedí a Herme que me trajera mi último cuaderno y mi pluma, y una bandeja para poder escribir sin demasiado esfuerzo. Sé que es el final de mis diarios, el punto y aparte de mi vida. El poco tiempo que me queda se lo dedicaré a él, mi querido Herme, que se ha dormido esperando que acabe mi tarea. Ya he terminado, cariño, ya he terminado. Ya se ha acabado una vida que no sé si ha tenido ningún otro sentido que el de sufrir. Y el de protegerte. He retrasado mi despedida, para pedir que nada te falte. Así que no te preocupes. Nadie dejará de cuidarte cuando yo me haya ido.

Al terminar de leer ese último diario, Claudia se sirvió una copa, que le supo salada, pero así y todo no se secó las lágrimas que se mezclaban con el alcohol, con el hielo que se metió en la boca y luego escupió en el vaso. No le importó aquel sabor, quizá ni siquiera le molestase. Tomó de nuevo en sus manos la talla de América y decidió quitarle el manto dorado que la cubría. Estaba encolado a la madera, seguramente tendría que romperlo para despegarlo del todo. Pensó que no estaba en las mejores condiciones para hacer esa operación, quizá sería mejor esperar a mañana. Pero no hizo el mínimo caso a sus pensamientos, por el contrario, decidió rellenar de nuevo su vaso mientras desgarraba las entretelas de esa imagen que siempre le atemorizó. Tras dar un largo trago, volvió a la tarea ayudada esta vez por las tijeras con que había desembalado la talla. Desgarró con cuidado el tejido por un lateral y comenzó a tirar de un costado. Pronto la tela se desprendió. No fue ninguna sorpresa el descubrir que la virgen tenía una hendidura en la espalda. Dentro, permanecía intacto el testamento de América Macera. Qué sangre fría la de su padre, ni siquiera se tomó la molestia de destruirlo.

Tras mentir a su esposa sobre la muerte de América Macera, de la que aseguró no haber podido despedirse, Nicolás cumplió en parte su voluntad. Claudia no lo sabía porque él se lo hubiera contado, ni porque su madre se lo hubiera podido aclarar. Ada cayó enferma meses después de morir la tía, sin recuperar del todo la conciencia. Lo sabía simplemente porque se trataba de hechos consumados y también porque, muy a su pesar, había aprendido a hilar muy fino entre los grandes y pequeños embustes de su padre durante las últimas semanas. Así, Nicolás se llevó el baúl y la talla no por cumplir con su palabra, sino porque sabía fehacientemente que contenía pruebas que nadie debía descubrir. Unos disparatados diarios en los que esa loca contaba no se sabe qué disparatados secretos que a nadie interesaban y un testamento ológrafo que no debía, por ningún motivo, aparecer. Y qué mejor que llevárselos consigo para que nadie los descubriera.

Luego, compungido, acudió con su mujer y su hija al cementerio, recibió el pésame de los pocos vecinos que acudieron a despedir a América y, tras demostrar que era su único pariente vivo y que ella había muerto sin testar —«estaba muy mayor, no tenía ya la cabeza en su sitio»—, vendió la casa a toda prisa, y con ella sus pertenencias. No quería, ni loco, tener que convivir con ninguno de los odiosos recuerdos de su infancia. A Hermenegildo, seguramente, le despediría con alguna indemnización simbólica, como sirviente de su tía —«¿no había pasado siempre por ser el jardinero?»—. Aunque quizá más tarde, picado por una conciencia que creía muerta, le buscó acomodo en una institución de caridad. Claudia descubrió de repente dónde encajaban aquellos documentos de un albergue municipal para discapacitados que encontró al morir Nicolás, y a los que nunca había encontrado sentido. Eran simplemente la prueba de que dejó a su primo ingresado en aquel asilo benéfico al que, por supuesto, nunca acudió a visitarle.

Cuando se creía seguro, disfrutando de más dinero del

que nunca había tenido en toda su vida, su esposa enfermó. Ahí acabó su camino, ya que la muerte de aquella india de sangre caliente le enturbió aún más la cabeza, se entrampó hasta las cejas en nuevos negocios ruinosos y dejó de interesarle seguir viviendo.

Claudia dejó a un lado el testamento y apuró su copa. Estaba mareada y triste, incluso asustada de lo que acababa de descubrir. Trató de recordar la cara de aquel gigante que la levantó en sus hombros en el jardín de los Macera, pero no pudo, por más que lo intentó, reconstruir en su memoria el rostro de Herme. Ese pobre infeliz al que su padre dejó abandonado, encerrado de por vida, sin ningún remordimiento. Sintió repugnancia por lo que Nicolás había hecho y una tristeza infinita por el hijo de Guillermo Macera.

Quizá su fotografía estuviera entre las que aún poblaban el baúl, quizá descubriría su cara entre uno de aquellos rostros que no había tenido todavía tiempo de observar con detenimiento. Sin mucha convicción, se acercó al cofre, ya casi vacío, y empezó a revolver los papeles que quedaban en el fondo, las fotos irreconocibles de personas que un día vivieron, soñaron y que después se murieron en el más completo olvido. Miró varias, sin poder determinar su identidad. Hasta que una llamó su atención. Era la foto de una niña pequeña, sonriente, encajada hasta entonces en un lateral del baúl. Era ella. Claudia Macera a los tres años, ponía en el envés. Era la letra de su padre.

La cogió y se tumbó con ella en el sofá, acunándola, como si fuera una muñeca. Pero el cansancio y el dolor hicieron que fuera encogiéndose poco a poco, hasta acabar tirando la foto al suelo. Entonces se rodeó las piernas con los brazos, acurrucándose como un feto en el vientre materno, como aquellos dos cadáveres encontrados en el jardín del caserón.

En algún momento el agotamiento le hizo quedarse dormida. Soñó, a trompicones, sudando y a veces llorando, que se encontraba en aquel lugar donde no crecían las flores, sólo las malas hierbas y los muertos que entre unos y otros fueron dejando a su paso. Creyó que nunca podría salir de aquel jardín donde alguna vez se escondió el aire que sólo mucho después, al soplar con fuerza, los había desenterrado.

Sólo la voz de Juan José, al sonar el teléfono a la tarde siguiente, consiguió despertarla de aquella horrible pesadilla.

Madrid – Laredo – Madrid.
Febrero de 2000 – Septiembre de 2002.

Este libro utiliza el tipo Aldus, que toma su nombre
del vanguardista impresor del Renacimiento
italiano, Aldus Manutius. Hermann Zapf
diseñó el tipo Aldus para la imprenta
Stempel en 1954, como una réplica
más ligera y elegante del
popular tipo
Palatino

* * *

* *

*

Donde se esconde el aire se acabó de imprimir
en un día de otoño de 2004, en los
talleres de Industria Gráfica
Domingo, calle Industria, 1
Sant Joan Despí
(Barcelona)

* * *

* *

*